追ってくれたけど……、でも、弟に脅されてるなんて言えないよ。
し、……同情されたくない」
（本文より）

BBN
B●BOY NOVELS

銀狼と許嫁

櫛野ゆい
イラスト／高城リヨウ

この物語はフィクションであり、実際の人物・団体・事件等とは、一切関係ありません。

CONTENTS

銀狼と許嫁

1

揺れのとまった天秤《てんびん》がぴったりと水平になったのを確認して、神楽千春《かぐらちはる》はよし、と呟《つぶや》いた。はかりの一方に載せた薄紙を、上に載せた粉薬が零れないよう注意しながらそっと降ろし、丁寧に包み込む。

幾度かそれを繰り返し、十数個の包みを作った千春は、最後にそっと両手をかざして目を閉じた。

「……よく効きますように」

呟いた途端、千春の手のひらからあたたかな光が溢《あふ》れ、キラキラと輝く光の粒子が紙包みへと降り注ぐ。

ふわりと溶けるように消えた光を見届けてから、千春はふうと肩で息をついた。左耳につけた組み紐《ひも》の耳飾りがさらりと揺れる。

「これでよし、と」

うまくできたと微笑《ほほえ》んで、薬を一つずつ紙袋に入れていく。

紙袋に大きく印刷された『楽』の字は、千春が営む薬屋、神楽薬局の印だ。母の代から同じ意匠のものを使っていて、この字には薬を服用した人が楽になりますようにという願いも込められている。

(母さんの口癖だったもんなあ)

薬を受け取った人を見送る際にいつも、お大事に、早く楽になりますように、と声をかけていた母を思い出し、千春は懐かしさに微笑んだ。

——二十二歳の千春は、港町にある神楽薬局の店主だ。

四方を海に囲まれたこの国は、太古より四神の加護を受けていると伝わっている。

四神とは、青龍《せいりゅう》、朱雀《すざく》、白虎《びゃっこ》、玄武《げんぶ》のことだ。

その昔、この地で続いていた争いを治めるべく立ち上がった男に、天の神が遣わした聖獣とされている。

聖獣たちの助けを借りて争いを治めた男は、この地を治める帝となった。聖獣たちはこの地の平和を見守るために地上にとどまり、その子孫は今も帝を支える四神家として国政の中枢に関わっている。

そんな伝承の残るこの国だが、数十年前まで諸外国との関わりを断ち、鎖国をしていた。だが昨今は急速に近代化が進み、特に帝都に近いこの港町はガス灯や赤レンガの倉庫などが立ち並び、行き交う人々も洋装の人が多い。外国人の船乗りたちも多く滞在しており、活気のある町だった。

千春の店は、そんな港町の商店街の一角にある。

母から受け継いだ店は、天井まである大きな薬棚とカウンターのみの小さな店で、漢方薬を中心にあらゆる薬を取り扱っている。

千春はここで、母を亡くした七年前から一人で暮らしていた。

「そろそろ頭痛薬も作っておこうかな」

作り置きの薬の在庫を調べ、材料は、と背後の薬棚に向かった千春だったが、その時、ステンドグラスが嵌《は》められた店の扉がチリンチリンと音を立てて開いた。

「千春ちゃん、今いいかい？」

「林《はやし》さん！　こんにちは」

買い物籠《かご》を手にひょこっと顔を出したのは、ご近所の八百屋の女将さんだった。千春は先ほど薬を詰めた紙袋を掲げて告げる。

「ちょうどよかった。そろそろかなと思って、さっき調合したところだったんです」

「さすが千春ちゃん。いつもありがとうね」

にこにことお礼を言う林さんは長年腰痛に悩まされており、定期的に千春の薬を服用している。

千春はカウンターの向こうの椅子をどうぞと勧めつつ、林さんに問いかけた。

「最近体調はいかがですか？　腰の痛みは……」

「千春ちゃんの薬のおかげで、だいぶいいよ。ただ、飲むのを忘れるとやっぱり痛くてねえ」

これがないと、と代金を支払った林さんが、豪快に笑いながら言う。

「ま、千春ちゃんに言われた通り、重い荷物は旦那に任せるようにしてるから、だいぶ楽さ」

　こき使ってやってるよと言う林さんだが、実際のところはとても夫婦仲がよく、女将さんがちょっとでも無理をしそうになると慌てて旦那さんが飛んできて、代わりに荷物を持つ光景をよく見かけている。強面《こわもて》でぶっきらぼうな旦那さんのことは千春も昔からよく知っているが、見かけよりずっと優しい人なのだ。

「よかった。じゃあいつも通り一日一包、なるべく忘れず、ちゃんと飲んで下さいね」

　お忙しいでしょうけど、と言いながら薬を渡した千春に、林さんが目を細める。

「……なんだか千春ちゃん、美千代《みちよ》さんに似てきたねえ」

「そうですか？　母はよく、僕はお父さん似だって言ってたんですけど」

　確かに、千春は男にしては線が細く、背もそう高い方ではない。癖のないまっすぐな黒髪や黒目がちな大きめの目は、おっとりしていた母に似ていると、鏡を見ても思う。

　けれど、母は生前よく『千春はお父さんに似たのね』と笑っていた。

　母はあまり父のことを語らなかったが、結婚の約束をしていたものの周囲に反対され、結ばれなかったのだと言っていた。薬屋を営んでいた実家からも絶縁されたらしく、千春を身ごもっていたことも、父と引き離されてから気づいたらしい。

　そのため千春は父の顔を知らなかったが、母が言うからには自分は父親似なのだろうと思っていた。

　首を傾《かし》げた千春に、林さんがしみじみと言う。

「あたしは美千代さんしか知らないから、千春ちゃんがお父さん似かどうかは分からないけどね。でも、目元なんてそっくりだし、なにより薬を渡してくれる時の言い方がまるっきり同じでねえ」

「……林さん、お母さんの頃から薬の飲み忘れがあったんですか？」

駄目ですよ、と軽く注意すると、林さんが笑う。

「あら、バレちゃった。でもその言い方も一緒！」

懐かしそうに言った林さんが、受け取った薬を籠にしまいかけ、ああ、と思い出したような声を上げる。籠から真っ赤な林檎《りんご》をいくつか取り出した林さんは、カウンターに並べながら言った。

「これ、店の売れ残りで悪いんだけど、よかったら食べて。熟してて美味《おい》しいから」

「ありがとうございます。すみません、いつも」

日頃から千春のことを気にかけてくれている林さんは、よくこうしてお裾分けをくれる。お礼を言った千春に、林さんは朗らかに笑って言った。

「いいのいいの、こっちこそいつも助かってるんだから。千春ちゃんの薬は本当によく効くからねえ」

ありがとうねと改めて感謝されると、千春としても嬉《うれ》しくなる。効いてよかったですと声を弾ませつつ、千春は喜びを噛《か》みしめた。

（僕にこの力があって、本当によかった……）


千春には、物心ついてからずっと人に秘密にしている能力がある。それが、先ほど薬に施していた力、治癒能力だ。

どうして自分にこんな力があるのかは分からないが、最初に千春の力に気づいたのは母だった。

女手一つで千春を育ててくれた母は、近所でも評判の腕利きの薬師《くすし》だった。調合した薬をお客さんに渡す前に、よく効きますようにと『おまじない』をするのが習慣で、幼い千春はよくその真似をしていたのだが、母はそれを見て、千春に不思議な力があることに気づいたらしい。

『ちーちゃんがこの間一緒におまじないしてくれたお薬、とってもよく効いたって。ありがとね』

大好きな母にそう言われるのが嬉しくて、千春は母の仕事の手伝いのつもりで『おまじない』をしていた。幼い千春には自分の力が特別なものという自覚はなく、ただ母を喜ばせたい一心だった。

しかしある日、異変が起きた。怪我をした野良猫を助けようと『おまじない』をした千春は、とてつもない疲労感に襲われ、昏倒《こんとう》してしまったのだ。目を覚ました時、千春は泣き崩れる母の腕の中にいた。

『ちーちゃんには普通の人にはない、特別な力があるの。でもその力を生き物に使うのはとても危ないから、これからは『おまじない』は、お母さんが一緒にいる時しかしちゃ駄目よ』

どうやら千春の力は、生き物に直接使うと千春自身に危険を及ぼすらしい。そう気づいた母は、自分の調合した薬以外には『おまじない』をしないよう、千春に言い含めた。

母が『おまじない』自体を禁じることをしなかったのは、母を喜ばせたいという千春の気持ちを汲《く》んでのことだったのだろう。もしかしたら千春が成長した時のことを見据えて、少しずつ力を制御できるようにという思いもあったのかもしれない。

だが、千春の力は、人に知られれば悪用されかねない。そのため母は千春に、治癒能力について他人に話したり、人前では力を使ったりしないよう約束させた。

以来、千春の力は母と二人だけの秘密となり、千春は母の薬に『おまじない』をしたり、調合を手伝ったりして、薬師としての知識をつけていった。

母の元で学ぶ薬師の仕事は、とても魅力的なものだった。

多種多様な素材を組み合わせて、患者さん一人一人に合う薬を作り出す。中には単体では問題なくとも、組み合わせによって人体に悪い影響を及ぼしたり、調合の仕方で効果が変わる素材もあり、知れば知るほど奥深く、興味の尽きない仕事だった。

幅広い知識と経験を基《もと》に、訪れる患者さんに日々真摯《しんし》に向き合う母を、千春は尊敬していた。

このままずっと母を支えて、一緒に薬局を続けていきたい。そう思っていた。

――七年前、足の悪いお客さんに薬を届けに行った帰りに、崩れてきた建築現場の資材に巻き込まれて、母が亡くなるまでは。

「美千代さんが亡くなって、もうすぐまる七年ねえ。今までよく頑張ってきたわね、千春ちゃん」

店の片隅に飾られている母の写真を見つめて、林さんがしみじみと言う。艶々と光る赤い林檎をそっとシャツの袖で磨きながら、千春は頭を振った。

「林さんや商店街の皆さんが支えてくれたからです。僕一人じゃとても、この薬屋を続けていけませんでした」

千春がつけている組み紐の耳飾りは、母の形見だ。母はいつもこの耳飾りをつけて店に立っていたため、お守り代わりに身につけている。

後から聞いた話だが、母は近くで遊んでいた子供を庇《かば》って、資材の下敷きになったらしい。

事故の直後、近所の人の知らせを受けて駆けつけた千春は、息も絶え絶えの母を助けるため、自分の能力を使おうとした。

しかし母が、それを遮ったのだ。

『……千春、お母さんとの約束……、覚えてるでしょ……？』

人前では力を使わない。

生き物には『おまじない』をしない――。

『そんな……、母さん、でも……！』

『お母さんはもう、……いいの』

おそらく母は、自分がもう助からないことを悟っていたのだろう。

多くの人が集まっている前で、千春の能力を使わせるわけにはいかない。

なにより、これほどの大怪我を治癒しようと力を使えば、千春の命が危険に晒《さら》されるかもしれない。

きっとそう考えて、――死を選んだのだ。

『千春、お願いよ。あなたは『おまじない』でたくさんの人を助けてあげて』

千春の手を優しく、しかし強く押しとどめてそう言った母は、約束よと微笑んで亡くなった。

十五歳だった千春を残して――。

（……あの時僕が母さんの制止を振り切って力を使っていれば、母さんは助かっていたかもしれない）

自分のせいで、母は亡くなったのではないか。

たとえ母の気持ちを無視することになっても、自分は力を使うべきだったのではないか。

後悔と悲しみに打ちひしがれながらも、千春は母が残した薬局を続けていこうとした。

せめて、たくさんの人を助けてという母の最期の願いに応えたかったのだ。

だが、いくら母の仕事を手伝っていたとはいえ、身寄りのない十五歳の子供が薬局を続けるのは困難の連続だった。

そんな千春を助けてくれたのは、林さんをはじめとする商店街の店主たちだった。彼らは、母の残した店を潰したくないと必死に薬局を続けようとする千春を応援してくれた。

『今までずっと美千代さんに助けてもらってきたんだ。今度は俺たちが千春くんを助ける番だ』

『あたしたちは皆、千春ちゃんの味方だからね』

そう言って、店主たちは千春の作った薬を買い、差し入れと称して様々な支援をし、仕入れの仕方や帳簿のつけ方、店の切り盛りの仕方を一から教えてくれた。

彼らの支えがあったからこそ、千春は綱渡りながらもなんとか薬局を続けてこられたのだ。

「……母の店を潰さないで済んだのは、林さんたちのおかげです。本当にありがとうございます」

深々と頭を下げた千春に、林さんが微笑む。

「やだよ、水くさい。あたしは千春ちゃんのこと、本当の息子だと思ってんだから」

うちのドラ息子よりよっぽどいい子だしねえ、とぼやく林さんに千春が苦笑した、その時だった。

『すまない、カグラヤという薬屋はここか？』

チリンチリンと音を立てて、店の扉が開かれる。

見ればそこには、外国人の男性が立っていた。どうやら水兵らしく、セーラーの軍服を着ている。

『ここなら言葉が通じるって聞いたんだが……』

『はい、ある程度でしたら。どこかお加減の悪いところが？』

港町ということもあって、店には多種多様な国の人が訪れる。母が亡くなってから、どんな人が来ても応えられるようになりたいと猛勉強した甲斐《かい》あって、千春は十カ国語ほどを話すことができる。

具合の悪いところを尋ねたりと、薬の調合に必要な語彙《ごい》に特化しているため日常会話は怪しいが、それでも様々な言語に対応できる薬屋として、最近では評判になりつつあった。

こちらにどうぞと、流暢《りゅうちょう》な外国語で水兵を促す千春を見て、林さんが感心する。

「本当に立派になって。あとは可愛いお嫁さんでも来てくれたら、言うことないんだけどねえ。ね、美千代さん」

母の写真に向かって話しかける林さんに、千春はまだ早いですって、と苦笑したのだった。

◆◆◆

——後脚の感覚は、もうほとんどなかった。

それでも足をとめるわけにはいかない。

このままでは目的を果たせぬまま、追っ手に狩られてしまう——。

しとしとと降り続く冷たい雨の中、人間の何倍も鋭い嗅覚《きゅうかく》が、背後から追ってくる男たちの匂いを拾い上げる。

執拗《しつよう》な追跡に内心舌打ちしながら、重い体を必死に引きずった。

（……っ、どこか、身を隠せる場所は……）

暗闇に紛れて、人気のない路地裏へと入り込む。迷路のように入り組んだそこを進むうち、体力が限界になり、目の前が霞《かす》み始めた。

「う……」

獣のものとも、人間のものともつかない呻《うめ》き声を上げ、その場に頽《くずお》れる。

ドサリと重い音が、路地に響いた——。

◆◆◆

ステンドグラスの扉に閉店の札をかけて、千春はふうとひと息ついた。

「今日は結構忙しかったな……」

午後から降り始めた雨は、日が暮れた今も静かに降り続いている。

雨の日は大抵客足が鈍くなるのだが、今日は午前中に林さんと水兵さんが帰った後も薬を求めるお客さんがひっきりなしに来て、一日中慌ただしかった。

夕方になってようやく落ち着いたけれど、少なくなっていた頭痛薬の在庫を補充するために調合をしていたので、いつもより店を閉める時間が遅くなってしまった。

「そうだ、そろそろ五苓散《ごれいさん》も作っておかないと」

漢方薬の五苓散は、梅雨の時期の目眩《めまい》や頭痛、むくみなどに効く。

ご近所の煎餅屋のおばあちゃんがこの時期よく買いに来るので、千春は在庫を切らさないように気をつけていた。

（おばあちゃん、最近膝が痛い時があるって言ってたから、先に今年も必要か聞きに行って、僕が届けるって言おうかな）

ついでに膝の様子も聞いて、なにか効く薬を提案できそうならしてあげたい。

千春にとって商店街の人たちは、皆家族のようなものだ。母が亡くなってからはもちろんだが、それより前からずっとお世話になってきた。

あたたかく成長を見守ってきてくれた皆に、自分のできることで恩返しがしたい。そのため千春は、商店街の人たちの体調に誰よりも詳しかった。

「沢瀉《たくしゃ》と猪苓《ちょれい》と……、蒼朮《そうじゅつ》はまだあったっけ」

必要な材料が十分にあったか確認してから二階の自室に上がろうと、一度店の中に戻ろうとした千春は、そこでふと足をとめた。

「ん？」

店のすぐ脇の路地から、ドサリという音が聞こえてきたのだ。

それはなにか、重いものが地面に倒れるような音で——。

「……なんだろう」

気になった千春は、降りしきる雨を羽織の袖でよけつつ、路地へと足を向けた。

目を凝《こ》らして暗がりをじっと見つめる。

(なにかいる……)

地面に倒れたその影は、人間よりも小さかった。しとしとと降りしきる雨の音にまじって、荒い呼吸音が聞こえてくる。どうやら獣のようだ。

(野良犬かな？　随分大きいみたいだけど……)

大型犬なのだろうか。だとしたら少し怖いなと思いながらも、こちらに向かってくる気配がないことが気になって、一歩踏み出す。

もしかして怪我をしているのではないか。

だとしたら放っておけない——……。

と、その時だった。

サアッと、空を覆っていた雲が晴れ、ほのかな月明かりが路地に差し込む。やわらかな月光に照らされたその生き物の姿に、千春は違和感を感じた。

(犬じゃ、ない？)

犬にしては大きすぎる気がするし、それにピンと尖った耳は犬というより、むしろ——。

「狼……？」

思わず呟いた瞬間、その生き物がバッと勢いよく身を起こす。

よろめきながらも立ち上がり、姿勢を低くして唸《うな》り声を上げたのは、月光よりも淡く美しい、白銀の被毛の狼だった。

(……っ、こんなところにどうして狼が……)

狼はその昔、まだこの町が栄えておらず、森が近かった頃には度々姿が見かけられたと聞いているが、近年ではすっかり数を減らし、もうこの辺りにはいないはずだ。それに、灰色や黒茶ならともかく、白銀の被毛の狼なんて聞いたことがない。

「……っ」

グルル……、と牙を剝き出しにして威嚇《いかく》する狼を目の前にして、千春は恐怖に固まってしまう。ギラリと光る青い目に睨まれて、視線が逸らせない。

こんな獣に飛びかかられたら、ひとたまりもない。一瞬で喉を喰《く》いちぎられてしまうだろう。

(た……、助けを呼ばなきゃ……!)

後ずさりながらも震える唇を開き、千春はどうにか声を押し出そうとした。——しかし。

「だ……、っ!?」

誰か、と叫びかけた次の瞬間、狼の体がぐらりと傾《かし》ぎ、その場にドサッと倒れ込む。

ハッ、ハ……ッと荒く繰り返される獣の息音を聞いて、千春はそろりと問いかけた。

「もしかして、怪我してる……?」

目を凝らしてよく見れば、狼の被毛はあちこち黒っぽく染まっている。

かすかに漂う血の匂いに気づいた千春は、こくりと喉を鳴らし、おそるおそる一歩近寄った。

途端、狼がグルルルッと頭を上げて唸り声を発する。一瞬息を詰めながらも、千春はじっと狼を見つめて語りかけた。

「大丈夫、落ち着いて。僕は君に危害を加えたりしない。君を助けたいんだ」

野生の獣に、人間の言葉など通じるはずがない。

それでも、千春はゆっくりと繰り返した。

「僕は君を助けたい。君の怪我の手当てをしたいんだ。……分かる?」

両手を上げて、敵意がないことを示す。すると、狼の唸り声が少しずつ小さくなっていった。

深い青の瞳から、攻撃的な色が消えていく。

「落ち着いてきたかな……。そっちに行くね。大丈夫、怖くないよ」

優しく声をかけつつ、狼に歩み寄る。すると、狼は疲れたように目を閉じ、頭を下げた。

まさかと慌てて膝をついた千春は、狼の息があることを確かめて、ほっとする。

「よかった、まだ生きてる……。でも、だいぶ苦しそうだ」

どうやら狼は気を失っただけらしい。

千春は急いで狼の怪我の具合を診た。

「うわ、ひどい傷……」

あちこちに焦げたような傷痕があり、そこから出血している。どうやら銃弾がかすめたらしい。

特にひどいのは左の後脚の傷で、かすめただけでは済まなかったらしく、周囲の被毛は赤黒く染まっていた。どれほどの距離を逃げてきたのかは分からないが、おそらくここまでずっと後脚を引きずっていたのだろう。擦過《さっか》傷もひどい。

「……っ、誰がこんなひどいこと……」

銃創がいくつもあるということは、人間がこの狼に向けて発砲したということだろう。

だが、頭などの急所近くは無傷で、傷痕は下肢に集中している。人や家畜を襲って駆除対象となったのなら、こんな撃たれ方はしないはずだ。

おそらくこの狼は、珍しい白銀の被毛を狙われて人間に追われたのだ――。

「許せない……」

ふつふつと怒りが込み上げてきた千春だったが、今は狼の手当てが先だ。

千春は雨に濡れるのも構わず、ぐったりと意識を失ったままの狼の横に両膝をついて、一番ひどい後脚の傷をあらためた。

「銃弾は……、埋まってない。……よし」

慎重に確かめた後、傷口に手をかざす。

――母の死後、千春は自分の力をもっと役立てたいと、怪我をした動物に限って力を使うようにしていた。

騒ぎになってしまったら困るので、誰も見ていないところでこっそりと使うだけにとどめているが、これほどの大怪我を治したことはまだない。

(うまくいきますように……！)

心の中で祈って、千春は思いを手のひらに込めた。

「治れ……！」

ふわ、とかざした手があたたかくなり、やわらかな光が溢れ出す。

暗がりに淡く輝く光の粒子が、白銀の被毛へと降り注いでいった。

「……っ」

途中、くらりと目眩に襲われて、千春は歯を食いしばって耐えた。

(今、この子を助けられるのは僕だけだ……！)

自分がやらなければ、この狼は命を落としてしまうかもしれない。

助けられる命を助けられず後悔するなんて、もう二度としたくない――……！

ぐっと一層強く力を注ぎ込んだ千春の目の前で、狼の後脚の傷がじょじょに塞《ふさ》がっていく。痛々しい傷口が完全に閉じるのを見届けてから、千春は念じるのをやめ、手を引いた。

「……っ、これで、大丈夫……」

ハア、と大きく息をついた千春の眼下で、狼がうっすらと目を開ける。

千春はぐらぐらと襲いくる目眩を堪えつつ、狼に微笑んだ。

「……もう大丈夫だよ。安心していいからね」

狼は、その深い青の瞳で、しばらくじっと千春を見つめていた。やがて疲れたようにまた目を閉じる。

先ほどより穏やかになった呼吸にほっとして、千春は額に浮かんだ脂汗をぐいっと袖口で拭《ぬぐ》った。

「とりあえず、僕の部屋に運ぶか……」

傷は治したとはいえ、薄皮を繋《つな》げたようなものでまだ完治したわけではないし、狼は血を失いすぎて

いる。しばらく安静にする場所が必要だ。

「っ、重……」

狼の前脚を自分の肩にかけた千春は、その大きな体を背負おうとしてよろめきかけ、必死に踏ん張った。

やはりこれほどの大怪我を直接治すとなると、千春にも相当な負担がかかるらしい。だが、ここで休んでいたら誰かが通りかかって大騒ぎになってしまうかもしれない。

「……っ」

ずっしりと重い狼を懸命に背負い、千春はよろよろと歩き出した——。

——数日後。

千春は二階の自室の床に座り込み、月のない夜空をぼんやりと眺めていた。

裸足の足裏から伝わる、ひんやりとした床の感触が、どこか遠くに感じられる。チカチカと瞬く星の光も、かすかに漂う潮の香りも、今夜ばかりは曖昧《あいまい》で他人事のようだった。

ふう、とため息をついた千春の耳に、キイ、と背後のドアが開く小さな音が聞こえてくる。他の感覚よりも少し鮮明に届いたその音に振り返った千春は、部屋の入り口にいた狼を見て微笑みを浮かべた。

「……君か。よかった、もう歩き回れるようになったんだね」

狼の寝床は別室に作ってあったのだが、そこから起き出してきたらしい。

おいで、と呼びかけると、狼が慎重な足取りで部屋に入ってくる。深い青の瞳に警戒の色を浮かべる狼に、千春は苦笑してしまった。

（やっぱり犬とは違って野生動物だなあ）

——数日前、千春が店の脇の路地で保護した狼は、千春の看護の甲斐あって、じょじょに回復していた。

一番ひどい怪我だった左の後脚はしばらく動かしにくそうにしていたが、もう普通に歩けるようになったらしい。

(治りが遅いようだったらもう一度力を使わなきゃと思ってたけど……、薬だけで回復してくれて助かった)

最初は狼なんて野生動物、自分の手に負えないのではないか、もし暴れられたら一人で対処できるだろうかと危惧《きぐ》していた千春だったが、予想に反して狼はとてもおとなしかった。

まるで千春が自分を助けたことを分かっているかのようで、意識を取り戻してからは吠《ほ》えたり唸ったりもせず、茹《ゆ》でた鶏肉もしばらく匂いを確かめた後にちゃんと食べてくれた。

とはいえやはり野生の獣らしく、こちらに気を許した様子を見せるわけではない。治療で薬を塗る時はおとなしくしていたが、千春がそばにいる時は常にじっとこちらを見ていて、千春の真意を探ろうとしているようだった。犬のように甘えたり尻尾を振ったりすることもない。

(多分この子、すごく頭がいいんだろうな)

自分から少し距離を取って座り込んだ狼に、千春は語りかけた。

「もうすっかり元通りみたいだね。これなら森に放しても大丈夫かな……」

色々考えた末、千春は狼が回復したら町から少し離れたところにある森に放そうと決めていた。

狼がどこから来たのか、お店に来るお客さんたちにそれとなく聞いたりして調べた千春だが、近隣の動物園から狼が脱走したという話もなかったし、海外からこの港に動物が輸送されてきたという話もなかった。

もしかしたら密輸されてきたのかもしれないが、だとしたら狼がどこから来たか突きとめることは難しい。千春の力で狼を元いた場所に帰してあげることは、残念ながらできそうになかった。

（ご近所さんには犬ですって言って、僕がこのまま飼うこともできなくはないけど……、でも、それはきっとこの子にとって幸せじゃない）

この狼からは、とても高い知性や気高さを感じる。人慣れしている様子もないし、きっと人間に捕まるまでは自然の中で自由に暮らしていたはずだ。

幸い、町から少し離れた森は小動物が多く、かつては狼の群れも棲《す》んでいたと言われている。今も狼が生息しているかは分からないが、少なくとも人間に囲まれて暮らすよりこの狼にとっていい環境のはずだ。

「明日の朝、森に連れていくね。……君がいなくなると、少し寂しくなるな」

静かに座っている狼に小さく笑いかけて、千春はふうとため息をついた。

たった数日間だったが、この家に自分以外の生き物の気配がするというのは、千春にとって無性に懐かしい感覚だった。

仕事が終わって二階に上がれば、いつもこの狼が静かに自分を待ってくれていた。狼に治療を施しながら、その日あったなんでもない出来事を話すのが楽しかった。

一人じゃないというのがこんなにも心あたたまる感覚だったなんて、ほとんど忘れかけていた――。

「……今日はね、命日なんだ。七年前、事故で亡くなった僕のお母さんの」

ぽつりと呟いて、千春は首から下げたロケットをいじった。

少し形が歪《いびつ》なこのロケットは、もう一つの母の形見だ。母が昔父から贈られたものだそうで、蓋には綺麗な椿の花が描かれている。

事故の時に変形してしまったらしく、蓋が開かなくなっているが、千春はこのロケットも母の形見として肌身離さず身につけていた。

――七年間、無我夢中で母の残した薬屋をやってきた。

周囲の助けがなければとても無理だったし、親身になって応援してくれた商店街の人たちには感謝してもし足りないと思っている。

けれど、夜が来る度、自分は一人なのだと思い知らされる。

自分が家族と呼べる人は、この世にはもういないのだ——。

「ん……？」

膝を抱えた腕にぎゅっと力を込めた千春だったが、その時、ぺろりと目元にやわらかなものが触れる。

驚いて顔を上げると、いつの間にか狼がそばに来ていた。

どうやら狼が千春の目元を舐めてくれたらしい。

「もしかして、なぐさめてくれてるの？　ありがとう、優しいね」

狼の方からこんなに近くに来てくれるなんて、初めてのことだ。千春は嬉しくなって、思わずぎゅっと狼に抱きつく。

狼は驚いたように少し身じろぎしたが、暴れることなく千春に身を任せてくれた。

「お日様の匂いがする……。ふふ、ふっかふか」

美しい銀色の被毛は驚くほどやわらかく、するするとなめらかな手触りで、顔も手も埋まってしまいそうなほどふかふかしている。

大きなあたたかい体を抱きしめて、千春は狼に話しかけた。

「今日、君がいてくれてよかった。毎年この日は特に、一人でいたくないって思ってたから……」

ぎゅっとふわふわの被毛を握りしめると、狼がこめかみに鼻先を擦《こす》りつけてくる。ぺろ、と気遣うように目元を舐めるやわらかな舌に、千春は小さく笑った。

「大丈夫、泣いてないよ。もう一人にも慣れたから。……僕は大丈夫」

自分に言い聞かせるようにそう言って、ありがとう、とお礼を言いながら身を離す。

こちらをじっと見つめる狼に、千春は微笑んだ。

「寂しいけど、ちゃんとお別れしないとね。……元気でね。もう悪い人に捕まっちゃ駄目だよ」

そっと狼の首筋を撫《な》で、もう寝ようか、と立ち上がる。

歩き出した千春の背を、深い青の瞳がじっと見つめていた。

◆◆◆

元気でね、と繰り返し囁《ささや》く優しい声に後ろ髪を引かれつつも背を向ける。

しばらく走ったところで手頃な岩に駆け上り、遠くなった彼を見つめた。

(……すっかり世話になってしまった)

こちらを見上げた彼が、大きく手を振っている。

まだ薄暗い早朝の森は寒く、彼の吐く息がふわりと白く浮かび上がっては消えるのが見えた。

「しばらく無理しちゃ駄目だよ……！」

狼に言葉など通じないと分かっているはずなのに、懸命に背伸びをして叫んでいる姿に胸が締めつけられる。

共にいたこの数日間、彼は幾度も自分に話しかけてきた。

傷は大丈夫か、脚はまだ痛むかと気遣う声は優しくて、心底こちらを心配してくれているのが伝わってきた。怪我の具合がよくなってきてからは、今日はこんなお客さんが来たとか、難しい薬の調合がうまくいったとか、その日あったことを楽しそうに話してくれて、それだけに彼が日頃寂しい思いをしていることが察せられた。

(母親は亡くなっていると言っていたが、父親もいない様子だった……。彼はあの店でずっと、一人で暮らしているのか)

数日前、彼の店の二階で意識を取り戻した時、驚いたことに負傷した箇所のほとんどが治っていた。

あれほど酷《ひど》かった後脚の裂傷も、痛みはあるものの傷口は塞がっていたのだ。

(彼が一体どういう治療をしてくれたのかは分からないが……、私が助かったのは間違いなく彼のおかげだ)

最初こそ彼がどういう人間なのか分からず、なにか思惑があるのではないかと疑ってかかったが、彼が善意から自分を助けてくれたのはすぐに分かった。

そして、深い孤独を抱えていることも。

『……今日、君がいてくれてよかった』

ぎゅっと回された腕と共に呟かれた言葉が、頭から離れない。

叶《かな》うことならずっと、あのまま彼のそばにいたかった。

命を助けてくれた彼の孤独を、自分が癒やしてあげたかった。

けれどそれは、許されないことだ──。

(……この恩は、必ず)

四本の脚で岩を踏みしめ、手を振る彼に向かって遠吠えをする。

昇る朝日が、辺りを赤く染め始めていた。


ぼんやりと宙を見つめて、千春はその日何度目かのため息を零した。

(あの子、どうしてるかな……)

今朝、千春はあの狼を森に放してきた。

力強く地を蹴《け》って走っていたし、遠吠えの声も元気そうだったから大丈夫だろうとは思うが、それでもあんな大怪我が治ったばかりだから心配だ。

(もう少しうちで安静にさせた方がよかったんじゃないかな……。いやでも、あの子も動けるようになったらやっぱり外に出たいだろうし……)

賢い子だから、きっとあの森で元気に暮らしていくはずだと思う一方で、いきなり知らない場所に放り出されて心細く思っていないだろうか、走り回って治ったばかりの脚をまた痛めたりしたら、と心配が募ってしまう。

まるでこちらに礼を告げるようだった遠吠えが、耳に残って離れない。

たった数日間だったけれど、彼と共に過ごした日々はとても楽しかった――。

「……はあ」

千春がまたため息をついたその時、チリンと涼やかな音を立てて店の扉が開く。

千春は慌てて姿勢を正して声をかけた。

「いらっしゃいませ」

「……失礼致します」

丁寧な一声と共に現れたのは、白髪の老紳士だった。帽子を取りつつ中に入ってくる。

柔和そうな顔つきのその人は、かけている眼鏡やネクタイピンなどはいかにも上等そうな品物で、一目で上流階級の人間だと分かる。この港町ではあまり見かけない類《たぐ》いの紳士に、千春はやや緊張しつつ尋ねた。

「こんにちは、なんのお薬をお探しでしょうか？」

どこか悪いところがあるのかと、いつものようにカウンター越しに観察しながら問いかける。すると老紳士は、深々とお辞儀をして言った。

「申し訳ありません。本日は薬を探してこちらに参ったのではないのです。実はあるお方を探しておりまして……」

「あるお方、ですか？」

思わぬ一言に戸惑いつつ聞き返した千春に、紳士がええ、とにっこり笑って聞いてくる。

「不躾《ぶしつけ》で恐縮ですが、貴方様は神楽千春様では？」

「は……、はい、そうですが……」

「ああ、やはり」

千春が頷《うなず》いた途端、老紳士が破顔する。

「申し遅れました。私、椿《つばき》家の執事を務めております、加賀《かが》と申します」

「椿家って……」

聞き覚えのある名に、千春は戸惑った。

椿家と言えば、旧《ふる》くから続く有名な華族だ。紡績や製薬業で財を成し、近隣諸国とも積極的に取引を行っている。

半年ほど前の新聞で、当主が病気で亡くなり、息子が跡を継いだという記事を読んだ記憶がある。確か十八歳で、成人したての若者だと載っていた。

(確かにこの港にも椿家の船は何隻も泊まってるし、僕の店でも椿家系列の製薬会社から薬を仕入れたりしてるけど……)

だが、関わりといっても思い当たるのはそれくらいだ。庶民にとって華族なんて雲の上の存在で、一生関わることなどないと思っていただけに少し身構えてしまう。

「椿家の方が僕になんのご用でしょうか」

緊張しながら聞いた千春に、加賀は申し訳なさそうに謝って告げた。

「急にお訪ねして驚かせてしまい、申し訳ありません。実は、貴方様が椿家の血を引いていらっしゃることが分かり、お迎えに上がったのです」

「……え?」

唐突に告げられた言葉が理解できなくて、千春は目を瞬《しばた》かせた。

「あの……、すみません、今なんて?」

椿家の血を引いている? ——自分が?

瞠目《どうもく》する千春に、加賀が頷く。

「驚かれるのもごもっともです。ですが、千春様は確かに椿家のお血筋でいらっしゃいます。貴方様のお母様はそちらの写真の女性……、美千代様でいらっしゃいますね?」

店の片隅に置かれている写真を見やりつつ、加賀が言う。

千春は戸惑いながらも頷いた。

「そうですけど……」

「実は私は美千代様と幾度かお会いしたことがあり

まして……。千春様がお生まれになる前ですので、二十数年前になります」

母の写真を懐かしそうに目を細めて見つめながら、加賀が続ける。

「先ほど千春様を一目見て、すぐに美千代様を思い出しました。七年前に事故でお亡くなりになったと聞き、なんとお悔やみ申し上げればよいかと……。千春様もどれほどご苦労なさったことか……」

失礼致します、と声を震わせた加賀が、取り出したハンカチで目頭を押さえる。

母の死を悼んでくれる老紳士に、千春はおずおずと問いかけた。

「お気持ちありがとうございます。あの、ですが、僕が椿家の血を引いているというのは本当なんですか？　母からは僕の父についてあまり聞いていなくて……」

母から聞いていたのは、父とは昔結婚を反対されて結ばれなかったということだけだ。千春は父の顔も、名前も知らない。

まさかその父が椿家の人間だというのかと半信半疑ながら聞いた千春に、加賀は真剣な面《おも》もちで告げた。

「はい。千春様のお父様は、椿春雅《はるまさ》様と仰《おっしゃ》います。先代の椿家当主で、半年ほど前にご病気で亡くなられました」

「っ、当主って……」

てっきり椿家の分家か、親戚筋の話なのかと思っていたが、まさか亡くなった先代当主だとは。

茫然《ぼうぜん》とする千春に、加賀が静かに尋ねてくる。

「春雅様は生前、美千代様に椿家の家紋の入ったロケットを贈られたそうです。美千代様は、そのようなものをお持ちではありませんでしたか？」

「……っ、それってまさか……、これ、ですか？」

千春は首から下げていた母の形見のロケットを引っ張り出して、カウンター越しに加賀に差し出した。

蓋に描かれた椿を見た加賀が、顔をほころばせる。

「ええ、ええ、こちらです。これはまさしく椿家の家紋です」

「これ、家紋だったんだ……」

美しい意匠だったので、てっきりただの装飾だと思っていた。千春は驚きつつ、加賀に告げる。

「実はこのロケット、母が亡くなった時の事故で歪《ゆが》んでしまったらしくて、蓋が開かなくて……。修理にも出したんですが、駄目だったんです。だから中は確認したことがなくて」

「そうなのですね。きっと中には美千代様と春雅様のお写真が入っているのではないでしょうか」

いつか開くといいですねと言った加賀は、千春の目を見つめて問いかけてきた。

「失礼ですが、千春様は他の方にはない、特別な力をお持ちでは？　たとえば、他人の傷を癒やす力といったような……」

「……っ」

思わぬ質問に、千春は咄嗟《とっさ》に否定の言葉が出てこず、目を瞠《みは》る。すると加賀は納得したように頷いて告げた。

「やはりそうでしたか。実は椿家には、ごく稀《まれ》に治癒の力を持つ方がお生まれになるのです。春雅様も同じ力をお持ちでした」

「え……、父さんも……？」

では、自分のこの力は父譲りのものだったのか。

千春の脳裏に、母の言葉が甦《よみがえ》る。

『千春はお父さんに似たのね』

どう見ても母似の自分に、嬉しそうにそう言っていた母。

もしかするとあの言葉は、この力のことを言っていたのかもしれない――。

茫然とする千春に、加賀が言う。

「実は千春様のことを調べさせていただいた際、こちらの薬が大変よく効くという噂《うわさ》を耳にしたのです。それで、もしや千春様も春雅様と同じ力をお持ちなのではと」

「……はい。確かに僕にはそういう力があるみたいです。でも母からは、この力のことを無闇に他人に話したりはしないようにと言われていました」

自分の力について話すのは、母以外の人には初めてだ。

少し緊張しながらも力について認めた千春に、加賀が頷く。

「賢明なご判断だと思います。治癒の力は悪用されやすく、椿家でも秘中の秘とされておりますから」

先ほど加賀は、この力を持つ者は稀だと言っていたし、おそらく外部の者には秘密なのだろう。

加賀は千春を懐かしそうに見つめながら、千春の知らない両親の話をしてくれた。

「美千代様は、椿家に出入りしていた薬問屋のお嬢様でいらっしゃいました。お二人共聡明でお優しく、本当にお似合いで……。ですが、大旦那様……、千春様のお祖父様が、お二人の仲をお認めにならなかったのです」

「……お祖父様、ですか」

父の顔も知らない千春にとっては、祖父と言われてもとても遠い存在に思える。

どんな人だったんだろうと思った千春に、加賀が少し申し訳なさそうに告げる。

「大旦那様は決して悪い方ではなかったのですが、大変厳格な方でした。お二人のことを知った時は、椿家の嫡男が商家の娘を娶《めと》るなどとんでもないと、大変なお怒りようで……。時代もあったのでしょう、当時は今よりもっと、世間の目も厳しいものでしたから」

「……そうだったんですか」

加賀の言葉に、千春は以前読んだ新聞記事を思い出す。

確か半年ほど前、この国では指折りの名家で、四神の白虎を司る白秋《はくしゅう》家の当主が大店《おおだな》と政略結婚をしたという記事が新聞に載っていた。だが、祝福する雰囲気とはほど遠く、あの白秋家が商家から男の嫁をとった、しかもその嫁は曰《いわ》く付きで、と随分下世話で非難めいた記事だったのだ。

あの時は、どうしておめでたいことなのにこんなことを書くんだろう、気分が悪いなと思って読み流しただけだったが、今でさえそれだけ好奇の目に晒されるのだ。二十数年前ともなれば、身分差のある二人にはもっと非難や好奇の目が向けられ、周囲の反対も厳しかっただろうことは想像に難《かた》くない。

ただ互いに惹《ひ》かれ合っただけなのに、そんな状況に置かれなければならなかった両親を思って言葉を呑み込んだ千春に、加賀が続ける。

「お二人は長年大旦那様を説得していましたが、ついに叶わず、駆け落ちしようとされました。しかし、寸前で気づいた大旦那様が春雅様をお屋敷に軟禁し……。美千代様はそのまま行方知れずになってしまわれました。おそらくご実家に迷惑をかけるわけにはいかないと思われたのでしょう」

椿家ほどの名家に睨《にら》まれたら、一介の薬問屋などひとたまりもない。母は実家の商売を案じて身を引くしかなかったのだろう。

そして、一人になってから身ごもっていることに気づいたのだ――。

(母さんはそれでも僕を産んでくれた。一人で育てる決意をしてくれたのは、きっとそれだけ父さんのことを愛していたからだ)

生前、父のことをあまり語らなかった母だが、たまに話してくれる時はいつも楽しそうで、少女のように頰《ほほ》を染めていた。

今でも愛しているのが一目で分かるその様子に、千春もなんとなく父のことを悪くは思えず、きっといい人だったんだろうなと思っていた。

(結婚を反対されたって言ってたから、きっといい家柄の人だったんだろうなとは思ってたけど……、まさか華族の当主だとは思わなかった)

手元のロケットを見つめる千春に、加賀が続ける。

「美千代様と引き離された後も、春雅様は大旦那様の説得を続けていらっしゃいました。美千代様のことも手を尽くして探していましたが、ついに見つからず……。三年後に大旦那様が亡くなられて、当主の座を継がなければならなくなったことから、別の方とご結婚されたのです。もし美千代様が千春様を身ごもっていらっしゃると知っていたら、あるいは違う未来もあったのかもしれません」

「……そうだったんですか」

申し訳なさそうに言う加賀に頷いて、千春は喉のつかえを無理矢理呑み込んだ。

――過去は、変えられない。

けれど、もしかしたら母が生きていた未来があったのかもしれないと思うと、やるせないものが込み上げてくる。

それぞれに仕方のない事情があったと分かっていても、恨みをぶつけたくなってしまう――……。

(……駄目だ。母さんは生きてた時、父さんのことも、父さんの家のことも悪くなんて言わなかった)

母にとって父との思い出は、キラキラ輝く宝物のようなものだったはずだ。

母が父や祖父のことを恨んでいなかったのに、自分がここで恨み言など言ったら、母の宝物に傷をつけてしまうことになる。

たとえ亡くなっていようとも、否、亡くなっているからこそ、誰よりも大切な母を悲しませるようなことだけはしたくない。

きゅっと唇を引き結んだ千春を見つめて、加賀が気遣わしげに言う。

「これまでのことを思えば、椿家に複雑な思いもおありでしょう。ですが、治癒の力があるということは、千春様が紛れもなく椿家の血を引いていらっしゃる証《あかし》。どうか一度、椿家においでいただけませんでしょうか?」

「え……」

加賀の言葉に、千春は思わず目を瞠っていた。

「椿家にって……、あの、でも今更僕が出ていっても、そちらにとっては話がややこしくなるだけなんじゃないですか?」

千春の父はすでに亡くなっており、今の当主はその息子だ。おそらく千春にとっては母違いの弟に当たるのだろうが、亡き先代当主の隠し子、しかも現当主より年上の男だなんて、どう考えても厄介者でしかないのではないか。

(僕だって、今更華族の一員になれとか言われても困るし……)

いくら血を引いていても、自分は生まれも育ちも庶民だし、母の残したこの店という大事な場所がある。ここを離れるつもりはないし、華族として生きていく自分なんて到底想像ができない。

もしかしたら父の遺産がどうのという話があるのかもしれないが、千春は今の仕事でちゃんと食べていけている。お世辞にも裕福ではないが、身の丈に合った暮らしで十分幸せだし、大きすぎる財産は必ずしも人を幸福にはしないことも知っている。

(お父さんのことはもっと聞きたいし、半分とはいえ、血の繋がった家族がいるのなら会ってみたいけど……。でも、お互いのためには、僕は椿家とあまり関わり合わない方がいいんじゃないのかな)

そう思った千春に、加賀が眉を曇らせて頷く。

「正直に申しますと、確かに千春様の存在は椿家にとって由々しき問題です。ですが、椿家は現在、大変な苦境に立たされておりまして、千春様に是非お力添えいただきたいのです」

「僕に……、ですか?」

思わぬ言葉に、千春は戸惑ってしまう。

自分が困窮して椿家を頼るというのならまだしも、自分が力になれることなどあるのだろうか。

不思議に思って聞き返した千春に、加賀は声を落として告げた。

「はい。詳しくはここでは申し上げられませんが、現当主の雅章《まさあき》様は今、大変困ったご状況に置かれておりまして、そのことでご親戚の方々から責められているのです。そこで、少しでも雅章様のお力になって下さる方を増やしたいと、お父様の春雅様のご友人関係やお知り合いを訪ね歩くうち、美千代様が妊娠されていたようだとの噂を聞き、こうして千春様をお探しした次第なのです」

「そうだったんですか……」

何故父も存在を知らなかった千春のことを、執事である加賀が探しに来たのか不思議に思っていたが、そういうわけだったらしい。

頷いた千春に、加賀が必死な面もちで訴える。

「雅章様には今、心から信頼できるご相談相手がいらっしゃいません。事を外部に漏らすわけにはいかず、ご友人に相談することもできずに一人で悩んでいらっしゃるのです。ですからどうか、雅章様のご相談相手になってはいただけないでしょうか」

「……でも、僕で相談相手になりますか？　いくら兄弟とはいえ、今までお互いに存在も知らなかったわけですし……」

自分はその雅章という人のことを、なにも知らない。

秘密というのなら漏らす気はないが、状況的にはほとんど外部の人間同然だし、せいぜい話を聞くらいしかできないのではないだろうか。

疑問に思った千春だが、加賀はぐっと眉を寄せて苦しそうに言う。

「千春様の仰ることももっともです。ですが、私が千春様の存在を雅章様にお知らせした時、雅章様は目を輝かせて是非会いたいと仰ったのです。……坊ちゃまがあのように生気に満ちたお顔をお見せになるのは、本当に久しぶりのことでございました」

どうやら加賀は、雅章のことを昔から見守ってきたらしい。

まるで我がことのように沈痛な面もちをした彼は、千春に向き直って言った。

「雅章様はきっと、血の繋がったお兄様にならば、苦しい胸の内を相談できると思われたに違いありません。ですからどうか、一度だけでも椿家においでいただけませんでしょうか。どうか……！」

「……っ、顔を上げて下さい、加賀さん」

深々と頭を下げた加賀に驚いて、千春はカウンター越しに身を乗り出し、加賀の肩に手を伸ばした。

顔を上げた加賀に、少し躊躇《ためら》いつつも言う。

「お話は分かりました。僕でよかったら、雅章さんの話し相手になります」

「千春様……！」

目を輝かせた加賀に、千春は微笑んで頷いた。

自分は、椿家にとって厄介な存在だ。

特に弟だという雅章には、当主の地位を脅《おびや》かしかねない存在と取られてもおかしくない。

それなのに弟は、自分に会いたいと言ってくれた。

(疎ましく思われているんじゃと思ったけど……、そうじゃないのなら僕も会いたい)

もういないと思っていた、自分の家族だ。会ってみたいし、できれば仲良くなりたい。

話し相手くらいにしかなれないかもしれないが、自分にできることがあるのなら力になりたい。

「僕も雅章さんに会ってみたいです。でも、他のご家族はこのことを知ってらっしゃるんですか？」

当主の雅章が会いたいと言ってくれているとはいえ、椿家の屋敷に行くとなれば他の家族の目もあるだろう。

少し気になって聞いた千春に、加賀は表情を強《こわ》ばらせて言い淀《よど》んだ。

「雅章様のお母様は、数年前に他界されています。妹の雅代《まさよ》様につきましては、少し事情がございまして……。詳しくは屋敷においでいただいた際にお話しさせていただきたく存じます」

「妹……」

どうやら自分には妹もいたらしい。

もしかして話というのは、その妹のことなのだろうか。

できれば妹にも会ってみたいと思いつつ、千春はまだ見ぬ兄弟に会える嬉しさに胸を弾ませながら、分かりましたと頷いたのだった。

2

「——ちゃん、……千春ちゃん！」

「……っ」

不意に耳に飛び込んできた声に、千春はハッと我に返る。

慌てて顔を上げると、店のカウンターに座った林さんが、心配そうにこちらを見つめていた。

「大丈夫かい？　ここ最近、なんだかぼーっとしてるようだけど」

「あ……、だ、大丈夫です。すみません、傷薬でしたよね？」

先ほどお願いされたばかりの薬を出そうと、背後の薬棚に向かう。

気遣わしげな視線を後ろに感じながら、千春はしっかりしないと、と気を引き締めた。

——加賀が千春を訪ねてきて、数日が経った。

あの後、一度雅章様にお話しして参りますと言った加賀からは、丁寧なお礼と日程の打診の手紙が届いた。こちらこそありがとうございます、そちらの日程で大丈夫ですと返した日付は、もう明日に迫っている。

(明日、会えるんだ……。僕の弟に)

一体どんな人なのだろう。

華族の人に会ったことなどないから分からないが、あんなにも加賀が心を砕いている相手なのだ。きっと素直で優しい人に違いない。

(僕の弟……。それに、妹も……)

まさか自分に弟と妹がいるなんて、思ってもみなかった。自分が兄だなんて、なんだか胸の奥がくすぐったい。

なんて声をかけよう、どんな話をしようと、傷薬を手にそわそわとまた心ここにあらずといった様子になった千春に、林さんが声をかけてくる。

「やっぱり心配だねぇ。本当になにがあったんだい、千春ちゃ……」

と、その時だった。

チリンチリン、と忙《せわ》しない音を立てて、店の扉が開かれる。反射的にそちらを振り返った千春は、現れた男性客に少し戸惑った。

「……っ、いらっしゃいませ……?」

入り口に立っていたのは、上等な仕立てのスーツに身を包んだ男だった。

年齢は千春より少し若いくらいだろうか。細身だが背が高く、シルクハットを被《かぶ》って、ステッキを手にしている。

身なりからして明らかに上流階級のその男は、何故か千春をきつく睨みつけていたのだ。

(な……、なんだろう。僕、なにかしたかな?)

だが、彼の顔に見覚えはないし、店に来るお客さんの中にも、こんなに住む世界の違う人はこれまでいなかった。どう考えても自分は彼と初対面のはずだ。

だというのに、一体どうしてこんなに睨まれてい

「お前に呼び捨てにされる覚えはない」

「あ……、ご、ごめ……」

咄嗟に謝った千春にフンと鼻を鳴らして、雅章は居丈高《いたけだか》に命じた。

「まあいい。お前に用がある。来い」

言うなり、雅章は踵《きびす》を返して店から出ていってしまう。突然のことに、千春はぽかんとしてしまった。

「え……、こ、来いって……」

「申し訳ありません、千春様。これには事情が……」

入り口にいた加賀が、焦った様子で千春に謝ってくる。しかし、皆まで言うより早く、雅章が外から彼を呼ぶ声が聞こえてきた。

「なにをしている、加賀！　早くこっちに来い！」

「……っ、千春様、突然で申し訳ありませんが、どうか一緒に来ていただけませんでしょうか」

そう言った加賀が、いったん失礼します、とお辞儀をして店を出ていく。

チリンチリンと鳴る扉の向こうに消えた二人に、まさかと息を呑む千春に、雅章が眉を寄せて唸る。

それは、自分の母違いの弟の名だ。

「……っ、雅章って……」

見れば、開きっぱなしの扉から加賀が息を切らせて駆け込んできたところだった。千春は加賀の言葉に目を見開く。

「雅章様！」

当惑する千春の耳に、聞き覚えのある声が飛び込んでくる。

それなら何故、この店に来たのか。

「え……」

「薬などに用はない」

「ええ、そうですが。……あの、本日はどういった薬をお探しで……」

ツカツカと足早にカウンターに歩み寄ってきた男に、千春は戸惑いつつもできるだけ丁寧に答えた。

「……お前が神楽千春か」

るのかとたじろぐ千春に、男が口を開く。

千春は戸惑ってしまった。

「一緒にって……」

自分が雅章に会いに行く約束は明日のはずだ。先ほど加賀はなにか言いかけていた様子だったが、事情が変わったということなのだろうか。

どうしよう、と迷っていると、一連のやりとりを見ていた林さんが憤慨したように言う。

「なんなんだい、あの若いのは。随分偉そうだったけど、千春ちゃんの知り合いかい？」

「えっと……」

知り合いではないが、まさか今ここで林さんに自分の出自について話すわけにもいかない。

千春はとりあえず、棚から出した傷薬を紙袋に包んで林さんに渡した。

「……実はあの人は、明日会う予定だった人なんです。なにか事情が変わったみたいなので、これからちょっと会ってきますね」

慌ただしくてすみませんと謝り、お代を受け取って手早く出かける支度をする。財布と鍵だけ持った千春に、林さんも腰を上げた。

「そうなのかい？　まあ、千春ちゃんが知ってる人なら大丈夫だろうけど、でもなんだか随分失礼な相手だったからね。気をつけるんだよ」

「はい、ありがとうございます」

心配してくれる彼女にお礼を言って、一緒に店を出る。

すると店の前には、大きな二頭立ての馬車が停まっていた。

「うわ……」

「なんだい、この馬車は!?」

驚く林さんと共に目を見開く千春に、馬車のそばにいた加賀が恐縮しつつ声をかけてくる。

「申し訳ありません、千春様。事情は雅章様がお話しになるとのことですので、どうぞお乗り下さい。よろしければ奥様もお送りしますが……」

加賀の申し出を聞いた林さんが、目をまん丸に見開いて首を横に振る。

「奥様!? い、いやいや、あたしんちはすぐそこだから！　こんな馬車で帰ったら、旦那が腰抜かしちまうよ！」

冗談じゃないと断った林さんは、千春の肩を抱くなり、ひそひそと声を落として問いかけてきた。

「千春ちゃん、本当に大丈夫かい？　なんなら角の交番までひとっ走り行って、お巡《まわ》りさん呼んでくるけど……」

「林さん……、ありがとうございます。でも、大丈夫ですから」

突然のことで千春も驚いたが、元々会う予定はあったのだ。気遣いはありがたいが、なにも心配することはない。

「すぐ帰ってきます。驚かせてすみませんでした」

にっこり笑って謝り、店の戸締まりをする。気をつけるんだよ、とまだ心配そうにしている林さんにもう一度お礼を言って別れ、千春は緊張しながらも馬車に乗り込んだ。

と、すぐに座席に腰かけていた雅章から叱責《しっせき》が飛んでくる。

「遅い。いつまで待たせるつもりだ」

「……………」

あまりにも身勝手な言葉に、思わず黙り込んでしまう。急に訪ねてきたのはそちらなのに、その言い草はどうなのか。

（ちょっと想像と違ったな……）

てっきり素直で優しい人物なのだろうとばかり思っていたが、どうやら自分の弟は少しばかり性格がねじ曲がっているらしい。

だが、勝手に想像していたのはこちらだし、思っていたのと印象が違うからとがっかりするのは失礼だ。話してみたら案外いい子なのかもしれないし、なによりせっかく会えた肉親と揉《も》めたくない。

千春は気を取り直して、穏やかに謝った。

「ごめん。突然だったから、少し驚いて。改めて、初めまして。僕は……」

「神楽千春だろう？　さっき確認したじゃないか」

苛々《いらいら》とした口調で言った雅章が、出せ、と外の御者に向かって命令する。おそらく御者と一緒に座っているのだろう、かしこまりましたと加賀の声が聞こえてきた。

ゆるやかに走り出した馬車の中、千春はにこやかに雅章に話しかけた。

「そうだったね。ええと、君は椿雅章くん、だよね」

「ああ、そうだ。まったく、こんな男が椿家の血を引いているとは……」

嘆かわしいとばかりに、雅章がため息をつく。千春は戸惑いながらも懸命に説明しようとした。

「そのことだけど、僕もまだ少し信じられないでいるんだ。でも加賀さんから、僕の持っている力は椿家に伝わる力だって聞いて……」

千春自身、半信半疑ではあるが、まずは自分たちが兄弟だということを信じてもらいたい。そうすれば少しは雅章の態度も和らぐのではないか。

そう思った千春だったが、雅章は千春の言葉を聞いた途端、ぐっと眉間《みけん》に皺《しわ》を寄せて一層強くこちらを睨んできた。

「……嫌みのつもりか」

「え……」

「お前からしてみたら、当主の僕が治癒能力を持っていないなんて、さぞ滑稽《こっけい》だろうな」

自嘲するような笑みを浮かべた雅章に、千春は慌てて謝った。

「ご……、ごめん、知らなかったんだ。そんなつもりじゃ……！」

雅章に治癒能力がないことも、それを気にしていることも知らなかった。

気に障ることを言うつもりではなかったと焦った千春だったが、雅章はフンと鼻を鳴らして言う。

「お前がどういうつもりかなど、どうでもいい。忌々《いまいま》しいが、今はお前にその能力がある方が好都合だからな」

「……好都合？」

雅章の言葉に、千春は思わず身を強ばらせた。

まさか雅章は、自分の力を利用しようとしているのか。

緊張を走らせた千春だが、雅章はそれには構わず、敵意に満ちた視線を向けてくる。

「こちらがなんの思惑もなく父の隠し子、しかも庶民を一族に迎えると思っていたのか？　まあ大方、自分が長子だと知って、あわよくば椿家の家督を継げるとでも思っていたのだろうが」

「……そんなこと、僕は思ってない」

きっぱりと否定した千春だが、雅章はまるで信じる様子はなかった。

「どうだかな。椿家の財産を狙う輩《やから》は山といる。いくら治癒能力があるとはいえ、雅代のことさえなければお前など捨て置いたというのに……」

「雅代って……」

雅章が口にした名前に、千春は目を瞬かせた。確かそれは、彼の妹の名前だ。

加賀は、妹の雅代のことは、会ってから雅章が話すと言っていた。

「……なにかあったの？」

雅章が自分の力を利用しようとしているらしいのは引っかかるが、それ以上に妹のことが気になる。もしかしたらなにか大怪我をしたり重い病に冒されたりしていて、それで自分の治癒の力を必要としているのではないか。

そう思った千春だったが、雅章の答えは意外なものだった。

「雅代は……、下男と駆け落ちした」

「っ!? 駆け落ち!?」

思わず大声を出した千春に、声が大きい、と雅章が眉をひそめる。千春は慌てて謝った。

「ご、ごめん。でも、え……、彼女は今何歳なんだ？」

「もうすぐ十八歳だ。……僕と雅代は年子なんだ」

憮然《ぶぜん》として答えた雅章が、不機嫌そうに続ける。

「雅代には幼い頃から許嫁《いいなずけ》がいて、成人を待って結婚する予定だった。三ヶ月後の雅代の誕生日に式を挙げる予定で、もう準備もだいぶ進んでいたんだが、大方それを嫌がって駆け落ちしたんだろう。我が妹ながら、浅はかなことをしてくれたものだ」

「浅はかって……、そんな言い方しなくても」

華族の結婚は庶民とは違い、家同士の結びつきを強くするためのものだということは、千春も知っている。当人同士の意思よりも当主の意向が強く反映される、いわゆる政略結婚なのだろう。

だからだろう、華族の令嬢が庶民と駆け落ち、という話題はよく新聞の紙面を賑《にぎ》わせている。椿家の話はこれまで出ていなかったから、まだ新聞記者に嗅《か》ぎつけられていないのだろう。

確かに当主である雅章からしたら困った事態なのだろうが、それにしたって実の妹がそれほど嫌がっていた結婚を押し進め、その上浅はかと言うなんて少しひどいんじゃないだろうか。

そう思った千春だったが、雅章は視線を険しくすると千春に問い返してきた。

「……相手があの狼谷《かみたに》家の、現当主でもか？」

「っ、狼谷家……!?」

驚きに目を瞠って、千春は息を呑んだ。

狼谷家は、この国に暮らす者なら子供でも知っている、名家中の名家だ。

政《まつりごと》の中枢を担う四神の一族の一つ、白秋家の直属の家臣で、帝に直に謁見することを許されている、由緒ある一族である。椿家も旧い家柄だが、それより数段格上で、現当主との結婚となると不釣り合いな印象は否めない。

「どうしてそんな相手が許嫁に？」

思わずそう聞いた千春に、雅章が眉を寄せつつ答える。

「父親同士が若い頃懇意にしていたんだ。それで、お互いの子供を結婚させようと約束したらしい」

シルクハットを取った雅章が、ぐしゃぐしゃと髪を手でかき乱しながら呻く。

「いくら探しても雅代は見つからないし、このままでは約束を果たせない。おかげで僕は親戚中から責められて針のむしろだ！」

どうやら加賀が言っていた、雅章が親戚から責められている困った状況とは、このことらしい。

（加賀さんはそれで、僕に彼の相談相手になってほしいって言ってたのか……）

納得しかけた千春だったが、しかしふと、先ほど雅章が言っていたことが引っかかる。

雅代の身に直接なにかあったわけではないのなら、何故雅章は自分の治癒能力が好都合などと言ったのだろう――。

「あの、雅章くん。それで君は、僕になにをさせようと？」

自分の能力が、妹の駆け落ちとどう関係するのか。

こうなったらもう直接聞くしかないだろうと思って尋ねた千春に、雅章が黙り込む。

「…………」

「雅章くん？」

千春が重ねて問いかけると、雅章はハア、とため息を零した。乱した髪を手で撫でつけ、シルクハットを被り直しながら、重い口を開く。

「……お前には、妹の身代わりを務めてもらう」

「身代わり？」

どういう意味かと眉を寄せた千春だったが、続く雅章の言葉は思いもかけないものだった。

「ああ。雅代の身代わりとして、狼谷家に嫁いでもらう」

「……っ!?」

息を呑んだ千春から視線を逸《そ》らして、雅章が気まずそうに言う。

「……僕だって、強引なことを言っていると分かっている。だが、妹がいない今、狼谷家との約束を果たすにはそれしかないんだ」

「いや、でも僕は男だから……!」

確かにこの国では同性同士の結婚は禁じられていないし、それこそ上流階級の政略結婚なら同性同士の結婚も珍しくない。だが、当主の正妻ともなれば跡継ぎ問題は避けて通れないはずだ。

千春は混乱しつつも、いったん呼吸を落ち着けて言った。

「雅章くん、いくらなんでもそれは無理があるよ。お相手は当主様なんだろう? 分家ならともかく、跡継ぎを作れない男との結婚を承諾するはずがないよ。婚約破棄の方がまだ納得するだろうから……」

男の自分は狼谷家当主の正妻にはなれない。そう諭そうとした千春だったが、雅章は意外なことを言い出す。

「あまり知られていないが、狼谷の血筋は同性同士でも子をなすことができる」

「え……」

「狼谷家は四神の加護を受けているからな。つい先頃、白秋家の当主も男の嫁をとったばかりだ」

「それは知ってるけど……」

確かに新聞の記事には、白秋家の結婚相手は商家の息子だと書いてあった。

四神の白虎の一族である白秋家は神に近く、人間にはない不思議な力を持っている。その力で、相手の性別には関係なく子供を作れるということは、千春も知っていた。

だが、まさかその臣下である狼谷家も同じ力を持っているとは。

(雅章くんは、僕にその狼谷様の子供を産めって言うのか……)

会ったばかりの弟の無茶な要求に茫然とする千春をよそに、雅章が眉間に皺を寄せて唸る。

「現当主が同性愛者だという話は聞かないが、お前には治癒能力がある。男の嫁でも納得させられるかもしれない」

な……っ」

つまり雅章は、千春の能力を直接利用しようというのではなく、それを売りに狼谷家との縁談を押し進めようとしているのか。

思ってもみなかった展開に混乱しながらも、千春は雅章を見据えて言った。

「雅章くん、よく考えて。そんな賭けみたいなことをするより、正直に話して破談にするべきだよ」

駆け落ちしたという妹のことも心配だが、探し出して無理矢理結婚させるより破談にした方がずっといい。

「約束したのは父親同士なんだし、話せばきっと向こうだって……」

「……お前には分かるまい」

けれど、説得しようとした千春を雅章が遮る。その顔は思いつめたように真っ青だった。

「事はそう単純ではないんだ。たとえ相手が納得したとしても、狼谷家との約束を反故《ほご》にしたとあらば、椿家は社交界から爪弾《つまはじ》きにされる。一度そんなことになれば、信用はガタ落ちだ。誰も椿家との取引には応じなくなる……！」

「そんな……」

まさか、そんなことが本当にあるのか。考えすぎではないかと思わずにいられないが、華族同士の交流は千春の知る庶民のものとはまるで異なるのかもしれない。

心底恐怖を感じている様子の雅章を見つめつつ、千春は躊躇いながらも口を開いた。

「……でも、そもそも狼谷家が庶民の男を当主の奥さんとして受け入れるとは思えないよ」

いくら治癒能力があるとはいえ、千春はこれまでずっと市井《しせい》で育った。社交界に必要な教育も受けていないし、礼儀作法だって知らない。

由緒ある立派な家柄の当主が、自分を伴侶にするわけがない。

「僕だって、急にそんなことを言われても困る。お店だってあるし、そもそも僕は椿家に入るつもりもないんだ」

ずっといないと思っていた兄弟だ。困っているのなら力になりたい。

けれど、自分にだってできることとできないことがある。

いくらなんでも、男に嫁ぐことはできない。

「僕も一緒に謝るから、婚約は破談に……」

どうにかなだめようとした千春だったが、皆まで言う前に雅章の強い視線に射抜かれる。思わず口を噤《つぐ》んだ千春を見据えて、雅章がぐっと膝の上の拳を握りしめた。

「……破談になど、しない。椿家を僕の代で終わらせるわけにはいかないんだ」

「雅章くん、でも……」

「お前がこの話を断ると言うのなら、こちらにも考えがある」

きっぱりと千春を遮った雅章が、こちらを睨みつけてくる。続く一言に、千春は大きく目を瞠った。

「お前が椿家に入らず、狼谷家に嫁がないと言うのなら、お前の店周辺の土地を買い上げて立ち退《の》きを命じてやる」

「な……っ」

「お前の店だけで済むと思うな。辺り一帯、全部の店にだ……！」

強く拳を握りしめた雅章が、千春を見据えて迫る。

「僕は本気だ。さあ、どうする……！」

「……っ、雅章くん……」

ギラギラと光る雅章の目に、千春は息を呑んだ。

(立ち退きって……)

まさか雅章は、本当にそんなことをするつもりなのか。

あの辺り一帯のお店は、千春の店と同じように自宅を兼ねた個人商店がほとんどだ。地主から立ち退きを命じられたら皆、収入の手だても生活する場も失ってしまう。

これまでずっとお世話になってきた商店街の人たちが、自分のせいで路頭に迷ってしまうかもしれない――。

「そんな……」

千春が呻いたその時、カラカラと進み続けていた馬車がゆるやかに停まる。

ややあって、加賀が外から声をかけてきた。

「雅章様、着きました」

「ああ。……行くぞ」

千春に声をかけた雅章が、さっと馬車を出る。

千春は少し躊躇いながらもその背を追って外に出て――、大きく目を見開いた。

「うわ……」

――馬車が停まっていたのは、豪奢《ごうしゃ》な洋館の前だった。

上にバルコニーがついた玄関ポーチの左右には大きな窓がずらりと並んでおり、両端の角がかろうじて視認できるほど広い。まるでお城のようなその洋館にはそこかしこに薔薇《ばら》が咲き乱れており、ほのかに甘い花の香りが漂っていた。

後ろを振り返れば、綺麗に手入れされた濃い緑の植え込みの先に、おそらく馬車が通ってきたのだろう門が小さく見える。広大な庭には薔薇以外にも様々な花々が咲いており、美しい東屋《あずまや》まであった。

今まで見たこともないような立派なお屋敷に圧倒された千春だが、その時、広い玄関ポーチに立っていた燕尾服《えんびふく》姿のふくよかな男性が、にこやかに一礼して言う。

「お待ちしておりました、椿様。どうぞこちらへ」

ああ、と頷いた雅章に、千春は慌てて尋ねた。

「っ、ここは……？」

てっきり椿家の屋敷なのだろうと思っていたが、違うのだろうか。

眉をひそめた雅章が、小声で告げる。

「狼谷様のお屋敷だ。今日来られないかと打診があったんだ。……もしかしたら雅代のことが狼谷様のお耳に入ったのかもしれない」

表情を険しくした雅章は、じろりと千春を睨んで言った。

「このままお前を狼谷様に紹介する。くれぐれも勝手なことを言うなよ」

「勝手なことって……」

男性に続いて屋敷の中に入っていく雅章の背を見つめて、千春はくっと唇を噛んだ。

(勝手はどっちだよ……! いきなり来て、男の嫁になれなんて……)

いくらようやく会えた家族でも、自分の都合で振り回すなんて最低だ。できることならこのまま踵を返して、ここから立ち去りたい。

だが、今ここでそんなことをしたら、自分だけでなく商店街の人たちまでひどい目に遭うかもしれない。

ずっとお世話になってきた人たちだけは、絶対に守らなければならない——。

「……っ」

唇を引き結んだ千春は、ぎゅっと拳を握りしめ、仕方なく雅章の後に続いたのだった。


こちらでお待ち下さい、と執事に案内されたのは、絨毯《じゅうたん》敷きの床にゆったりした大きなソファが設《しつら》えられた応接間だった。

高い天井から下がる品のいいシャンデリアに照らされた室内には、飴《あめ》色に磨き込まれたテーブルや飾り棚、今は火がついていないが暖炉まである。いずれもしっかりした造りの上質な調度品ばかりで、豪華だが落ち着いた雰囲気の部屋だった。

二人を案内してすぐ下がった執事は、おそらく主を呼びに行ったに違いない。千春は二人きりの今のうちにと、隣に座る雅章に話しかけた。

「絶対に考え直した方がいいよ、雅章くん」

「…………」

「男の僕を嫁になんて、納得するはずがない。相手が激怒したら、それこそ取り返しがつかないよ」

「…………」

けれど、千春がいくら説得しようとしても、雅章はなにも反応を返さない。

「雅章くん……」

困り果ててしまった千春だったが、その時、部屋の外から先ほど案内してくれた執事の声がした。

「失礼致します」

「……ああ」

短く答えた雅章が、サッと立ち上がる。

千春が慌ててそれに倣《なら》ったところで、部屋のドアが開き——。

「待たせてすまない」

聞こえてきたなめらかな美声に、千春は思わず目を瞠った。

——現れたのは、長身の男性だった。

年の頃は三十代半ばくらいだろうか。落ち着いた雰囲気で、コート仕立ての白い軍服を身に纏《まと》っている。立ち姿はすらりとしていたが、軍服の下にはみっしりとした筋肉が詰まっている様子で、隙《すき》のない身のこなしだった。

何より目を引くのは、その髪だ。すっきりと整えられた髪は美しい銀髪で、彼が普通の人間ではないことを示している。はらりと額にかかった一房が、シャンデリアの光を受けて煌《きら》めいていた。

ともすると浮いてしまいそうな銀髪だが、彼の整った精悍《せいかん》な顔立ちには誂《あつら》えたようによく似合っている。きりりとした眉や形のいい鼻、少し厚めの唇はパッと人目を引く華やかさがあるが、どこか近づきがたく鋭い印象だった。切れ長の目は深い青で、肌も髪も色素の薄い彼の中で唯一濃い色をしている。

(この方が……)

おそらく彼が、狼谷家の当主なのだろう。

随分美形な人なんだな、と驚きつつ彼を見つめて

いた千春だが、そこで相手も自分を見て驚いたように目を瞠っていることに気づく。

(……なんだろう?)

彼と違って自分は特に目を引くような容姿はしていないと思うが、なにをそんなに驚いているのだろうか。

(前に会ったことがあるとか? いやでも、こんな立派で美形な軍人さんに会ったら絶対に忘れないと思うし……)

髪や目の色もそうだが、彼は佇《たたず》まいからして一般人とは違う。たとえ道ですれ違っただけだとしても、きっと忘れないだろう。

どうしてこんなに見つめられているのかと千春が不思議に思っていると、同じように不思議そうな顔をした雅章が彼に声をかけた。

「あの……、狼谷様」

「……っ、ああ、すまない。よく来てくれた、椿男爵。こちらは……」

我に返って問いかけてきた彼に、雅章が千春を紹介する。

「私の腹違いの兄で、千春と申します」

「初めまして、神楽千春です」

千春が緊張しつつ頭を下げると、彼も軽く会釈して名乗る。

「……先ほどは不躾に見つめてすまなかった。私は狼谷恭一郎《きょういちろう》だ。よろしく」

「あ……」

大きな手を差し出しながら微笑みかけてくる恭一郎に、千春は思わず見とれてしまった。

ふわりと細められた目はやわらかい弧を描いていて、先ほど感じた鋭く近づきがたい印象が一変している。優しく穏やかな声は安心感があって耳に心地よく、いつまでも聞いていたいくらいだ。

(よかった……。この人はちゃんと話を聞いてくれそうだ)

最初に会った華族が雅章だったので不安だったが、

恭一郎はとても優しそうだし、常識的な対応をしてくれている。

彼ならば雅章の突飛な提案を退け、こちらの事情を汲んで破談を受け入れてくれるのではないか。

千春は少しほっとしつつ、恭一郎の手を握り返した。

「こちらこそ、よろしくお願いします」

ああ、と一層穏やかに微笑んだ恭一郎が、雅章に話しかける。

「それで、椿男爵。実は今日君を呼んだのは、例の縁談の件なのだが……」

――と、その時だった。

「っ、申し訳ありません……！」

恭一郎の言葉を皆まで聞かず、雅章が大声で叫んでその場に膝をつく。

雅章が恭一郎に向かって土下座したのを見て、千春は仰天してしまった。

「雅章くん、なにを……」

「妹の行方を探すことに専念しており、ご報告が遅れました……！　駆け落ちの件、すでに狼谷様のお耳に入っているとは……」

平伏した雅章に、恭一郎が目を瞬かせて呟く。

「……駆け落ち？」

「はい。手を尽くして探しておりますが、未だに雅代は見つかっておりません。妹のことは、当主である私の責任です。誠に申し訳ありません……！」

床に額を擦りつけんばかりにして謝った雅章は、そこでバッと顔を上げると千春を手で示して一息に告げた。

「ですが、私は狼谷家とのお約束を違《たが》えるつもりはございません！　ここにいる兄の千春は、諸事情あって今まで市井で暮らしてきましたが、確かに当家の血を引く者です。実は当家には稀に治癒の力を持つ者が生まれることがあり、兄はその力の持ち主なのです……！」

「……っ、治癒の……」

雅章の言葉を聞くなり、恭一郎が目を見開く。

千春は慌てて雅章を制止しようとした。

「雅章くん、それは……」

しかし、千春が口を開いた途端、雅章がきつくこちらを睨みつけてくる。分かっているだろうと言わんばかりの強い視線に、千春は躊躇いながらも口を噤んだ。

このまま雅章の思い通りになってしまったら困る。けれど、拒めば町の人たちに迷惑がかかるかもしれない——。

「…………」

ぎゅっと拳を握りしめて黙り込んだ千春に、恭一郎が気遣わしげな視線を送ってくる。

しかし、彼が唇を開きかけたところで、雅章が畳みかけるように言った。

「ち……」

「狼谷様、兄の力は必ずや狼谷様のお役に立ちます。ですからどうか、この兄を雅代の代わりに娶《めと》ってはいただけませんでしょうか……!」

「……彼を?」

雅章の言葉があまりにも意外だったのだろう。

大きく目を見開いた恭一郎にまじまじと見つめられて、千春はいたたまれなさにきゅっと唇を引き結んだ。

(大丈夫だ……。この人だって、いきなり男と結婚してくれなんて言われたって、困るに決まってる)

恭一郎が断ってくれれば、雅章も破談にせざるを得ない。後のことは大変かもしれないが、こうなった以上、破談にするのが一番いいことは誰の目にも明らかだ。

(この人は常識人みたいだし、こんな突飛な話、断ってくれるはず……)

ぎゅっと目を閉じ、半ば祈るようにそう思った千春だったが、耳に飛び込んできたのは信じ難い言葉だった。

「……私は構わないが」

「……っ！」

大きく目を見開いて固まった千春とは対照的に、雅章が声を弾ませる。

「本当ですか、狼谷様……！」

「ああ。私はそれで構わないよ。……だが、君はどうかな？」

「え……？」

唐突に水を向けられて、千春は戸惑って恭一郎を見上げた。

にっこりと、優しく穏やかな微笑を湛えて、恭一郎が告げる。

「私の父は早くに亡くなってね。私にとってこの結婚は、父が生前交わした約束を果たしたいという意味合いが強いものだったんだ。男爵のお父上には私もお世話になっていたしね。けれど君は、つい最近まで椿家とは関わり合いがなかったんだろう？」

先ほどの雅章の話から、千春が庶子であることを察したのだろう。

恭一郎が首を傾げて問いかけてくる。

「急に父親が華族だ、一族のために男と結婚しろと言われて、戸惑わないはずがない。君はこの結婚をどう思っているのかな？」

千春と視線を合わせるためだろう。少し身を屈めてくれている恭一郎をまじまじと見つめ返して、千春は躊躇いながらも口を開いた。

「……僕、は……」

「狼谷様がご心配なさるようなことは、なにもございません」

しかし、千春が言葉を発する前に、雅章が口を挟んでくる。

「狼谷様と結婚できること、兄も名誉に思っております。お気遣いは無用で……」

「君には聞いていないよ、椿男爵」

遮る声は、やんわりと穏やかながら、きっぱりとした拒絶を滲《にじ》ませていた。

「私は彼に聞いているんだ。結婚するのは私と彼なんだからね」

「は……、はい。申し訳ありません」

恭一郎の言葉を受けて、雅章が引き下がる。ギッと、恭一郎に見えない角度で雅章にきつく睨まれて、千春は身を強ばらせた。

（……どうしよう）

恭一郎の気遣いは、とても嬉しい。できることなら自分がこの話を承諾しているわけではないと打ち明けて、正式に破談にしてもらいたい。

けれど、そんなことをしたら雅章は黙っていないだろう。千春もご近所さんたちも、あの町から追い出されてしまうかもしれない――。

唇を引き結んで俯《うつむ》いた千春を、恭一郎はじっと見つめていた。やがて、優しい声で問いかけてくる。

「千春くん……、いや、千春、と呼んでもいいだろうか」

「はい、どうぞ」

千春が頷くと、恭一郎はありがとうと微笑んで続けた。

「千春、君のことを少し聞いてもいいかな。年はいくつ？　今まで市井で暮らしていたと言ったが、他にご家族は？」

「あ……、年は二十二歳です。七年前に母が亡くなって、それからずっと薬屋を営んでいます。他に家族はいません」

自分のことについては雅章から口止めされていないからと、聞かれるままに答える。すると恭一郎は、頷いて言った。

「そうか……。若いのに大変な苦労をしてきたんだね。薬屋なんて、膨大な知識のいる仕事だろう」

「小さい頃から母の手伝いをしていたので、薬のことは自然と覚えました。お店も、母が亡くなってからずっと、ご近所の皆さんが親身になって助けてくれたので、なんとか……」

一人ではとてもやってこられなかったと正直に打ち明けた千春に、恭一郎が目を細める。

「そうだったんだね。お母上のことは残念だったが、君が周りの人に恵まれて本当によかったよ」

穏やかに微笑んだ恭一郎が、千春を見つめて言う。

「私との結婚だが、急な話できっと君も戸惑っているだろう。自分が何者か分かったばかりのようだし、これからどうするのか、ゆっくり考える時間も必要なんじゃないかな」

「……はい」

思いやりに満ちた言葉に、千春は少し緊張を解きつつ頷いた。

（なんだろう……、この人と話してると、すごく安心する）

やわらかで心地いい低い声もだが、恭一郎の言葉はその端々に終始こちらへの気遣いが滲んでいて、話しているだけで気持ちが落ち着く。深い青の瞳は、頼っていいんだよと伝えてくれているかのように優しくて、千春の気持ちを一つ一つ、きちんと受けとめてくれているのが伝わってきた。

ほっと肩の力を抜いた千春に、恭一郎が続ける。

「そこで提案なんだが、私との結婚はいったん保留にしてはどうだろう」

「……保留に？」

言葉の意味が分からなくて、千春は聞き返した。

恭一郎が頷いて言う。

「ああ。お試し期間とでも言えばいいかな。君さえよかったら、しばらくこの屋敷で生活して、私と本当に結婚してもいいかどうか、考えてみてほしい」

「え……」

思ってもみなかった申し出に、千春は驚いて目を見開く。

しかしその時、雅章が耐えかねたように声を上げた。

「お待ち下さい、狼谷様！　そのようなことをせずとも、兄は納得して……」

「……椿男爵」

雅章を遮った恭一郎が、穏やかに問いかける。

「すまないが、もう一度同じ言葉を言った方がいいだろうか」

やんわりと、だが明確に口を挟んだことを咎《とが》められた雅章が、慌てた様子で引き下がる。

「……っ、申し訳ありません」

「いや、分かってくれたらいいんだ。大切なことだから、きちんと彼と話をさせてもらいたくてね」

ありがとう、と雅章に微笑んで、恭一郎は千春に向き直った。

「千春、幸い予定していた式まではあと三ヶ月ある。その間、ここでしばらく生活して、私との結婚について考えてみてくれないだろうか。君が嫌だと思ったり、なにか不都合が生じたりしたら、この縁談は破談にしよう。もちろん、椿家に責任がないことは私がきちんと明言する」

雅章がなにを気にして千春を身代わりにしようとしているのか、恭一郎には最初からお見通しだったのだろう。

はっきりと言い切った恭一郎に、千春は戸惑いながら尋ねた。

「あの……、ありがたいお申し出ですけど、こちらでお世話になるなんてご迷惑ではないですか？　途中で破談にするとなると、もっとご迷惑がかかりますし……」

式は三ヶ月後ということだったが、これだけ立派な家柄の、しかも昔からの許嫁同士の結婚式だ。すでに準備は相当進んでいるだろうし、破談にするならできる限り早い方がいいに決まっている。

だとしたら無理にお試し期間など設けず、今の時点で破談にした方がいいのではないだろうか。

なにより、どうして恭一郎がこんなことを言い出すのか分からない。雅章の話を聞いて、千春の治癒能力を手に入れたくなったという可能性もあるが、恭一郎の言動を見る限り、この人はそういう人ではない気がする。

（でも、だったら尚更どうして？）

恭一郎の真意が分からず困惑した千春だったが、恭一郎は悪戯《いたずら》っぽく目を細めて言った。

「迷惑なんてとんでもない。君と一緒に過ごすことができるなんて、私にとっては夢のようだよ」

「……夢のよう？」

訳が分からずきょとんとした千春に、恭一郎がくすくすと笑みを零す。

「実を言うと、私は君に一目惚れしてしまったんだ。だから、お試しでも君と一緒に暮らせたら、こんなに嬉しいことはない。それに、今破談にするにしても、途中で破談にするにしても、手間はそう変わらないしね」

「はあ……」

恭一郎の言葉に、千春は首を傾げてしまった。

（一目惚れって……、いくらなんでもそんなこと、あり得ないよね？）

自分は特に容姿端麗というわけでもないし、そもそも恭一郎は同性が恋愛対象ではないという話だった。第一、こんなに家柄も人柄も立派な人が、自分に一目惚れするはずがない。

これはきっと、恭一郎の気遣いなのだろう。

彼はおそらく、雅章があまりに頑《かたく》ななのを見て、少し頭を冷やさせようと思ったに違いない。

とりあえずお試し期間という形で婚約を保留にすれば、雅章も引き下がらざるを得ない。時間を置いて雅章が冷静になるのを待って、改めてきちんと破談の話をするつもりなのだろう。

一目惚れというのも、雅章をとりあえず納得させるため、そして千春が彼の元で世話になることを負い目に思わないようにという、気遣いから出た言葉なのだ。

（本当に優しい人だな……）

彼の気遣いに感動してしまった千春だが、恭一郎は真剣な目でじっとこちらを見つめて言う。

「どうかな、千春。私は君に、私のことを知ってほしい。一緒に暮らして、私という人間を知って、結婚してもいいかどうか、考えてみてはくれないか。どうか私に、君に好きになってもらえる機会を与えてほしい」

「……っ」

穏やかな声が紡ぐ真摯な言葉と、こちらをまっすぐ見据える深い青の瞳に、千春は思わず息を呑む。

これは彼の気遣いだと分かっているのに、あまりにも真剣な眼差《まなざ》しに勘違いしそうになる。

まるで本当に、恭一郎が自分のことを好きみたいだ——。

「……っ、わ……、分かりました。狼谷様がそう言って下さるなら、お言葉に甘えさせていただきたいと思います」

少し躊躇いつつも、千春は頷いた。

今この場で、自分が頑なに縁談を断ろうとしたところで、雅章はきっと納得しないだろう。それに、雅章には商店街の人たちを盾に取られている。強硬に突っぱねれば、皆になにをされるか分からない。

かといって、このまま結婚を承諾する決断もできない。いきなり狼谷家当主の妻として生活しろと言われても困るし、なにより男なのに子供を産むなんて、そう容易には受け入れられない。

いったん保留にさせてもらえるなら、これ以上いい選択肢はないだろう。

（狼谷様が断ってもいいって言って下さってるんだし、しばらくここで生活して、やっぱり無理ですって断れば、雅章くんだって納得するはずだ）

おそらく恭一郎もそのつもりだろうし、他にいい案も思い浮かばない。ここは恭一郎の気遣いに甘えるしかないだろう。

頷いた千春に複雑そうな顔をする雅章を後目《しりめ》に、恭一郎が破顔する。

「そうか、よかった！　ありがとう、千春。ああ、それから私のことはどうか、恭一郎と呼んでくれないか。狼谷様、は他人行儀で少し寂しいからね」

「あ……、じゃあ、恭一郎さんと」

さすがに呼び捨てでは躊躇われるからとそう言った千春に、恭一郎は嬉しそうに目を細めて頷いた。

「ああ、ありがとう。これからよろしく、千春」

「こちらこそ、よろしくお願いします」

再び差し出された大きな手を、千春はそっと握り返した。

その温もりに、ほっと安堵《あんど》の息を零しながら。

3

ことりと置かれた美しい一皿に、千春は目を丸くして呟いた。

「うわ、綺麗……」

「前菜のホタテとポロネギのサラダ、黒トリュフ仕立てでございます」

にこにこと微笑んで告げたのは、千春がこの屋敷に着いた時に案内してくれた執事の丸井《まるい》だ。ふっくらした体つきの彼は丸眼鏡をかけており、人のよさそうな柔和な笑顔が印象的だった。

とりゅふ……、と茫然と呟いた千春に、丸井が目を細めて告げる。

「本日のメニューですが、スープは蟹のビスク、ポワソンは鯛のポワレ、コンソメジュレ添えをご用意しております。お口直しのレモンソルベの後、メインの牛ホホ肉の赤ワイン煮、デザートのチョコレートのテリーヌ、バニラアイス添えをお持ちする予定です。食後はコーヒーと一緒に、シェフ特製マカロンをお楽しみ下さい」

「………」

どうしよう。どれも馴染みのない料理名でどんなものか想像できない上に、品数が多すぎて食べきれる自信がない。

無言のまま目を瞠った千春の表情から察したのだろう、斜向《はすむ》かいに座った恭一郎が苦笑して言う。

「よかったら、少し量を控えめに出してもらうこともできるが……」

「っ、お願いします！」

すかさず頷いた千春に、丸井が微笑んで言う。

「かしこまりました。シェフからの伝言ですが、本日はお好みを伺う時間がなかったので、苦手なものがおありでしたらご遠慮なく残して下さいとのことです。お食事の後、シェフがご挨拶に参りますので、是非千春様のお好きなものをお伝え下さい」

「分かりました。お気遣いありがとうございます」

お礼を言った千春に、丸井が破顔する。

「とんでもございません。屋敷の者一同、千春様をお迎えできて大変嬉しく思っております。ご不便がございましたら、なんなりとお申しつけ下さい」

「不便なんてそんな……！　あの、しばらくお世話になります。ご迷惑かと思いますが、どうぞよろしくお願いします」

自分は恭一郎の厚意で、ここに置いてもらうことになっただけだ。肩書き上は一応婚約者だとはいえ、そもそも自分はこんな待遇を受けるにふさわしい人間ではない。

恐縮する千春に、丸井が頭を振る。

「迷惑なんてとんでもない。千春様にお仕えできること、大変嬉しく存じます。旦那様のこと、どうぞ末永くよろしくお願い致します」

深々と一礼した丸井に、恭一郎が苦笑を零す。

「少し気が早いよ、丸井。今はあくまでもお試し期間、なんだからね」

「左様でした。私としたことが、千春様に当家を気に入っていただきたいあまり、うっかりしておりました。申し訳ありません」

にこにことつぶらな目を細めて謝った丸井が、それでは、と一礼して下がる。千春はその背を見送って、緊張にこくりと喉を鳴らした。

昼間、雅章と共に狼谷家を訪れた千春は、着替え等を家に取りに戻り、その後そのままこの屋敷に滞在することになった。

千春に再度婚約の話を言い含めておこうと思ったのだろう、雅章は一度椿家に千春を連れていって支度をさせてからと申し出たが、恭一郎が必要ないと断ったのだ。

『必要なものはこちらで揃えるから、なにも問題ないよ。私も千春の好みを知りたいし、それに少しでも早く彼と仲良くなりたいしね』

穏やかに微笑む恭一郎にそう言われては、雅章も引き下がらざるを得ない。結局雅章は千春を気にしつつも、加賀と共に帰っていった。

別れ際、加賀は千春に平謝りしていた。

『まさか雅章様がこのようなおつもりとは思わず、申し訳ありません。今更なにを言っても言い訳にしかなりませんが、雅章様はきっと事の大きさに気が動転していらっしゃるだけなのです。本来はお身内を大事にされる、生真面目で優しい方で……』

懸命に主を庇う加賀は、雅章も気持ちが落ち着いたらきっと破談を受け入れるはずだから、説得を続けると言って去っていった。

(あの雅章くんが加賀さんの説得を聞き入れるとは思えないけど……、でも、確かに時間が経てば少しは気持ちが落ち着くかもしれない)

もしかしたら恭一郎はそれを見越して、お試し期間を提案してくれたのかもしれない。

この人ならそういう気遣いをしてくれそうだなと思いつつ、千春はちらりと恭一郎を見やった。食前酒のシャンパンを傾けていた恭一郎が、千春の視線に気づいて微笑みかけてくる。

「さあ、それじゃあいただこうか。うちの味が千春の口に合うといいんだが」

「は、はい。……いただきます」

促された千春は、緊張しつつも手を合わせ――、そのまま固まってしまう。

よく見ると、お皿の横にはナイフとフォークが何本も並べられていたのだ。

（……お箸《はし》が、ない……）

銀色に光るナイフとフォークを前に、千春は茫然としてしまった。

（な……、なんでこんなにいっぱいナイフとフォークが？　っていうか、お箸は？　使わないの？）

今までこんな豪華な料理など食べたことのない千春は、ずらりと並べられたカトラリーに困惑してしまった。

港町ということもあって近所には洋食屋さんもあり、誕生日に林さんにハンバーグなどを御馳走《ごちそう》になったことはある。だが、その時もナイフやフォークと一緒にお箸が出されていて、千春も林さんもお箸で食事をした。スプーンはともかく、ナイフとフォークで食事をしたことは、今まで一度もない。

（右手側にナイフがあるけど……、まさかナイフで突き刺して食べるの？　……危なくない？）

口が切れそう、と真っ青になった千春だったが、その時、恭一郎が優しい声で問いかけてくる。

「千春、もしかしてナイフとフォークはあまり馴染みがなかったかな？」

「あ……、は、はい。すみません、こんなことも知らなくて……」

庶民であることを恥じるわけではないが、食事のマナーを知らないというのはやはりなんとなく恥ずかしい。肩をすぼめて謝った千春に、恭一郎は微笑んで頭を振った。

「誰だって初めてのことはなにも知らなくて当然だよ。慣れれば簡単だから、練習だと思って一緒にやってみようか。まず、ナイフとフォークは外側のものから順番に使うんだ。持ち方はこう」

千春に見えるように、恭一郎がナイフとフォークを持った手を上げてくれる。千春は見よう見まねで外側のナイフとフォークを手にした。

「こう、ですか？」

「そうそう、それでいいよ。さて、じゃあナイフで食べやすく切ってみよう。ホタテをフォークで刺して、ナイフをこう動かしてみて」

「……、……っ、切れました！」

うまく半分に切れたホタテに嬉しくなって、パッと顔を輝かせて報告すると、恭一郎がやわらかく目を細めて頷く。

「よし、それじゃあそのままフォークでホタテを口に運んで。利き手と逆だから難しいかもしれないが、やってごらん」

「ん……、……美味しい！」

半生のホタテはほんのりと甘みがあって、トリュフのふくよかな香りととてもよく合っている。

顔をほころばせた千春を見つめて、恭一郎が穏やかに言う。

「千春の口に合ってよかったよ。ネギは切るのが難しいだろうから、そのまま刺して食べる方がよさそうだね」

「はい。教えて下さってありがとうございます」

千春が食事の手をとめてお礼を言うと、恭一郎は微笑んで頷いた。

「一番大事なのは、食事を楽しむことだよ。だから、食べにくければお箸を使ったっていいんだ。実際、私の父はどんな場でもお箸を使っていたしね」

案外そういう人は多いんだよと笑って、恭一郎が続ける。

「だが、こうして君に教えてあげられることがあるというのは嬉しいな。他にも分からないことがあったら、遠慮なく聞いてほしい」

「はい。……あの、でしたら一つ、聞いてもいいですか？」

恭一郎の言葉に勇気づけられて、千春はおずおずと言ってみる。どうぞ、と優しく促してくれた恭一郎に、千春はずっと気になっていたことを聞いてみた。

「僕の父……、椿春雅という人は、どんな人だったんでしょう？　実は僕、父とは一度も会ったことがなくて……」

本当は明日、椿家に行った時に聞こうと思っていたが、雅章から話を聞くことはできなくなってしまった。恭一郎は生前の父と親交があったようだし、どんな人だったのかできれば話を聞きたい。

そう思った千春に、恭一郎が穏やかに告げる。

「春雅さんは、とても優しい方だったよ。父を早くに亡くした私にとっては、父親代わりのような存在だった。私が海外留学に行った時も、よく手紙をくれてね。誰にでも親切で、立派な紳士だった」

「そう、ですか……」

恭一郎の言葉に、千春は声を落とした。

普通なら、肉親を褒められて嬉しいと思うところなのだろう。だが、千春にとって父はあまりにも遠い存在で、立派な紳士だったと言われてもピンとこない。

俯いてしまった千春だったが、恭一郎は小さく笑って続ける。

「だが、少しそそっかしい方でもあってね。留学中、私は寮暮らしで二〇一号室だったんだが、春雅さんはいつも宛先を間違えて、一〇二号室に手紙を送っていたんだ。だから手紙が届く度、毎回一〇二号室の人に文句を言われていた。おい、またあんた宛の手紙がこっちに届いてるぞってね」

くすくす笑いながら言う恭一郎に、千春は目を瞬かせた。

「そんなことが……」

恭一郎には迷惑だったかもしれないが、父がそんな失敗をする人だったなんて、なんだか少し身近に感じる。華族である父は自分とはまるで違う世界の人なのだろうとばかり思っていたけれど、宛先を間違えるなんて、ごくありきたりな間違いをするような人だったのだ。

知らず知らず強ばっていた肩から力を抜いた千春に目を細めて、恭一郎が続ける。

「そのことがきっかけで、私は一〇二号室の彼……、藤堂祐一郎《とうどうゆういちろう》とよく話すようになってね。これがなかなか面白い男で、今も親交があるんだ。帰国した時、春雅さんのおかげで友人ができたと話したら、そうだろうと自慢気だったっけ」

当時を思い出したのか、恭一郎がおかしそうにまたくすくす笑う。

面識はないながらも、父の開き直りが少し恥ずかしくて、なんだか申し訳ない気持ちになった千春だったが、恭一郎は穏やかな目をして言った。

「春雅さんは、とても優しい方だった。どういった経緯で私の父と知り合ったのか尋ねても、たいした出会いではないと言って教えてくれなかったけれど、覚えている限り、父は春雅さんのことを心から信頼していたよ。二人はとてもいい友達だった」

「……そうだったんですね」

恭一郎に相槌《あいづち》を打ちながらも、千春は胸の痛みを覚えずにはいられなかった。

話を聞く限り、父は申し分のない紳士だったように思える。だが、父は結局、自分の存在すら知らないまま亡くなってしまった――。

「…………」

俯いて黙り込んだ千春が、なにを思っているか察したのだろう。恭一郎がやんわりと告げる。

「……千春。君にも思うところはあるだろうが、春雅さんは君のお母さんと引き離された後、ずっと軟禁されていたんだ。私は父に連れられてその頃の春雅さんに幾度か会いに行ったが、とてもつらそうだった」

「……っ」

顔を上げて目を見開いた千春にひとつ頷いて、恭一郎は静かに続けた。

「恭一郎さんは、ずっと君のお母さんのことを愛していた。君のお祖父さんが亡くなって、家を守るために別の女性と結婚したが、君のお母さんのことを忘れたことはなかったと思うよ」

「……はい」

恭一郎の言葉を幾度も胸のうちで噛みしめて、千春は頷いた。

心のどこかで、身重の母を一人にした父を責める気持ちがあった。

父は自分の存在さえ知らなかったと言われて、たまらなく悲しかったし、憤りも覚えた。

だが、父も血の通った一人の人間で、母と引き離されて苦しんでいたのだ。

母のことをずっと、想ってくれていたのだ――。

「……会いたかったです。お父さんに」

会って、いろんな話をしたかった。

母のことも教えたかったし、教えてほしかった。

きゅっと唇を引き結んだ千春に、恭一郎がそっと声をかけてくる。

「今度一緒にお墓参りに行こう。お母さんの写真も持って」

「……っ、はい、是非！」

嬉しい言葉に、千春はパッと顔を輝かせて大きく頷いた。

(恭一郎さんに出会えてよかった)

きっと先ほどの父の話は、恭一郎からしか聞けなかっただろう。恭一郎と出会っていなかったら、自分はもしかしたらずっと父に対してわだかまりを抱えたままだったかもしれない。

雅章から婚約の話を聞かされた時には、四神に仕える狼谷家の当主なんてどんな人だろうと構えていたけれど、こんなに優しい人だなんて思ってもみなかった。

雅代は下男と駆け落ちしたという話だったが、こ

（あんなに家柄も立派で人柄も申し分ない恭一郎のなにが不満だったのだろう。

（少し年上だから？　でも、恭一郎さんは三十四歳って話だったし、十六歳差なんて珍しくないと思うんだけどな……）

もっとも千春は、今までお店の切り盛りをするのに手一杯で恋愛経験がほぼないから、他の誰でもなくその人でなければ駄目だというほどの想いがどんなものなのか分からない。

いつか自分も両親や妹のように、大切に想う誰かと巡り会えるのだろうか。

いつか、自分の家族を持つことができるのだろうか――。

と、その時、新たにお皿を二つ持って、丸井がやってくる。

「失礼致します。蟹のビスクをお持ちしました。こちらは千春様のお父様、春雅様も当家にいらした際に召し上がったことがあるんですよ」

「そうなんですか……！」

驚く千春に、恭一郎が悪戯っぽく笑って告げる。

「ああ。とても気に入って、お代わりしていた。シェフもとても喜んでいてね」

それでよく覚えていたんだろうと言う恭一郎に、丸井もにこにこと頷く。

「ええ、千春様にも是非召し上がっていただきたいと、腕によりをかけて作ったと申しておりました。もちろん、お代わりもございます」

「ええと……、おなかに空きがあったら、いただきます」

これから出てくるメニューを思い返し、慎重に答えた千春に、もちろんですと丸井が破顔する。

漂う優しい香りに胸の奥があたたかくなるのを感じながら、千春はほっと笑みを浮かべたのだった。

先を歩くメイド長のビシッと伸びた背筋にちょっと緊張しながら、千春は長い廊下を進んでいた。

美味しかった夕食の後、シェフにお礼を伝えた千春は、丸井に浴室へと案内された。

自分の家の小さな風呂とは比べものにならないほど大きな浴槽や大理石の床に驚き、緊張しながらも手早く入浴を済ませた千春は、用意されていた浴衣を着て廊下に出て――、そこで待ち構えていた彼女、細川《ほそかわ》女史についてくるよう言われたのである。

『初めまして、千春様。私は丸井の妻で、メイド長を務めております。お屋敷では旧姓の細川を名乗っておりますので、そのようにお呼び下さい』

以後お見知りおきを、ときっちり四十五度の角度でお辞儀した彼女は、紺色のワンピースを着た五十代くらいの痩身の女性で、高い鷲鼻《わしばな》が気難しそうな印象だった。

あの柔和な丸井さんの奥さんが彼女とはと少し驚いたが、名家である狼谷家でメイド長という役職に就いているだけあって、その立ち居振る舞いは品がありつつも隙がない。

緊張しながら彼女の後についていっていた千春だったが、その時、細川が大きな扉の前でぴたりと足をとめてこちらを振り返った。

「千春様、こちらが本日からお泊まりいただくお部屋となります。急拵《きゅうごしら》えのお部屋で、ご不便もあるかと思いますが……」

と、その時だった。

「ようこそー！」

突如、扉が開き、歓声と共に若い男女が飛び出してくる。パーンッと何かが弾けるような音がして、千春はびっくりして固まってしまった。

「っ!?」

「あっ、やべっ」

背の高い男性が細川女史を見て、しまったという顔をする。見れば、彼が手にしている小さな三角錐状のものから飛び出した細い紙や紐が、細川にすべて降りかかっていた。

「うわっ、メイド長!?」

先ほど歓声を上げた若い女性も、細川を見て顔色を変える。どうやら彼女はメイドらしく、細川と似たようなワンピースを着ていた。

「……翠《みどり》さん、一太《いちた》さん。これは？」

静かに尋ねた細川に、翠と呼ばれた女性がピッと背筋を正して答える。

「はい！　くらっかあです！　西洋ではこれをパーンとやってお祝いするって聞いて、千春様を歓迎しようと思って急いで買ってきました！」

「……そういうことを聞きたいのではありません」

肩口で切りそろえたおかっぱを揺らして元気よくハキハキ答えた翠に、細川が渋面《じゅうめん》を作る。彼女にかかってしまった細い紙を急いで回収しながら、一太が取り繕うように笑みを浮かべた。

「いや、だって千春様は恭一郎様の想い人だって話じゃないですか。それなら全力で歓迎しようって翠と話して、それで……、すんませんっしたあ！」

どうやら一太は皆まで言い終わる前に細川女史に睨まれたらしい。

勢いよく頭を下げて謝った一太に驚いて目を瞬かせた千春だったが、その時、翠がにこにこと千春に話しかけてきた。

「初めまして、千春様！　私、翠っていいます！　狼谷家には一年くらい前からお勤めしてて、年は十六歳です！　好きなものはさくらんぼと苺と林檎！　あとあと……」

「翠、好物はそれくらいでいいんじゃないかな」

放っておいたら延々と自分の好きな食べ物を挙げそうな翠を遮ったのは、恭一郎だった。廊下の向こうから歩いてきた彼は、着流しにガウンを羽織っている。

恭一郎に軽く一礼して、細川がため息まじりに詫《わ》びた。

「旦那様、千春様も申し訳ありません。私の監督不行き届きで、二人が失礼を……」

「え……っ、いえあの、僕は気にしてませんから」

元気のいい二人と『くらっかあ』には少し驚いたけれど、歓迎しようとしてくれたことだ。嬉しかったし、特に失礼なことをされたとは思えない。

「歓迎してくれて嬉しいです。あの、神楽千春といいます。僕もさくらんぼと苺と林檎、大好きです。よろしくお願いします」

千春が頭を下げて名乗ると、翠と一太は顔を見合わせ、ひしっと手を取り合った。

「聞いたか、妹よ。千春様のお優しい言葉を」

「聞いたよ、一太兄ちゃん。しかも私と好きなもの同じだって。どうしよう、私千春様のこと好きになっちゃいそう」

「お兄ちゃんもだ」

真剣な面もちで言う二人に、恭一郎が苦笑を零す。

「こらこら、千春は私の許嫁なんだ。横恋慕はやめてくれ」

「はーい」

声を揃えて返事をした二人に、千春は少し戸惑いつつも聞いてみた。

「えっと……、お二人はご兄妹なんですか？」

そういえばなんとなく目元や口元の雰囲気が似ていると思った千春に、一太が頷いて言う。

「そうなんです。あ、俺は長男の一太といいます。十八歳で、庭師として働いています。好きなものは米です！　翠は双子で、姉の方の茜《あかね》は白秋家にお仕えしています」

「茜姉ちゃん、元気かなあ。あ、やだ、話してたら会いたくなってきちゃった」

茜姉ちゃーん、と叫ぶ翠を、一太が妹よ、と大仰に嘆いて抱きしめる。

自由な兄妹に戸惑わずにいられなかった千春に、細川が深々とお辞儀して言った。

「……お見苦しいものをお目にかけ、大変申し訳ございません。この二人はきちんと教育し直しておき

ますので。千春様、なにかご入り用のものがあれば、なんなりとお声がけ下さい」

行きますよ、と二人に声をかけた細川が、踵《きびす》を返す。後ろ姿からも分かる怒りの気配に、翠と一太が真っ青な顔で震え上がった。

「一太兄ちゃん、翠行きたくない……」

「お兄ちゃんもだ……」

呻く二人に、細川が鋭く声をかける。

「二人とも、早くなさい」

「はい、軍曹！」

（……軍曹？）

声を揃えて返事をした二人に、細川が誰が軍曹ですかと苦々し気に呟く。

三人の背を苦笑しながら見送って、恭一郎が千春ににゃんわりと声をかけてきた。

「すまない、千春。少し驚かせてしまったかな。あの二人も悪気はないんだが、時々元気すぎることがあってね」

「あ……、はい。でも、歓迎してもらえて嬉しかったです」

自由奔放な二人は見ているだけで楽しかったから、あまり細川女史に絞られないといい。千春は苦笑して、ふうとため息をついた。

（……でもいいな、あんなに仲のいい兄妹で）

それに引き替え自分は、と雅章を思い出し、千春は俯いてしまう。

元々いるとは思っていなかった兄弟だ。巡り会えただけでも幸運だと思うし、会わなければよかったなんて思いたくない。

けれど、自分が雅章にされた仕打ちを思い返すと、どうしても翠と一太をうらやましいと思わずにはいられない。

華族なんて肩書きなくたっていいから、自分も雅章と仲良くしたかった。ごく普通の、翠と一太のような兄弟になりたかった——。

と、その時、千春は恭一郎が自分をじっと見つめていることに気づく。

「恭一郎さん？　なにか……？」

問いかけた千春に、恭一郎は少し躊躇いがちにそっと聞いてきた。

「……千春。もしかして君は、椿男爵からなにか脅されていたりする？」

「……っ」

核心を突かれて、千春は思わず息を呑んでしまう。

千春の表情を見て、恭一郎が唸った。

「やはりそうだったか。今日君が男爵に連れてこられた時から、もしかしたらそうじゃないかと思っていたんだが……」

眉を曇らせた恭一郎に、千春は咄嗟に顔に笑みを貼りつかせた。

「気のせいですよ。僕はなにも、脅されてなんてないです」

きっぱりと言いきった千春に、恭一郎が驚いた顔つきになる。

「千春、だが……」

「雅章も言っていたじゃないですか。僕はちゃんと納得ずくで、こちらに来たって」

「………」

そう言った千春に、恭一郎が黙り込む。

じっとこちらを見据える青い瞳から逃げるように視線を逸らして、千春は懸命に言い募った。

「恭一郎さんが気にされるようなことはなにもないです。……本当に」

もしかしたら、今ここで雅章から脅されていることを告白すれば、恭一郎は自分を助けてくれるかもしれない。けれどそれは、彼に更に迷惑をかけることになる。

ただでさえ恭一郎には、妹の駆け落ちで迷惑をかけているのだ。その上彼は、雅章の頭が冷える間、自分をここに置いてくれようとしている。その彼に、これ以上迷惑はかけられない。

（……僕が、なんとかしないと）

これは自分の問題なのだからと、そう思った千春を、恭一郎はしばらくじっと無言で見つめていた。

やがて、ふっと目を細めて微笑む。

「そうか、それならいいんだ。すまない、少し気になったものだから。妙なことを言って悪かった」

「……いえ」

嘘をついてしまった罪悪感に駆られながらも、千春は頭を振った。恭一郎はそんな千春に気づいた様子はなく、穏やかに告げる。

「私の部屋はこの隣だから、なにかあったらいつでもおいで。夜中でも遠慮することはないからね」

「はい。ありがとうございます」

追及されなかったことにほっと安堵しつつ、千春はお礼を言った。めまぐるしかった一日を振り返り、ふうと一つ息をつく。

(今日はもう、このまま休ませてもらおう)

雅章のことやこれからのことなど、考えなければならないことはたくさんあるが、今日は色々ありすぎて疲れてしまった。

用意してもらった部屋で休もうと、千春は恭一郎に頭を下げる。

「今日はありがとうございました。お休みなさい、恭一郎さ……」

と、千春が顔を上げた、その時だった。

一歩、こちらに踏み出した恭一郎の腕が、そっと千春の背に回される。

ふわりと香った石鹸の香りに、千春は大きく目を瞠った。

「お休み、千春」

低くて心地のいい声が、耳元で響く。

やわらかくあたたかい感触が、ちゅ、と額に押し当てられた。

「……いい夢を」

囁《ささや》いた恭一郎が、最後にさらりと千春の頰を撫でる。ふ、と優しい笑みを浮かべた彼が隣の部屋に入っていくのを、千春は茫然と見つめていた。

(……なにあれ)

ぱちぱちと瞬きをして、半ば無意識に開いていた目の前の扉からふらふらと部屋の中に入る。パタン、と閉めた扉の内側に背を預けて、千春はもう一度ぱちぱちと瞬きをした。

(……いや、なにあれ!?)

我に返った途端、カアッと顔が熱くなる。

今、思い違いでなければ、恭一郎は自分を抱きしめた上、額に、く——。

「……っ!?」

思わず声が出そうになって、慌てて両手で口を押さえ込む。ドドドドドッと胸の奥から馬でも駆け抜けているかのような音が響いて、聞いたことのないその音が自分の心臓の音だと認識するまでに少し時間がかかった。

(え……、え? な、なんで?)

突然の親密な行為に、千春は訳が分からず混乱してしまう。

何故恭一郎は、あんなことをしたのか。

自分たちは今日知り合ったばかりで、恋人同士でもなんでもない。肩書き上は婚約者同士かもしれないが、それだってお試し期間な上、雅章をひとまず納得させるための建前みたいなもので——。

「建前じゃ、ない……?」

ぽつりと部屋に響いた自分の声に、千春はすぐに頭を振った。

(いや、そんなわけないよ。いくらなんでも恭一郎さんが本当に僕に一目惚れするわけないんだから)

海外では、親しい友人や家族に挨拶する時、よく抱擁と共に軽いくちづけをすると聞く。千春も、さすがにくちづけられたことはないが、お店に来た海外のお客さんに薬を処方した時、アリガトウと片言でお礼を言われ、抱擁されたことがあった。

恭一郎は海外に留学していた経験があるようだし、きっとその時身についた習慣であああしただけなのだろう。

（別に口にされたわけじゃないんだし、上流階級の人たちはあれくらい普通なのかも。きっといちいち騒ぐようなことじゃないんだろうな）

考えているうちに頭が冷静になってきて、千春は口から手を外してぼやいた。

「……罪な人だなあ、恭一郎さん」

あんなに美形で、声もいい人に間近で優しく微笑まれながら囁かれたら、誰だって勘違いしてしまうに決まっている。恭一郎は、もう少し自分の魅力を自覚した方がいい。

一目惚れなんて、半ば冗談で言われた言葉を真に受けてはいけないと自分自身に言い聞かせながら、千春はふうと息をついた。気持ちを切り替えようと灯《つ》りが点いたままだった部屋を見渡して、思わず感嘆の息をつく。

「お部屋も豪華だ……」

細川は急拵えの部屋で不便があるかもしれないと言っていたが、そんな心配は杞憂《きゆう》にすぎないだろう。少なくとも千春にからしてみればこの部屋になんの不便があるのか、見当もつかない。

広々とした部屋には、落ち着いた若草色の布張りのソファや美しい飾り棚、使い勝手のよさそうな文机などが置かれている。庭に咲いていたものだろうか、文机には一輪の薔薇が飾られていた。床は全面に毛足の短い絨毯が敷かれており、裸足で歩いても気持ちがよさそうだ。

ベッドは衝立《ついたて》で仕切られた奥にあるようで、そばのテーブルには千春が家から持ってきた着替えなどの包みが置かれている。上品な洋室にちょこんと置かれた風呂敷包みは、なんだかとても場違いなように、千春には思えた。

（こんなに立派なお部屋に泊まらせてもらうなんて、申し訳ないな……）

汚したり壊したりしないように気をつけないと、と思いながら、千春が自分の荷を解《ほど》こうとベッドの方に歩み寄った時だった。

「……？」

突然、窓の外から遠吠えが聞こえてくる。その遠吠えに何故か聞き覚えがある気がして、千春は耳を澄ませた。

（この遠吠え……、どこかで聞いたような……？）

もう一度、遠吠えが聞こえてくる。しかも、すぐ近くで。

「っ、まさか……」

思い当たった可能性にハッとして、千春は窓に駆け寄った。カーテンを開け、広い庭を見下ろして目を凝らす。

「……っ、いた……」

思い描いた姿を茂みの陰に見つけて、千春は目を丸くして呟いた。

そこにいたのは、先日千春が怪我の手当てをした狼――、白銀の被毛に深い青色の目をした、あの狼だったのだ。

「どうして……」

呟いて、千春はそういえばと思い至る。

郊外にあるこのお屋敷は、狼を放したあの森にほど近い。敷地の表は高い塀で囲われているが、裏は山になっているという話だったし、もしかしたらあの森と繋がっているのかもしれない。

（それにしても、こんなところでまたあの子に会うなんて……）

思いがけない再会に茫然とした千春だったが、狼は千春の姿を見るなり、茂みの陰から庭の中央に出てこようとする。

千春は慌てて彼に呼びかけた。

「ま、待って。今そっちに行くから……！」

二階の部屋から、しかも窓越しでは声は届かないだろうし、そもそも狼に言葉など通じないのは分かっているが、それでも身振り手振りで茂みに戻るよう伝える。

すると狼は、その場に腰を降ろしてじっとこちらを見上げてきた。ふわり、ふわりと銀色の尻尾を揺らし、明らかに千春が来るのを待っている。

「……っ、すぐ行かないと……！」

夜とはいえ、あんなところにいたら屋敷の誰かに見つかってしまうかもしれない。狼だと気づかれたら、大騒ぎになってしまう。

千春は混乱しながらもそっと部屋を出て、階段へと向かった。人気がないのを確認し、足音を忍ばせて一階に降りる。

(確かあっちに裏口があるはず……)

先ほど細川から聞いた案内を思い出しながら裏口に辿《たど》り着いた千春は、置いてあった突っかけを借りて外に出た。

(えっと、正門があっちだから、庭は……)

まだ慣れない建物の構造を思い浮かべ、月明かりを頼りに客室から見えた庭の方へと向かう。

万が一誰かに見つかったらなんて言い訳しようとドキドキしながら進んだ千春だったが、幸い誰にも行き合うことなく庭に出ることができた。


「……っ、狼くん……！」

月明かりの下、銀色の狼は先ほどの場所からじっと動かず千春を待っていた。千春は狼に駆け寄ると、急いで彼に話しかける。

「そこだと目立つから、こっちにおいで。そう、いい子だね」

手招きする千春に、狼はおとなしくついてきた。

千春は最初に狼がいた辺りの茂みまで辿り着くと、きょろきょろと辺りを確認して、ほっと息をつく。

「よかった、誰も気づいてないみたいだ。……久しぶり、狼くん。こんなところで君に会えるなんて、思ってもみなかったよ」

話しかけつつ、千春は借り物の浴衣を汚さないよう注意して、狼の前にしゃがみ込んだ。

「脚の具合はどう？　さっき歩いてた時は平気そうだったけど、もうなんともない？」

怪我の具合を確かめようと覗《のぞ》き込むが、ちょうど陰になっていてよく見えない。

しかし、問題なく歩けていた様子だったし、なにより月明かりに照らされた白銀の被毛は毛艶もよく、狼の表情も落ち着いていて元気そうだ。

とりあえず大丈夫そうかな、とほっとして、千春は狼に問いかけた。

「それにしても、どうして君がここに？　あの森とここは繋がってるの？」

しかし当然ながら、狼が返事をするわけもない。ハッハッと短く息をつくだけの狼を見つめて、千春はふっと笑みを浮かべた。

「……まあ、なんでもいいや。またこうして君に会えただけで、ここに来てよかったって思えるから」

触ってもいいかな、と呟いて、そっとその首元に手を伸ばす。

月光に煌めく被毛は、ふかふかとしてやわらかかった。極上の絹糸のようなその手触りを、千春は目を細めて堪能する。

「ふふ、あったかい。……あれ？」

しかしそこで、かすかに漂ってくる匂いに違和感を感じる。

「……石鹸？」

呟いた千春に、狼がぴく、と耳を揺らす。

千春は首を傾げつつ、狼に顔を近づけて匂いを確かめようとした。

「なんで石鹸の匂いが？　……っと、わ……！」

しかしそれより早く、狼が千春の鼻先をぺろんと舐めてくる。天鵞絨《ビロード》のような感触の大きな舌に顔中を舐められて、千春は思わず笑みを零した。

「ふは、くすぐったいよ……っ、ん、ははっ」

千春が声を上げて笑うと、喜んでいると思ったのか、余計熱心に鼻や目元を舐めてくる。千春はたまらず狼の首に抱きつき、その背をぽんぽんと撫でて笑った。

「ふふ、ありがとう。もしかして、君も会えて嬉しいと思ってくれてるのかな？　だとしたらすごく嬉しいよ」

夜目にも鮮やかな白銀の尻尾が、千春の問いかけを肯定するようにふわりふわりと揺れる。

まっすぐな好意を向けられ、気持ちが浮上するのを感じて、千春は自分が思っていたより落ち込んでいたことを自覚した。

「……僕ね、今日は色々あったんだ」

言葉の通じない相手だけれど、だからこそ自分の気持ちを打ち明けることができる。

狼の穏やかな深い青の瞳を見つめて、千春はぽつぽつと語り出した。

「本当は明日会うはずだった弟が訪ねてきたと思ったら、駆け落ちした妹の代わりに男の人に嫁げって、いきなり言われてね。しかも、お相手はあの狼谷家の当主様でさ。……なんでそんなことになるのか、訳が分からなくて」

さやさやと、夜風に庭の木々の葉が揺れる。静かに響く虫の音を心地よく感じながら、千春はゆっくり狼の背を撫でた。

「雅章くん……、僕の弟なんだけど、断ったら商店街一帯の土地を買い上げて、町の人たちを追い出すって言うんだ。滅茶苦茶だろう？」

物言わぬ狼が、ぴくっと耳を揺らす。大きな耳だなあ、とそこにも手を伸ばして、千春はふこふこした感触を楽しんだ。

「恭一郎さんはすごくいい人だけど……、でも、男の人と結婚なんて、どうしていいか分からないよ。しかも、男相手でも子供が作れるって……。僕が赤ちゃん産むってこと？　……男なのに？」

いくら同性同士でも子供が作れると言われても、そもそも自分が子供を産むことになるかもしれないなんて、今まで考えたこともない。いきなりそんなことを言われても困る。

「椿家のためにって言われても、血を引いてることが分かったってだけで、今までなんの関係もなかったし……。そもそも僕は華族になんてなるつもりないし」

ましてや狼谷家の一員になんてなってしまったら、母の残してくれた店を続けられない。

それだけは絶対に嫌だ。

「……僕にも血の繋がった兄弟がいるんだって、嬉しかったんだけどな」

きゅ、と唇を引き結んで、千春は俯いた。

なによりつらかったのは、雅章が自分のことを都合のいい道具のようにしか思っていなかったことだ。兄弟に会えると嬉しく思っていたのは、自分だけだった――。

「恭一郎さんは気遣ってくれたけど……、でも、弟に脅されてるなんて言えないよ。迷惑かけたくないし、……同情されたくない」

薄闇に、千春の頑なな声が響く。身じろぎした狼の首元に抱きついて、千春はぐっと眉を寄せた。

恭一郎に脅されているのではと聞かれた時、千春が咄嗟に嘘をついてしまったのは、彼に迷惑をかけたくないという気持ちからだけではなかった。

(恭一郎さんは優しいから、事情を話せば同情して助けてくれるかもしれない。でも僕は、あの人に同情されたくない)

なにを今更と、自分でも思う。

恭一郎は父親を早くに亡くしたと言っていたが、それ以外は家柄も環境も恵まれている。

庶民で父の顔も知らず、母とも死に別れ、一人で必死に店を切り盛りして生きてきた自分を彼が哀れむのは、ごく普通の感情だ。

(でも、僕は不運かもしれないけど、決して不幸なんかじゃない)

自分は今まで、たくさんの人に助けてもらってきた。

父がいなくても母がずっと一緒だったし、母から教わった薬の知識があったからこそ、店を続けてこられた。なにより、周囲の人たちに恵まれた。

「……恭一郎さんは、よかったって言ってくれたんだ。僕が自分の境遇を話した時、『君が周りの人に恵まれて本当によかった』って」

恭一郎は、千春が不幸ではないことを、ちゃんと理解してくれた。境遇には同情しているかもしれないが、少なくとも今の千春が自分のことを不幸だと思っていないこと、周囲の人たちに感謝して生きていることを、彼は分かってくれている。

その彼に、弟に脅されてかわいそうにと思われたくない。

彼にとってかわいそうな存在に、なりたくない。

「過去は変えられないけど……、でも、恭一郎さんには、今の僕のことを不幸だって思ってほしくないんだ。これまで僕を助けてくれた人たちは皆、僕が幸せになるようにって、そう願ってくれてた。恭一郎さんは、それを分かってくれた人だから」

今の自分を不幸だと思われることは、これまで自分を助けてくれた人たちの思いを否定されることだ。

自分は皆のおかげで幸せなのに、あんなことくらいで同情されたくない。

「……とはいえ、どうしたら雅章くんを納得させられるかは、全然分からないんだけどね」

はあ、とため息をついて、千春は狼からそっと身を離した。じっとこちらを見つめる彼の首元を撫でつつ、不安を吐露する。

「恭一郎さんがお試し期間を提案してくれたおかげで、どうにか時間を稼ぐことはできたけど……。でも、雅章くんが納得してくれなければ、商店街の人たちがどうなるか分からない」

一帯を買い上げ、追い出すと言っていた雅章を思い出し、千春は顔を曇らせる。

自分のせいで、これまでお世話になった皆に迷惑がかかるなんて、絶対にあってはならない。

でも、どうすれば雅章の考えを変えられるのか分からない——。

「……僕、恭一郎さんと結婚するしかないのかな」

複雑な思いで呟いて、千春はすぐに頭を振った。

(結婚するしかないなんて、そんな嫌々みたいなこ

と、恭一郎さんに失礼だ）

あんなに優しくて思いやりのある人、普通なら望んだってそうそう結婚できる相手ではない。しかも名家の当主だなんて、嫁ぎたいと思っている女性は山ほどいるだろう。

――けれど、千春は男なのだ。

もし彼と結婚するとなると、母が残してくれた店を畳まなければならないだろう。たくさん思い出が詰まったあの店を畳むのは嫌だし、上流階級の暮らしに馴染める自信もない。

なにより、彼と夫婦になるということは、跡継ぎを産まなければならないということだ。

異性との恋愛経験すらない自分が、男の嫁になって子供を産むなんて――。

「……っ」

込み上げてきた恐怖に、千春はくっと唇を嚙みしめた。

千春の緊張が伝わったのか、狼がそっと身を寄せてくる。しっとりと濡れた鼻先でこめかみをくすぐられて、千春はふわりと笑みを浮かべた。

「心配してくれてるの？　ありがとう、君は本当に優しいね」

母の命日の夜も、彼は沈んでいた千春を慰めてくれた。賢く心優しい獣にお礼を言って、千春は狼の鼻先にくちづけた。

「僕は大丈夫だよ。ここにいるって決めたのは僕なんだから、逃げたりしないで自分でなんとかしないとね」

よいしょ、と立ち上がり、千春はこちらを見上げる狼に語りかけた。

「会いに来てくれてありがとう。君とまた会えて嬉しかったし、話を聞いてもらえてすっきりしたよ。でも、他の人に見つかったら騒ぎになるかもしれないから、ここにはもう来ちゃ駄目だ」

いいね、と念押しする千春を、白銀の狼はじっと見つめていた。やがて腰を上げ、千春の腿に頭を擦りつけてくる。

まるで別れの挨拶みたいなそれに、千春は微笑んだ。

「うん、君も元気でね。怪我した脚は、まだ無理しないようにするんだよ」

ぽんぽんとその背を撫で、千春はさあ、と彼を茂みの奥へと促した。二、三度千春を振り返りつつ歩き出した狼が、暗がりへと姿を消す。

「……君はどうか、幸せになって」

心からの祈りを呟いて、千春はじっと狼の消えた暗がりを見つめていた。

木々の間から差し込んだ白銀の月光が、佇む千春をやわらかく照らしていた——。

◆◆◆

——二階の部屋の灯りが消えるのを見届けて、狼は庭へと足を踏み出した。


「……眠ったか」

鋭い犬歯の覗く口から漏れた呟きは、獣の唸り声とは明らかに異なる、人間のそれだった。

ブルルッと頭を振った狼の白銀の被毛が、月光に煌めく。——と、瞬く間にその煌めきが輝きを増し始めた。

まるで真っ白な雪に覆われるように、狼の体が白い光に包まれる。

やわらかな淡い光の塊は、やがて長身の男の姿へと変化して——。

「…………」

ふう、と肩で息をしたその男は、この屋敷の主、狼谷恭一郎その人だった。

二本の足でしっかりと地を踏みしめ、先ほど千春が入っていった裏口へと向かう。三和土《たたき》の隅にちょこんと揃えられた突っかけを見つけて、恭一郎はふっと笑みを零した。

（……彼らしい）

千春が履いていたと思うと、ただの突っかけまで愛らしく見える。

恋とはこんなにやわらかく、優しい感情なのかとくすぐったく思いながら、恭一郎は裏口の戸をそっと閉めた。


——十数日前、千春が助けた白銀の狼は、恭一郎だった。

狼谷家は、元は四神の白虎に仕える霊獣の一族だ。人間と交わって子孫を残してきたため、その血を引く者は四神と同じように人ならざる力を持っている。普段は人間として過ごしているが、狼の姿になることもでき、そのことは限られた者しか知らない秘密だった。

(あの時は、本当に助かった……。千春が私を匿《かくま》ってくれなければ、私は追っ手に捕まり、殺されていただろう)

あの時、恭一郎は四神の白虎一族の長である白秋高彪《たかとら》の命を受け、密輸組織に潜入していた。隣国で暗躍する裏社会の組織ではないかとの疑いが浮上し、様子を探るよう高彪から命じられたのだ。

狼谷家は代々その能力を活《い》かし、諜報《ちょうほう》や潜入捜査を請け負っている。いつものように狼に姿を変え、組織のアジト近辺へと潜入した恭一郎だったが、そこで思わぬことが起きた。

敵の首領がやけに勘のいい男で、常ならば絶対に見つからない恭一郎の存在に気づいたのだ。

とはいえ、恭一郎は狼に姿を変えている。敵もまさか人間が狼に姿を変えて潜入しているとまでは思わなかったようだが、珍しい白銀の狼とあって、捕らえようと考えたらしい。

そして、生け捕りが難しいと悟ると、殺して剝製《はくせい》にしようと銃口を向けてきた——。

(私はあの時、片脚のみならず命をも失うところだった。千春は私の命の恩人だ)

意識を取り戻した時のことは、今でも鮮明に思い出せる。

朦朧《もうろう》とする意識の中、励ますように幾度も頭や背を撫でてくれていた優しい手の温もり。薬を塗った傷に包帯を巻きながら、大丈夫、すぐよくなるよと穏やかに囁きかけてくる声は、まるで福音のようだった。

やわらかで心地いいその声に導かれるように目を開けると、こちらを覗き込んでいた千春がほっとしたように微笑んで――、よかったと、心底安堵したように呟いたのだ。

その一言で、自分が彼に救われたこと、彼が純粋に自分を案じて助けてくれたことを悟った恭一郎は、見も知らぬ狼を懸命に手当てし助けた彼の優しさと気高さ、そしてなによりもその心の強さに惹かれ、気づけば恋に落ちていた。

そして、一目惚れした彼への恩を必ず返すと誓ったのだ。

(……父の願いを叶えたかったが、彼という運命の相手に出会った以上、他の誰かと添い遂げることはできない。椿家との縁談を破談にしてから彼の元へ向かい、まずは彼への恩を果たしたいと思っていたが……、雅代嬢が駆け落ちとは)

許嫁の雅代とは、これまで何度か顔を合わせたことがある。闊達《かったつ》で聡明な少女という印象だったので駆け落ちとは少し驚いたが、代わりにと連れてこられた相手が『彼』だったこと以上の驚きはなかった。

まさか千春が、椿春雅の庶子だったとは――。

(しかし、これで謎が解けた。あれほどの大怪我があんなにも早く治ったのは、彼が能力を使って私を治癒してくれたからだったのか)

思い返せば、自分が意識を取り戻した後、千春はしばらく顔色が悪かった。恭一郎自身もそうだが、人ならざる力を使う際は、相当な気力や体力を消耗する。おそらく千春も、自分を治療したために体調を崩していたのだろう。

――自身の部屋の前まで辿り着いた恭一郎は、そのまま隣の部屋の扉へと向かった。

閉められている扉に、そっと両手と額をつけ、静かに呟く。

「……ありがとう、千春」

あの狼が自分だということを打ち明ければ、秘密を知った千春は狼谷家に入るしかなくなる。だから、彼に直接お礼を言うことはできない。

だが、命を救ってもらった恩は、必ず返す。

(……私が君を、守るから)

先ほど千春の口から聞いた話を思い返して、恭一郎は胸の奥で固く誓った。

千春が雅章からなにか脅しを受けていることは、彼を許嫁にという話が出てすぐに分かった。

縋《すが》るような視線を向けてくる彼は、きっと自分がその話を断ることを期待していたのだろう。しかし、あそこで自分が断れば、雅章が千春になにをするか分からない。

お試し期間をと申し出たのは、自分が千春を預かることで、彼の身の安全を図ろうと思ったからだ。

だが、雅章が帰った後も、彼はまだなにか気にしているようだった。

一体彼は雅章からどんな脅しを受けているのか。

誰よりも大切な想い人が危険に晒されていることへの焦りから、つい直接彼に聞いてしまったのは悪手だった。もっと信頼関係を築いてから、ゆっくり彼の言葉を待つべきだった。

脅されてなどいないと頑なになってしまった千春の本心を聞くには、再び狼の姿で彼の前に現れるしかない。そう思っての逢瀬《おうせ》だったが、彼があんなことを思っていたとは考えもしなかった——。

(……私には同情されたくない、か)

何気なく言った一言を千春があれほど大切に思ってくれたなんてと驚くと共に、彼への想いがますます膨れ上がった。

自分を助けてくれた周囲の人々を大切に思う彼の誠実さが、自分は不幸ではないと言い切るその強さが、たまらなく愛おしい。

彼は、彼だけは必ず、自分が守る。

（彼の憂いをすべて取り除いて、彼が進みたい道に送り出す。それが、私にできる彼への恩返しだ）

あれほど周囲を大切に思っている千春だ。きっと問題が解決すれば、元の生活に戻りたいと思っていることだろう。

自分との結婚は、彼にとって降って湧いた話で、望んでのことではない。

自分のことを知ってほしいとは言ったものの、そもそも同性愛者でもない彼が自分を好きになってくれる望みは薄いだろう。

『……僕、恭一郎さんと結婚するしかないのかな』

途方に暮れたように、ぽつりと呟いていた彼の言葉が甦って、恭一郎はくっと唇を噛んだ。

分かってはいたが、彼が仕方なくこのお試し期間を了承したのだという事実に打ちのめされる。

もしなんのしがらみもなく、ごく普通に知り合って友情を育み、ゆっくり信頼を得てから恋心を打ち明ければ、彼は自分の気持ちを受け入れてくれただろうか。

自分が狼谷家の人間ではなく、彼が椿家の人間でなければ、あるいは――。

（……考えても仕方がない。たとえ短い間だけでも彼と共に過ごせることを、僥倖《ぎょうこう》だと思わなければ。彼を助ける機会を得られたことも）

自分がすべきことは、できるだけ早く彼の不安を解消して、平穏を取り戻すこと。それだけだ。

「……そのためには、早く手を打たなければな」

ぽつりと呟いて、恭一郎は踵を返した。

自身の部屋の前を通り過ぎ、一階に下りる。向かった先は、丸井夫妻の部屋だった。

「遅くにすまない。少しいいだろうか？」

ノックしてすぐ、中から丸井が顔を出す。

どうぞ、と柔和な笑みを浮かべる執事に礼を言って、恭一郎は彼らの部屋に入ったのだった。

4

「千春様！」

廊下の向こうから慌てた声を上げてすっ飛んできた翠に、千春は少し驚きつつ挨拶をした。

「おはよう、翠ちゃん。どうしたの、そんなに慌てて。今日もいい天気だね」

「あっ、おはようございます！　ほんとにいいお天気で……、じゃなくて！　それ！」

元気よく返事しかけた翠が、ビシッと千春の手元を指さす。

「それ？」

なにか変なところがあっただろうかと、千春は棚を拭いていた手をとめて首を傾げた。だが、特に変わったところはない。

(なんだろう?)

袖口に汚れでもついていただろうかと、雑巾を握りしめたまま確かめる千春に、ああああああと翠が絶望的な声を上げる。

——千春が恭一郎の屋敷で暮らすようになって、二週間が過ぎた。

最初の頃は屋敷の豪華さに圧倒され、なにをするにもおっかなびっくりだった千春だが、段々と慣れてきて屋敷の中をうろうろする余裕も出てきた。

町から少し離れた高台にあるこの屋敷は、恭一郎の父が建てたものらしい。二階建ての広大な洋館は、それでも狼谷家ほどの家柄の邸宅としてはこぢんまりしている方なのだそうだ。使用人も、住み込みの者は丸井夫妻と一太、翠の四人だけで、他の十数名の使用人たちは通いということだった。

『去年の冬、大雪でシェフや通いの皆が来られなくなったことがあってね。頼みの綱の細川さんも、その日はたまたま女学校の同窓会で泊まりがけで故郷に帰ってしまっていて。仕方がないから皆で鍋を作ったんだけど、これがひどい出来で』

恭一郎が話してくれたのは、ある大雪の日の出来事だった。

小高い丘の上にある屋敷は、大雪が降ると陸の孤島となる。

だが、執事長である丸井は普段料理などしないし、一太と翠は過去に何度かやらかして、シェフから厨《ちゅう》房《ぼう》への出入りを禁止されている。唯一料理ができる細川女史は不在、他の通いの使用人たちも大雪で来られず、食事を作れる者が誰もいなかった。

恭一郎たちは仕方なく、煮ればなんとかなるだろうと鍋を作ることにした。しかし、料理音痴たちが作った鍋はほとんど闇鍋状態で、とても食べられた代物ではなかったらしい。

それでも、食べ物を無駄にするわけにはいかない。恭一郎たちは心を無にして完食したが、翌日皆そろって仲良くおなかを壊し、帰ってきた細川女史に呆《あき》れられる結果となった。

『あれは豚肉がいけなかったんだろうなあ……』

思えばちゃんと火が通ってなかった、と遠い目をする恭一郎はその後、また同じ状況になった時のためにとシェフに料理を習い、いくつかレシピを覚えたと言っていた。

『シェフは麓の町に家族と一緒に住んでいてね。住み込みをお願いするわけにはいかないし、それに誰か料理ができるようになっておかないと、細川さんも安心して出かけられないだろう？』

私ももうおなかを壊したくはないしねと苦笑していた恭一郎だったが、千春は彼が自ら料理を覚えたということに驚いてしまった。

（上流階級の人は包丁なんて握らないって思ってたけど……）

驚いたことはそれだけではない。

初日は恭一郎と二人きりで食卓についたが、翌朝は屋敷の皆で揃って朝食をとったのだ。

『賑《にぎ》やかな方が楽しいから、いつも皆にも一緒に食事してもらっているんだ。千春はこういう食事は嫌だろうか？』

君が嫌ならと気遣ってくれる恭一郎に、千春は慌てて頭を振った。

『嫌じゃないです。僕も、皆と一緒の方が楽しいです』

母が亡くなって以来、ずっと一人で食事をしてきたから最初は緊張したが、皆とお喋《しゃべ》りしながらする食事はとても楽しかった。

食事中は、翠や一太がその日あったことをあれこれ話してくれる。裏庭で野良猫が子猫を産んだから見に行こうとか、手入れしている花がもうすぐ咲きそうだとか、二人の話題は毎日尽きる様子がない。

食後にはいつも丸井が絶品の紅茶を淹《い》れてくれる。丸井は料理はからきしとのことだったが、紅茶を淹れるのは得意らしく、茶葉も自分でブレンドしているということだった。

初対面の時は厳しそうな印象だった細川女史も、夫が淹れた紅茶を呑む時はとても優しい顔をしている。最初の時、千春が驚いて見ていたら、気づいた細川は咳払《せきばら》いしつつも恥ずかしそうに顔を赤らめていたので、千春は一気に彼女のことが好きになってしまった。

(ここの人たちが皆優しいのは、きっと恭一郎さんが優しいからなんだろうな)

料理を自ら覚えたことや、食事を皆で一緒にとることなどもそうだが、恭一郎は上流階級の人間にありがちな偉そうな態度が一切ない。

常に穏やかで、翠や一太が食事中に盛り上がっていても、いつもにこにこ見守っている。翠に聞いても、恭一郎が声を荒らげるところなど見たことがないと言っていた。

(僕も、恭一郎さんが怒ってる顔とか全然想像できない……)

恭一郎の優しさは、それだけにとどまらない。

屋敷で過ごすようになってすぐ、彼は千春に服を贈りたいと言ってくれたのだ。

『今着ているものは少し君の体に合っていないよう

だから、よかったら服を仕立てさせてくれないか。

もちろん、私からの贈りものとして』

そこまでお世話になるわけにはと遠慮しようとした千春だが、断ろうとした途端、恭一郎は見る間にしょげ返った。

『どうしても駄目だろうか……？　君に私の贈った服を着てほしいのだが……』

まるで飼い主に叱《しか》られた大型犬のように意気消沈する絶世の美男に、それ以上否やを唱えられる人間などいるだろうか。少なくとも千春には、そんな非情な真似はできない。

千春が戸惑いつつも、分かりました、それなら一着だけお願いしますと言った途端、恭一郎は顔を輝かせて、馴染みの仕立て屋を呼ぶよう丸井に頼んでいた。その背にはあるはずのない尻尾がブンブン振られているように見えたし、結局服は三着仕立てられた。

（着心地いいから嬉しいけど……、でも本当によかったのかな）

格好こそシャツとズボンとほぼ変わらないものの、仕立てのよさはそれまで着ていたものと段違いで、自分で鏡を見てもなんだか少し垢抜《あかぬ》けたように感じる。

だが今日の千春は、恭一郎から贈られたその服ではなく、自分の家から持ってきた服を着ていた。早くに目が覚めたので、朝食までの間、いつも翠や細川がしてくれている屋敷の掃除を自分もしようと思い、汚れてもいいように元の服を着たのである。

「その……、その雑巾は……？」

声を震わせて聞いてくる翠に、千春はああ、と手にした雑巾を掲げて答えた。

「さっき驚いてたのってこれのこと？　ほら、翠ちゃんこの間、拭き掃除で手が荒れるって言ってたでしょ？　だから今日からは僕がしようと思って、……あ、一太さんから新しい雑巾もらってきたんだ。そうだ」

話している途中で思い出した千春は、床に置いたバケツにかけてあった古い雑巾を取り上げて聞く。

「一太さんが、床を拭くのはこっちだって言ってたけど、これで合って……」

「うわあああ！　駄目です千春様、そんなばっちいもの触らないで下さい！」

しかし、皆まで言う前に大声を上げた翠が、千春から古い雑巾を奪い取る。呆気《あっけ》に取られた千春の手から新しい方の雑巾も奪い取って、翠はふーふーと激怒する猫のように肩で息をした。

「一太兄ちゃんめ……！　千春様になんてことさせるのよ……！」

「あの、翠ちゃん」

呻く翠に、千春は戸惑いつつ言う。

「そっちの雑巾もちゃんと井戸で洗ってきたから、ばっちくはないと思うよ。気になるなら、僕もう一回洗ってくるから……」

「そういう話じゃないんです！」

キッと目を三角にした翠に遮《さえぎ》られて、千春は反射的にハイッと背筋を正した。どうしよう、細川さんより怖いかもしれない。

ぎゅっと雑巾を握りしめた翠が、険しい顔つきのまま唸る。

「千春様に掃除なんてさせたって知られたら、あの鬼軍曹に大目玉喰らうに決まってる……！　旦那様だって、なんて仰るか……」

「私がなんだって？」

と、その時、翠の背後から恭一郎が歩いてくる。ぴゃっと飛び上がった後、ギギギ、と油の切れた人形みたいな動きで後ろを振り返った翠から、聞いたことのないような低い呻き声が聞こえてきた。

「だ……、旦那、様……」

「おはよう、千春。昨夜はよく眠れたかな？」

翠もおはよう、と微笑みつつ翠の脇を通り抜けた恭一郎が、するりと千春の前に立つ。自然な仕草で腰に手を回し、額にくちづけてくる恭一郎に、千春は少し照れつつ挨拶を返した。

「……おはようございます、恭一郎さん。はい、おかげさまでぐっすり眠りました」

「それはよかった。今日も朝から君の可愛い顔が見られて幸せだよ」

目を細めてそう言う恭一郎に、千春はちょっと苦笑してしまう。

恭一郎はいつもこうで、毎朝毎晩、必ずこうして挨拶代わりに額や頬にくちづけ、優しい言葉と共に微笑みかけてくる。

(本当に海外の人みたいだなあ)

翠たちの前でされるのはちょっと恥ずかしいが、これが彼の習慣なのだから仕方がない。それに、彼にこうして触れられるのは、千春としても嫌ではなかった。

(僕がまだ慣れてないせいで、いつもドキドキしちゃうけど)

だが、恭一郎の綺麗な顔に慣れることは、この先ないような気がする。

やっぱりもっと自分の魅力を自覚してほしいなあとぼんやり思っていた千春だが、そこで恭一郎がおやと首を傾げた。

「今日は私の贈った服を着てくれていないんだね。なにか気に入らないところがあった？」

「そんな、違います。ちょっとお掃除したくて、汚さないように元の服を着たんです」

「掃除？」

聞き返した恭一郎に頷いて、千春は説明した。

「はい。翠ちゃんが拭き掃除で手が荒れるって言ってたから、手伝おうと思って。一太さんから雑巾をお借りしてきたんですけど……」

ちら、と恭一郎の背後の翠を見やった千春に、恭一郎も後ろを振り返る。翠がサッと、握りしめていた雑巾を自分の背に隠した。

「あ……、あはは、いえ、これはその……」

乾いた笑いを浮かべた翠に、恭一郎が苦笑まじりに促す。

「翠、それを貸してごらん」

「……」

「大丈夫、こんなことで怒ったりしないから」

苦笑を深めた恭一郎に再度促されて、翠がおずおずと雑巾を差し出しながら言う。

「申し訳ありません、旦那様……。兄には二度としないよう、きつく言っておきますから……」

「……あの、そんなに駄目でしたか？」

恐縮しきりの翠に、千春はなんだか自分が大罪でも犯したかのような心持ちになってきてしまう。

「ずっとお世話になりっぱなしなので、せめてこれくらいは自分でしたかったんですけど……」

今までずっと自分のことは自分でしてきた千春にとって、掃除も洗濯も料理もなにもかも人任せな生活というのはものすごく落ち着かない。

それが翠や細川の仕事なのだということは理解しているが、自分は居候だし、血を引いているというだけで華族でもなんでもない。せめて身の回りの掃除くらいは自分でと思ったのだが、そんなにも駄目だったのだろうか。

「すみません。僕、なにも分かってなくて……」

しゅんとうなだれた千春だったが、恭一郎は優しく微笑んで頭を振る。

「謝らないで、千春。君はなにも悪くないよ。もちろん、翠も一太もね」

「旦那様ぁ……」

安心させるように微笑む恭一郎に、翠が泣き出しそうな顔をする。恭一郎は苦笑を浮かべつつ、翠の手から雑巾を受け取って告げた。

「むしろ私の方こそ、千春を見習ってたまの休日くらい掃除をするべきだなと反省したよ。いつも細川さんと翠に甘えっぱなしだからね。千春、よかったら朝食までの間、二人でここを掃除しようか」

「……はい！」

大きく頷いた千春に優しく微笑んだ恭一郎が、ここはいいから朝食の準備を、と翠を下がらせる。

シャツの手首のボタンを外す恭一郎を見つめつつ、千春はしみじみと思った。

（恭一郎さん、本当に優しいなあ）

恭一郎はどんな時も、ひとのことを否定しない。

いつだって、それはいいねと相手の意見を尊重して、こちらの意思を汲んでくれる。

千春がなにか困ってはいないか、不便なことはないか、常に気遣ってくれている彼と過ごす日々はとても穏やかで、居心地がよくて――、だからこそ、千春は恭一郎に甘えすぎてはいけないと、自分を戒めていた。

（僕はあくまでも居候の身で、そのうち出ていかなきゃならないんだから……。恭一郎さんの優しさに甘えすぎたら、きっと後がつらくなる）

袖口を捲《まく》るのを手伝った千春は、ありがとうと微笑む恭一郎にいいえと頭を振りつつ、自身に言い聞かせた。


あれから二週間、千春は加賀と幾度か手紙のやりとりをしているが、雅章の考えはまったく変わっていないらしい。むしろ千春はいつ恭一郎との結婚を承諾するのか、さっさと正式に話を受けるように伝えろと毎日加賀に命じているとのことだった。

おそらく恭一郎も、雅章が冷静になるのを待って破談を持ちかけようと思っているのだろうが、お世話になっている彼にそこまで迷惑をかけるわけにはいかない。千春は頃合いを見計らって、直接自分が雅章に会って話をしようと思っていた。

（こんなことになっちゃったけど……、でも、僕は雅章くんの兄なんだ。ちゃんと話をして、間違ってることは間違ってるって言わないと）

自分を脅すような真似をした雅章だが、今のところ実際にあの商店街の土地を押さえるよう、加賀に指示しているわけではないらしい。

だが、世の中には目当ての土地を手に入れるため、地上げ屋を使って住人に嫌がらせをするような者もいると聞く。雅章が加賀を通さず、別の者にそういった指示をしていないとも限らない。

半分とはいえ、血の繋がった弟だ。そこまで根性が曲がっているとは思いたくないけれど、あの様子では思いつめたらどんな行動に出るか分からない。早く雅章と話をしたいが、彼が冷静にならないうちに説得しようとしても火に油を注ぎかねず、焦る気持ちばかりが募っていく。

(皆、大丈夫かな……。林さんの腰痛の薬も、そろそろ切れる頃だし……)

あの日、とりあえず着替えだけはと取りに帰らせてもらったが、その後は一度も自分の店に帰っていない。こんなにも長く店を閉めるのは初めてのことで、千春はここ数日ずっと店や商店街の人たちのことが気がかりだった。

(本当は一度帰りたいけど……)

階段の手すりを磨く恭一郎をちらっと見やって、千春は逡巡《しゅんじゅん》した。

居候の身で、店や近所の様子を見たいから馬車を出してくれとは言い出しにくい。

それに、帰りたいなんて言ったら、恭一郎はがっかりしないだろうか。優しい人だから、きっと怒ったりはしないだろうけれど、千春がここでの生活を不満に思っていると誤解しかねない。

(こんなによくしてもらって、感謝しかないのに、そんな誤解されたくない……)

恭一郎をがっかりさせたくない。

けれど、店や商店街の人たちのことも気になる。

どうしたらいいんだろうと、雑巾を握りしめたまま こっそりため息をついた千春だったが、その時、恭一郎がそっと声をかけてきた。

「さっきから浮かない顔だね、千春」

「い……、いえ、そんなことは……」

慌てて否定しようとした千春に、恭一郎がやんわりと言う。

「嘘をつかなくていいんだよ、千春。ここ何日か、ずっと悩んでいただろう？」

「……っ」

どうやら恭一郎は、千春の様子がおかしいことに気づいていたらしい。

虚を衝《つ》かれて息を呑んだ千春に、恭一郎が眉を寄せて問いかけてくる。

「もしかして、お店のこと？」

「あ……」

「……やはり、そうだったか」

難しい顔つきで唸った恭一郎に、千春は慌てて告げた。

「あの、ここにいるのが嫌とか、そういうことじゃないんです。皆さんよくして下さるし、お世話になりっぱなしで、毎日感謝してます。でも、これまでこんなに長い間店を閉めていたことがなかったので、気になって……」

恭一郎に誤解されたくないと、懸命に言い募る。

するとと恭一郎は、眉間の皺をゆるめてふんわりと苦笑した。

「……私は駄目な男だな。大切な君にこんなに気を遣わせてしまうなんて」

「そんな……！　恭一郎さんが駄目なんて、そんなことないです！」

思ってもみなかった言葉に、千春はびっくりしてしまう。こんなに優しい恭一郎の、どこが駄目だというのか。

「僕こそ、こんなによくしてもらっているのにお店が気になるなんて、自分勝手なことを……」

「それは違うよ、千春」

自分こそ申し訳ないことを言っていると謝ろうとした千春だったが、恭一郎はきっぱりと頭を振って言う。

「君にここにいてほしいのも、心地よく過ごしてもらいたいのも、私の望みなんだ。君が恩に感じる必要はないし、したいことを我慢する必要もない。だから、君が店に戻りたいと言い出せなかったのは、私の配慮が足りなかったせいだ」

本当にすまなかったと再度謝って、恭一郎は真剣な眼差しで続けた。

「第一、千春の仕事は困っている人を助ける、大切な仕事だ。その仕事を急に休むことになって、君が気に病まないはずがない。お店にはきっと、定期的に薬を買いに来る常連さんもいるんだろう？」

「……はい」

迷いつつも、千春は正直に頷いた。

やはり、と顔を曇らせた恭一郎が唇を開きかけたところで、千春は彼がまた謝る前に急いで告げた。

「あの……っ、でも、突然こんなことになって、ゆっくり考える時間が欲しかったのも本当です。だから、その機会を下さった恭一郎さんには感謝しているんです。本当です」

「千春……」

千春の言葉に、恭一郎が目を瞠る。

こちらを見つめる恭一郎の深い青い瞳を、千春はまっすぐ見つめ返した。

（うわ……、睫《まつげ》長……）

ぱち、ぱち、と瞬きの度に優雅に揺れる睫は髪と同じ白銀で、廊下に差し込む朝陽を受けてキラキラと煌めいている。

腕まくりしたシャツから覗く筋肉質な腕、髭をあたったばかりの顎はがっしりとしていて男らしいのに、すっきりと整った顔立ちだからか暑苦しさなど微塵《みじん》も感じさせない。

（綺麗な人だな、本当に……）

毎日見ているのに、毎日その美しさにびっくりしてしまう。

こんな人が、なりゆきで仮とはいえ自分の許嫁になるなんて、本当に不思議だ――。

「……千春」

と、千春がじっと見つめ続けていると、恭一郎がくっと何故か少し苦しそうに眉を寄せる。

「そんなに見つめられると……」

低い声で呻くように呟いた恭一郎が、すっと千春の方に手を伸ばしてきた、――その時だった。

「……朝からお熱いのは結構ですが」

こほん、とすぐ近くで咳払いと共に冷ややかな声が上がる。細川女史だった。

「せめてその雑巾はお置きになってからがよろしいかと」

「……あ」

目を見開いた恭一郎に、細川が不思議そうに首を傾げる。

「というか、何故お二人が雑巾など？　翠さんはどうしたのですか？」

「えっと、それは……」

鬼軍曹に叱られる！　と涙目だった翠を思い出し、言い淀んだ千春は、助けを求めて恭一郎を見上げた。

苦笑した恭一郎が、悪戯っぽく片目を瞑《つぶ》り、人差し指を口の前で立てて言う。

「残念ながらそれは内緒なんだ。ね、千春」

「……っ、はい！　そうです、内緒です！」

急いで乗っかった千春に、恭一郎が優しく目を細める。共犯者の笑みを浮かべる恭一郎に、千春もふっと頬をゆるめた。

視線で会話する二人に、細川が呆れたような声で告げる。

「左様ですか。仲がよろしくて結構ですが、朝食の準備が整いましたので、早くおいで下さい」

踵を返す細川に、はい、と声を揃えて返事をして、千春は恭一郎とこっそりと笑みを浮かべ合ったのだった。


チリン、と涼やかな音を立てながら、千春は扉を押し開いた。

いくつもの生薬が入り交じった爽《さわ》やかな香りを懐かしく感じながら、後ろを振り返って勧める。

「どうぞ、入って下さい」

「ああ。お邪魔します」

帽子を取った恭一郎が、にこりと微笑んで店の中に入っていく。千春は少し緊張しつつ、その後に続いた。

朝食を終えた後、恭一郎は千春に、せっかくだし今日一緒に店の様子を見に行きたいと告げてきた。

『私も千春のお店を一度見てみたいのだが……、一緒に行っても構わないだろうか』

『それはもちろん構いませんけど、でもいいんですか？　せっかくのお休みなのに……』

恭一郎は普段、朝早くから勤めに出ていっている。時には書類を持ち帰り、夜遅くまで仕事をしていることもあり、責任ある立場の彼はほとんど休みらしい休みもない様子だった。

実際、恭一郎が休日を取るのは、千春がここに来てから今日が初めてだ。ようやく休めるのだから、家でゆっくりしたいのではと思った千春だったが、恭一郎は丸井の淹れた紅茶を傾けつつ笑って言う。

『せっかくの休みだからこそ、千春と一日ずっと一緒に過ごしたいんだ。君を一人で出かけさせるのも心配だしね。ついていっては駄目？』

『……っ』

ねだるような言葉と共に首を傾《かし》げる恭一郎は、年上で頼り甲斐のある男性だというのに、やけに可愛く見える。けれど、その声も眼差しもどこまでも甘く優しく、やはり格好いい。

(格好いいのに可愛いって何事？)

混乱しつつ、分かりましたと頷こうとした千春だったが、それより早く別方向から声が上がった。

『はい！　それなら私も！　私も行きたいです！』

『あっ、じゃあ俺も！』

シュバッと手を挙げて便乗してきたのは、翠と一太だった。しかし、千春がいいですよと返事をする寸前、細川女史の目がキラリと光る。

『翠さん、一太さん。今日は二人で馬小屋のお掃除をお願いします』

『ええ、でも……』

一太は不満気な声を上げていたが、翠はなにかを察したようにピッと背筋を伸ばして言った。

『あっ、分かりました！　すみませんでした！　ほら行くよ、お兄ちゃん！』

『いや、でも翠……』

『察しなさいよ、馬鹿兄貴！　お邪魔虫だって言われてんの！』

『……翠に馬鹿って言われた……』

翠に背中を押されて馬小屋へと向かう一太の愕然《がくぜん》とした様子に、少し心配になってしまった千春だったが、周りの大人たちにとってはさほど珍しい光景ではなかったらしい。

『では、私は馬車の用意をして参りますね』

『千春様、お召し替えを』

何事もなかったかのように言う丸井と細川夫妻にあれよという間に支度を整えられ、気づけば恭一郎と二人で馬車に乗せられていた。

（ちょっとびっくりしたけど……、でも、恭一郎さんにお店に来てもらえて嬉しいな）

「そちらへどうぞ。今お茶を淹れますね」

「ああ、ありがとう」

カウンターの中に入った千春は、恭一郎に椅子を勧めて手早くお湯を沸かす。薬の調合を待ってもらう間、お客さんにお茶を出すことがあるので、一通りの道具は店の方にも揃っていた。

お茶の準備をする千春の前に座った恭一郎が、店の中を見回して言う。

「随分大きな棚だね。中にはやはり薬が？」

「はい。素材とか、調合し終えた薬も仕舞ってあります。母がお店を始める時に、ご近所の大工さんに頼んで特注で作ってもらったそうです」

痛み止めや熱冷ましなど、よくお客さんが買いに来る薬は、あらかじめ作って保管してある。

これとかもそうです、といくつか出して見せた千春に、恭一郎は感心したように唸った。

「薬師の人の知識量は計り知れないとは聞いていたが、これだけの数の素材の効能を覚えて、更に調合もするなんて、本当にすごいな。尊敬するよ」

「僕は母がやっていることを、見よう見まねで覚えただけなので……」

恭一郎にそうまで褒めてもらうと少し気恥ずかしい。謙遜《けんそん》した千春に、恭一郎は目を細めて言った。

「それでもすごいと思うよ。あの方がお母さん？」

店の片隅に置かれている母の写真に目をとめた恭一郎に聞かれて、千春はハイと頷いた。写真に向かって黙礼した恭一郎が、問いかけてくる。

「お仏壇は二階に？　後でお線香を上げさせてもらっても構わないだろうか」

「はい、是非」

狼谷家当主の恭一郎がお線香を上げてくれるなんて、きっと母も天国でびっくりするだろう。

笑みを零しつつ頷き、千春は使い慣れた天秤を取り出した。

「すみません、恭一郎さん。いくつか薬を調合してもいいでしょうか。後でご近所の常連さんに届けたいので……」

「ああ、もちろん。ここで見ていても？」

「はい。でも退屈かもしれないですよ」

薬の調合なんて、興味のない人にとってはよく分からないだろう。飽きてしまうのではと少し心配しつつ材料を揃える千春に、恭一郎が微笑む。

「千春の仕事を間近で見られるのに、退屈なんてするわけがないよ。なにか手伝えることがあったら遠慮なく言ってほしい。まあ今のところ、高いところの材料を取るくらいしか思いつかないけれど」

「その時はお願いします」

冗談めかして言う恭一郎にくすくすと笑い返しながら、千春は天秤で材料を量っていった。あるものは乳鉢ですり潰し、あるものは煎《せん》じて、複数の薬を同時に作り上げていく。

煮詰めた薬にとろりとした液体を加える千春を見て、恭一郎が問いかけてくる。

「それは？」

「蜂蜜です。この薬は疲れ目に効くんですけど、ちょっと苦みがあって。長屋の小説家の先生は甘党だから、いつも蜂蜜を足してるんです。なんでも、角砂糖を齧《かじ》りながら執筆してるらしいですよ」

「……虫歯になりそうだね」

苦笑しながら、恭一郎が更に問う。

「そっちは薬湯？　煎じたものを処方するというのは珍しいね」

「あ、あれは和菓子屋の奥さん用なんです。出産されたばかりなので、すぐ飲めるようにと思って。体力回復に効くし、お乳の出がよくなるんですよ」

「なるほど。そちらの丸薬は随分小粒だけど……」

「これは関節痛に効く薬です。裏のおばあちゃんが飲みやすいように、小さめに……」

説明しつつ手早く薬を調合していた千春は、そこで恭一郎が自分の手元ではなく、顔を見つめていることに気づく。

目を細めた恭一郎の表情は、とても優しく、やわらかくて――。

「あ、の……？」

どうしてそんな表情で自分を見つめているのか。まるで愛おしいものを愛《め》でるような表情にドギマギして手をとめた千春に、恭一郎がふふっと笑って言う。

「千春はこの仕事がとても好きなんだね」

「好き……」

思いがけないことを言われて、千春は固まってしまった。ぱちぱちと幾度か瞬きして、頭の中を整理しようとする。

「……好き、なんでしょうか。今までずっと、母の残したお店を潰さないようにって必死で……。僕には他にできることもなかったし……」

この仕事を大切に思っているけれど、好きかどうかなんて考えたこともなかった。

考え込んでしまった千春に、恭一郎が穏やかに微笑みながら言う。

「少なくとも私は、君のこの仕事への愛情を感じたよ。それと、ご近所の方を大切に思う気持ちもね」

「………」

「確かに、最初は必要に駆られて始めた仕事かもしれない。けれどそこまで細やかに相手のことを気遣えるのは、千春がこの仕事に誇りを持っているからじゃないかな」

「誇り……」

呟いた千春を見つめて、恭一郎が頷く。

「仕事に誇りを持てるのは、その仕事が好きだからだ。薬を飲む人のことを思って調合する君は、とても真剣で素敵だったよ」

「す……」

にこ、と微笑みながら言われた直球の褒め言葉に、千春は面食らってしまう。素敵なんて、生まれて初めて言われた。

「か……、からかわないで下さい……」

慣れない言葉に俯いて真っ赤になりつつ、消え入りそうな声で呟く千春に、恭一郎が笑みを深める。

「からかってなんてない。私は本気だよ、千春」

「……っ」

カウンターに頬杖《ほおづえ》をついた恭一郎に、一層優しく目を細めてじっと見つめられて、千春は思わず息を呑んだ。

はらりと額にかかる、一筋の前髪。

深い青の瞳にかかる銀色の睫は、店のドアに嵌め込まれたステンドグラスの鮮やかな光を映して七色に煌めいている。

ゆるやかな弧を描く形のいい唇が、うっすらと開いて――。

「ちは……」

「っ、続き……！　調合の続き、しないと！」

思わず恭一郎に見入っていた千春は、名前を呼ばれかけて慌ててそれを遮った。

ばくばくと早鐘を打つ心臓をなだめつつ、ごりごりと乳鉢で材料をすり潰す。

危なかった。なにがどう危なかったのかはよく分からないけれど、でも、あのままだったら確実に危なかった。

「残念。逃げられてしまった」

くすくすと苦笑まじりに呟く恭一郎に聞こえなかった振りをしつつ、千春は気持ちを切り替えて調合に集中した。

乳鉢ですり潰した材料を天秤で量り、他の材料と混ぜ合わせて粉薬を作る。真剣な目つきになった千春を見て、恭一郎もごく穏やかに問いかけきた。

「その薬は？」

「これは腰痛に効く薬です。ご近所の八百屋さんにいつもお渡ししてるんです」

できた薬を薄紙に一回分ずつ、きっちりと量って包んでいく。いくつもの包みを並べた千春は、ふうと肩で息をして呟いた。

「これでよし、と。あとは……」

ちらりと恭一郎を見やって、千春は少し身を強ばらせる。

（あとはいつもの『おまじない』だけど……）

恭一郎はすでに千春の能力について知っているとはいえ、人前で力を使うのは母以外では初めてで、少し緊張する。

薬に使う分には少し手が光るくらいだが、それだって十分奇異なものに見えるだろう。――でも。

（……恭一郎さんならきっと、大丈夫だ）

恭一郎は薬師の仕事のことを、困っている人を助ける大切な仕事だと言ってくれた。千春がこの仕事や常連さんたちを大事に思っていることを理解し、尊重してくれた。

この人ならきっと、自分の力のことを色眼鏡で見たりしない――。

千春は一つ深呼吸をすると、背筋を伸ばして両手を薬の上にかざした。

目を閉じ、心を込めて唱える。

「……よく効きますように」

次の瞬間、手のひらがふわりとあたたかくなり、やわらかな光が溢れ出す。煌めく光の粒子が薬へと降り注ぐのを見て、千春はほっと息をついた。

(よかった、ちゃんとできた)

久しぶりだし、恭一郎が見ている前だから緊張して失敗してしまうかもしれないと案じていたが、うまくできたようだ。

安堵しつつ淡く輝く光を見つめていた千春だったが、その時、恭一郎がサッと立ち上がる。

「千春!」

「っ!?」

焦った声で叫んだ彼に、カウンター越しにぐいっと手首を掴まれて、千春は驚いて息を呑んだ。

「恭一郎さん?」

「大丈夫か!? 気分は?」

「気分?」

勢いよく聞いてくる恭一郎に、訳が分からず当惑する。一体なにをそんなに焦っているのかと混乱しかけた千春だったが、続く恭一郎の言葉に彼の真意を悟る。

「君の力は、生気を使うような類いのものだろう? そんなに使ったら、具合が悪くなったり……」

「…………」

「……しないのか?」

黙り込んだ千春を見て、恭一郎が途中で気づいたように語尾を変える。ふっと緊張の糸を解いて、千春は恭一郎に笑いかけた。

「薬に使うくらいなら大丈夫です。調合した薬にはいつもこうして『おまじない』をしているので」

「……そうか……」

まじまじと千春を見つめて、恭一郎が大きく息をつく。

「いや、私はてっきり、力を使ったら具合が悪くなるのだろうと……。すまない、早とちりだったね」

「いえ、心配して下さってありがとうございます」

あまりに勢いがよくて少しびっくりしたが、それだけ心配してくれたのだと思うと嬉しい。

続けますね、と一言断って、千春はもう一度薬に『おまじない』をした。

椅子に座り直した恭一郎が、それでも心配そうに千春の様子を見つめつつ聞いてくる。

「先ほどいつもこうしていると言っていたけれど、調合した薬全部に『おまじない』を？」

「はい。少しでも早く楽になりますようにっていうのが、母の口癖だったんです」

だから僕もと笑って、千春はキラキラと光が降り注ぐ薬を見つめる。

「具合が悪いのって、誰にとってもつらいことだから。だから、少しでもよくなるお手伝いができたらなと思うんです。本当は怪我を直接治すことができたらいいんですけど、僕の力はそこまで強くないみたいで、それこそ具合が悪くなってしまうので、せめて薬にって」

微々たるものだけれど、それでも困っている人の助けになれたら嬉しい。

（……恭一郎さんの言うように、僕、この仕事が好きなのかもしれないな）

今更すぎて気づいてなかったのかも、と思った千春の前で、恭一郎が呟く。

「そうか、それで……」

（……それで？）

納得したような言葉に、千春がかすかに違和感を覚えた、――その時だった。

「っ、千春ちゃん、いるのかい!?」

突如、店の扉がチリンチリンと激しい音を立てて開く。見れば、肩で息をした林さんがまん丸に目を見開いて立っていた。

「林さん！　お久しぶりです！　すみません、急に留守にして」

「千春ちゃん……！　心配したんだよ。今までどこに……」

謝った千春にほっとした表情で店に入りかけた林さんが、ぴたっと足をとめる。その視線は、カウンターに腰かける恭一郎に注がれていた。

「あ……、林さん、この方は……」

そういえば恭一郎のことをどう説明しよう、狼谷の名前を出すのはよくないかなと迷いつつ口を開いた千春だったが、林さんはパチパチと瞬きをするなり、口に手を当てて呟く。

「あらやだ、いい男」

「初めまして、マダム」

立ち上がった恭一郎が、にこやかに林さんに歩み寄る。

「申し遅れました。千春くんの友人で、田中《たなか》恭一郎と申します」

やはり狼谷の名を大っぴらに出すわけにはいかないのだろう。さらりと偽名を名乗った恭一郎に、千春は迂闊《うかつ》なことを言わないでよかったと安堵する。

一方、マダムと呼びかけられた林さんは豪快に笑って言った。

「あはは、マダムなんて初めて言われたけど、悪くないねえ！　初めまして、あたしは林っていって、近所の八百屋の女将さ。よろしくね、田中さん」

「こちらこそ」

名乗った林さんに、恭一郎が手を差し出す。にこにこと握手を交わす二人にほっとした千春だったが、安心するのはまだ早かったらしい。

「それで、田中さんは千春ちゃんといつどこで知り合ったんだい？　年齢は？　仕事はなにを……」

「ちょ……っ、ちょっと、林さん!?」

矢継ぎ早に質問する林さんに驚いて、千春は慌ててカウンターから飛び出した。

「なに聞いてるんですか!?　いきなりそんなこと聞いたら失礼ですって！」

「おや、でもこの人が千春ちゃんのいい人なんだろう？　縁談に釣書は付き物だよ、千春ちゃん」

「い、いい人って、どうして……」

まだ恭一郎との関係などなにも話していないのにと戸惑った千春に、林さんがカラカラと笑う。

「女の勘ってやつさ。伊達にウン十年も女をやってないからね」

舐めてもらっちゃ困るよと笑う林さんに、恭一郎が苦笑しながら言う。

「お察しの通りです、マダム。実は私が千春くんに一目惚れしてしまいまして。諸事情あって、今彼には私の屋敷で暮らしてもらっているんですが、このまま籍を入れてもらえないかと毎日口説いている最中で……」

「おやまあ、もう一緒に住んでるのかい？　随分と手が早い男だねえ」

「手は出しておりません。まだ」

にっこりと笑って恥ずかしいことを言う恭一郎に、千春は真っ赤になって頭を抱えてしまった。

「ま……、まだってなんですか……。大体、一目惚れとか、なんでそんな嘘……」

「嘘？」

しかし恭一郎は、千春の非難を笑って受け流す。

「私はなにも嘘はついていないよ、千春」

「え……」

意外な言葉に目を瞠った千春だったが、恭一郎はそんな千春の反応すら承知の上といった様子で穏やかに繰り返した。

「私はなにも嘘はついていない。私が君に一目惚れしたのも、このまま一緒になりたいのも、すべて本当のことだよ、千春」

「………」

微笑む恭一郎は落ち着き払っていて、とても冗談や嘘を言っている雰囲気ではない。

しかし、千春はそのことにこそ戸惑い、返す言葉に詰まってしまった。

（すべて本当のことって……）

それは――、その言葉は、恭一郎の本心なのだろうか。

今まで千春は、一目惚れしたというのも、結婚したいというのも、雅章を引き下がらせるための方便だろうとばかり思っていた。恭一郎が自分を気遣ってついてくれた、優しい嘘だと。

だが、それはあくまでも千春の想像だ。恭一郎の本心を確かめたことはない。

確かめるまでもないと、思っていたのだ。恭一郎のような立派な紳士が、自分を好きになるはずがないと。

(でも、恭一郎さんは全部本当だって言った……)

ここには雅章はおらず、林さんにわざわざ嘘をつく必要はない。

なにより、恭一郎は人の気持ちを弄ぶような人ではない――。

「……っ」

思い至った途端、ドッと心臓が跳ね上がって、千春は緊張に身を強ばらせた。

(恭一郎さんが、僕を……、……好き?)

あり得ないと思っていたその事実に、カアッと顔が熱くなっていく。

「あ、の……、僕……」

どうしよう、どうしたらと狼狽《うろた》えかけた千春だったが、意味のある言葉を発する前に、店の扉がコンコンとノックされる。

「失礼。こちらは神楽薬局でしょうか」

外から聞こえてきた声は、若い男性のものだった。

千春は慌てて居住まいを正して応える。

「あ……、は、はい、どうぞ」

「失礼」

再度声がして扉が開く。現れたのは、真っ白な軍服姿の将校らしき青年だった。

「突然申し訳ありません。こちらに上長がお見えと伺ったのですが……」

「なにかあったのか?」

どうやら彼は恭一郎の部下らしい。

すぐさま立ち上がって問いかけた恭一郎に、部下がハッと敬礼して答えた。

「お休みのところ申し訳ありません。実は……」

「待て、外で聞こう」

強ばった表情で切り出そうとした部下から、厄介ごとの気配を感じ取ったのだろう。サッと片手で制した恭一郎の横顔は、今まで見たこともないほど厳しいものだった。

(恭一郎さんもこんな顔をするんだ……)

驚いて言葉を失った千春だが、恭一郎は部下に店の外で待つよう指示するなり、こちらに柔和な笑みを向けて言う。

「千春、マダム、少し失礼します」

先ほどまでと変わらない、穏やかな口調でやんわりと断った恭一郎が、足早に店を出ていく。

颯爽《さっそう》としたその背を見送って、林さんが唸った。

「屋敷持ちで高官、軍人なのにあの穏やかさ……、なかなかの優良物件と見た」

「……恭一郎さんは物件じゃないです」

ため息まじりに訂正しつつも、千春は少しほっとしていた。

恭一郎の真意を知ってしまった今、彼になんと言葉を返せばいいか分からなかったからだ。

恭一郎からしてみたら今更の話かもしれないが、自分にとっては寝耳に水もいいところだ。落ち着くために少し時間が欲しい。

熱くなった顔をパタパタと手で扇《あお》いで、千春は林さんに椅子を勧めた。

「ちょうどお薬を調合していたところだったんです。今詰めますから、そちらにどうぞ」

カウンターに戻り、林さんにお茶を出してから、薬を紙袋に詰めていく。

ありがとうね、とお茶をすすりつつ、林さんは心配そうに聞いてきた。

「しかし、千春ちゃんがそんなことになってたとはね。大丈夫かい？　あの日からずっと留守だったけど、なにがあったんだい？」

「えっと……」

林さんの質問に、千春はどう説明したらいいか悩んでしまった。

華族の血を引いていることが分かって、妹が駆け落ちしたからその代わりに恭一郎に嫁がされそうになっている、なんて言ったら、林さんは絶対怒るに決まっている。下手をしたら雅章のところに乗り込んで、直談判しかねない。

言い淀む千春を見て、林さんが言う。

「言いづらいことならいいんだけどね。今はあの田中さんのところでお世話になってるって話だったけど、それは無理矢理とか、強制されてのことじゃないんだよね？」

「あ……、はい、それはもちろん。恭一郎さんにはとてもよくしてもらってます」

そこは誤解されたくなくて、千春は慌てて頷く。

すると林さんは、目を細めて言った。

「まあ、見てれば分かるけどね。千春ちゃん、なんだか前より表情が明るくなったよ。あの人の影響だろう？　いい人と出会えてよかったねえ」

「…………」

祝福するような言葉になんと返せばいいか分からなくて、千春は視線をさまよわせた。

『私はなにも嘘はついていない』

穏やかな低い声が、頭の中に甦る。

『私が君に一目惚れしたのも、このまま一緒になりたいのも、すべて本当のことだよ、千春』

こちらをひたと見据える、深い青の瞳。

静かで優しい、海みたいなあの瞳を思い出した途端、落ち着いたはずの頬がまた熱くなる。

(本当のこと……。恭一郎さんが、僕を……)

あの優しい人が自分を好いてくれていると思うだけで、胸の奥がそわそわと浮き足だって落ち着かなくなる。

ぎゅう、と紙袋を握りしめかけ、ハッと我に返って慌てて手を放した千春は、寄ってしまった皺をのばしつつ林さんに問いかけた。

「あの……、本当だと、思いますか？　恭一郎さんが言っていたこと……」

恭一郎があんな嘘をつくはずはない。けれど、自分が恭一郎に想ってもらえるだなんて、どうしても信じ難い。

端《はた》からはどう見えただろうと気になって聞いてみた千春に、林さんが苦笑を零す。

「そりゃ、あの人はどう見ても庶民のあたしらとは違う人種の御方だから、千春ちゃんが信じられないのも無理はないけどさ」

朗らかな声は、千春に寄り添うように優しかった。

「でも、食べて寝て仕事して、誰かのことを好きになって。そういう根っこのところは、あたしらと同じはずだろう？」

「根っこの、ところ……」

林さんの言葉を、千春は繰り返した。

確かに、この二週間一緒に過ごして、恭一郎のような上流階級の人も思っていたより普通の生活をしているのだと知った。

食べて寝て、仕事をして。それは自分となにも変わらない――。

考え込んだ千春に、林さんが笑みまじりに告げる。

「少なくとも、あの人の千春ちゃんを見る目は特別優しかったよ。千春ちゃんを好きなんだって、すぐ分かるくらいにはね」

「……っ」

息を吞んで顔を赤くした千春を見て、林さんはカラカラと楽しそうに笑った。

「ま、だからってあの人が悪い男じゃないってことにはならないけどね。千春ちゃんに悪さしないかどうか、よくよく見張っておかないと」

手が早そうだしねと茶目っ気たっぷりに言う林さんに、千春ははにかみつつも訂正した。

「だから、恭一郎さんはそんな人じゃないですってば。でも……、ありがとうございます」

からかわれるのは少し恥ずかしいが、自分のことを心配してくれているからこその言葉がありがたくて、小さくお礼を言う。

なんのと笑う林さんに薬を詰め終わった紙袋を差し出しつつ、千春は気になっていたことを尋ねた。

「そういえば、ここ最近商店街の様子はどうですか？　なにか変わったこととかありませんでしたか？」

一帯の土地を買い上げて商店街の人たちを追い出すと脅していた雅章だが、本当になにかしていないだろうか。

心配になって聞いた千春だったが、林さんの答えは意外なものだった。

「そうそう、実はこの辺り一帯が、狼谷家のご領地になるって話が出ててね」

「……狼谷家？」

予想外の一言に、千春は目を瞬かせた。

「狼谷家って……、な、なんで？」

椿家の間違いではないのかと、口をついて出そうになった言葉を呑み込んで聞く。

すると林さんはにこにこと上機嫌で言った。

「それが、近くの空き地に新しく会館を建てることになったらしくてね。港の警備の拠点にするんだってさ。で、その視察の時にご当主様がこの商店街を気に入って、ご領地にって話が出たらしいよ」

光栄なことだねえ、と朗らかに笑う林さんに、千春は混乱しつつも質問する。

「あの、林さん。その視察っていつ頃……？」

「つい最近だよ。ああ、ちょうど千春ちゃんが留守にしてすぐだったね」

「僕が留守にして、すぐ……」

懸命に頭の中で話を整理しようとしている千春をよそに、林さんは声を弾ませる。

「狼谷家っていったら、あの四神の白秋家に昔から仕えている名家だろう？　ご当主様は慈善家でも有名だし、そんな立派なお家が後ろ盾についてくれるってんで、皆大喜びでねえ。うちの店が狼谷家のお膝元だなんて、あたしも鼻が高いよ」

「……そう、ですね……」

ころころと笑う林さんにどうにか相槌を打って、千春は湧き上がってくる疑問を懸命に呑み込んだ。

(偶然……？　でも恭一郎さんは、僕の店がこの商店街にあることを最初から知っているはずだ。それなのになにも言わないのは、やっぱり変だ……)

しかも、恭一郎が視察に訪れたのは千春が彼の元に身を寄せてすぐだ。わざわざこの土地を選んで訪れたとしか思えない。

(……偶然じゃ、ない。でもどうして、恭一郎さんはわざわざこの商店街一帯を領地に……？)

一番考えられるのは、恭一郎が雅章の脅しを知って、先回りして土地を押さえようとしたということだが、千春は彼に脅されていることを打ち明けてはいない。

一体何故、恭一郎はこの一帯を狼谷家の領地にしようとしているのか。

どうして、自分にそのことを隠しているのか。

(恭一郎さんに限って、なにか悪意があってのこととは思えない。雅章くんみたいに僕を脅す必要も、彼にはない。でも、それならどうしてなにも言ってくれないんだろう……)

恭一郎の意図が分からず、混乱して黙り込んだ千春をよそに、林さんが立ち上がる。

「さてと、それじゃああたしは店に戻るよ。お茶ごちそうさま、千春ちゃん。薬もありがとうね」

薬代を置いた林さんを見送ろうと、千春はカウンターから出た。

「こちらこそ、ご心配をおかけしてすみませんでした。まだしばらくは留守がちになるかもしれないけど、また折を見て戻ってきますから」

「そうしてくれるとありがたいよ。ここらの者はみんな、千春ちゃんの薬に頼りきりだからねえ」

あたしもだけどねと笑った林さんに続いて店を出る。すると、扉のすぐそばに恭一郎が難しい表情を浮かべて立ち尽くしていた。どうやら部下の青年はもう帰ったらしく、姿が見当たらない。

「恭一郎さん？　お話はもう終わったんですか？」

「……ああ、ついさっきね。マダム、お帰りですか？　よろしければお送りしますが」

薬を手にした林さんにそう言った恭一郎だったが、林さんはひらひらと手を振って申し出を拒む。

「いいっていいって、すぐそこだからね。それより、……ねえ、兄さん」

恭一郎の前に立った林さんは、自分よりずっと背の高い男を挑むように見上げて言った。

「あんたがどこまで知ってるか知らないが、この子は今までずっと苦労してきたんだ。それこそ泣き言一つ言わず、一人でこの店を守ってきたんだよ」

「……はい」

睨むような鋭い視線を向けられた恭一郎が、一瞬目を瞠った後、静かに頷く。

「林さん……？」

突然様子の変わった林さんに、千春は戸惑って声をかけた。いつも朗らかな林さんのこんな剣呑《けんのん》な表情は、初めて見る。

しかし林さんは千春に応えることはなく、まっすぐ恭一郎を見上げて言った。

「あんたがどこの『田中さん』か知らないが、もしこの子を泣かせたりしたら、あたしら商店街のもんが黙ってないからね。それだけは肝に銘じとくれ」

釘を刺した林さんに、恭一郎はもう一度はい、と頷いて——。

「……必ず幸せにします」

「……っ」

ふんわりと優しい笑みを浮かべ、こちらを見つめて言う恭一郎に、千春は思わず俯いてしまった。

（な……、なにこれ……）

これではまるで、実家に結婚の挨拶に来たみたいだ。

(確かに林さんにはずっとお世話になってきたし、恭一郎さんとは婚約してるけど、でも……っ)

頬が熱くて、恥ずかしくて、居たたまれない。

チラ、と視線を上げると、先ほどよりもっと優しい視線でこちらを見つめている恭一郎と目が合ってしまって、千春は慌ててまた俯いた。

「……どうやらいらないお節介だったみたいだねえ。ご馳走様」

あはは、と豪快に笑った林さんが、それじゃあね、と自分の店へと帰っていく。

その背を見送って、恭一郎が穏やかに微笑んだ。

「とてもいい方だね」

「はい。母が亡くなってからずっと、僕のことを助けて下さった方なんです。商店街の皆さんもそうですけど、林さんには特にお世話になっていて……」

話しつつ、千春は店の中に戻った。続いて入ってきた恭一郎に、それとなく問いかける。

「あの、さっきの部下の方はなんの用事だったんですか？ もしすぐに帰った方がいいのなら……」

「いや、今すぐでなくとも大丈夫だよ。少し難しいことが起きてね。さっきはその対処をどうすべきか考えていたんだ」

機密に関わることなのだろう。言葉を濁した恭一郎にそうですかと頷いて、千春は緊張に身を強ばらせた。

(……どうしよう)

頭の中は、先ほど林さんから聞いた領地の話でいっぱいだ。恭一郎がどういうつもりなのか聞きたいし、知りたい。

けれど同時に、知るのが怖い気持ちもある。

何故、恭一郎は自分に領地のことを黙っていたのか——。

(恭一郎さんに限って、悪意あってのことだとは思えないけど……)

どう切り出そうか躊躇う千春に、恭一郎がそっと声をかけてくる。

「……よかったら、君のお母さんのことを教えてもらえないかな。どんな人だったんだい？」

「あ……」

千春がなにか聞きたいことがあるが迷っていることに気づいてくれたのだろう。

話題を振ってくれた恭一郎の気遣いに感謝しつつ、千春は口を開いた。

「母は……、明るい人でした。誰とでもすぐ仲良くなって、いつもここでご近所の皆さんと楽しそうにお喋りしていて……。よく雑談の中から、その人の不調の原因を言い当てたりしていました」

母はよく千春に、お店に入ってきた瞬間から、お客さんに全神経を集中させなさいと言っていた。

薬局にやってくるお客さんは、どこかしら体に不調を抱えている。

顔色に表情、歩き方、話し方、仕草。すべてに神経を払って、不調の原因を探ること。それが薬師の仕事だと、母はそう教えてくれた。

「僕たちは医者じゃないけど、それに近い仕事をしている。だから、常に命を預かっている自覚を持ちなさいと言われました。薬は劇薬でもあるのだから、と」

「……素晴らしい薬師だったんだね」

目を細めて、恭一郎が言う。千春は少し照れつつも頷いた。

「自慢の師匠です。今でも」

店の奥に飾られている母の写真を眺める。

七年前から変わらない、……これからも変わることのない写真を見る度、母の教えを思い出す。そして同時に、後悔で押し潰されそうになる。

――何故あの時、自分は母を助けなかったのか、と。

「……建設現場に置いてあった資材の固定が甘くて、倒れてきたそうです」

ぽつりと響いた声は、自分のものなのにどこか遠い世界のもののようだった。

「近くで遊んでいた子供が巻き込まれそうになって、それを庇ったのだと聞きました。子供は無事だったけど、母は……」

話しているうちに当時のことを思い出して、千春は俯いてしまう。

店の板の間をじっと見つめて、千春はほとんど独り言のように続けた。

「大怪我をしている母を、僕は力を使って治そうとして……、母にとめられました。……自分はもう、いいって」

あの時の母の言葉は、忘れることができない。

息も絶え絶えなのに、母は千春を守るために力を使うなと言い、千春はそれに従った。——従って、しまった。

「母は多分、力を使ったら僕もただでは済まないと考えたんだと思います。それにあの時、周りには大勢人がいました。僕の力が明るみに出ないようにとも、思ったのかもしれません。でも……、でも僕は、母を助けたかった」

声が、震える。

押し寄せる後悔を取り繕うことも忘れて、千春は自分の罪を懺悔した。

「あの場で母を助けられるのは、僕だけだった。僕にはその力があった。それなのに僕は、なにもできなかった。……なにも、しなかった」

あの時、自分はただ、母に縋って泣いているだけだった。

母を助けるためにできることは、しなければならないことは、分かっていたはずなのに。

「どうしてあの時、僕はなにもしなかったんだろう。どうして、無理にでも力を使わなかったんだろう。あの時僕が力を使っていたら、もしかしたら母は助かっていたかもしれないのに。……生きて、いたかもしれないのに」

どうしても呑み込めない、呑み込めるわけがない思いが込み上げてくる。

あの時、自分が力を使っていたら。

もしかしたら母は助かっていたかもしれない。

元気で、生きていたかもしれない。

そう思うと、到底自分を許せない――。

「……千春」

そっと、やわらかな低い声が聞こえてきて、千春はハッと我に返った。

「すみません、僕……」

すっかり感傷に浸って、重い話をしてしまった。

こんな話、恭一郎も聞きたくなかっただろうと焦って顔を上げた千春だったが、その時、ふわりと上品で落ち着いた香りが鼻先をかすめる。

え、と軽く目を瞠った千春の背に、長い腕が優しく回された。

「……ありがとう」

こめかみの上、頭ひとつ分高い位置で、低い囁きが弾ける。

「恭一郎、さん……?」

何故抱きしめられているのか、何故お礼を言われたのか分からず、千春は当惑して声を上げた。

やわらかな抱擁を続けたまま、恭一郎が言う。

「今の話、ずっと一人で抱え続けてきたんだろう? 君の力のことは、ずっと君とお母さんだけの秘密だったから……」

「……はい」

恭一郎の言葉に、千春は戸惑いつつも頷く。

確かに、この話を誰かにするのはこれが初めてだ。

恭一郎なら自分の力のことを知っているからと、つい口が軽くなって――。

(……違う)

結論づけようとした自分を途中で否定して、千春はゆっくりと二度、瞬きをした。少し驚きつつも、自分の気持ちに真正面から向き合う。

(こんなこと、たとえ僕の力のことを知っていたと

したって、誰にでも話せるわけじゃない。恭一郎さんだから、僕は打ち明けられたんだ)

恭一郎ならきっと、自分の気持ちを受けとめてくれる。彼ならば、迷惑や重荷に思うことなく、真摯に聞いてくれる。

そう思ったからこそ、自分はこんなにも自然に母の話ができたのだ――。

(僕……)

自分自身の気持ちに戸惑う千春の耳に、恭一郎の優しい声が届く。

「お母さんのことは君にとってつらいことだろうが、大切なことでもある。だから、こうして話してもらえて嬉しいんだ。ありがとう、千春。つらいことを思い出させて、すまない」

「……恭一郎さんが謝ることじゃ、ないです」

まだ少し茫然としながらも否定すると、恭一郎がきゅっと、腕の力を強くする。

千春をすっぽりと包み込む長い腕はあたたかくて、優しくて、まるで穏やかな海に揺蕩《たゆた》っているような心地がした。

「千春。君はなにもしなかったと言っていたけれど、私はそうは思わない」

千春を抱きしめたまま、恭一郎が言う。

「君はお母さんの気持ちに応えたんだ。お母さんが君を思う気持ちを尊重したんだよ」

「……っ」

あたたかい言葉に、一瞬で目頭が熱くなる。

恭一郎の優しさに縋ってしまいたくて、けれど容易には頷けなくて、千春は込み上げてくるものをぐっと堪えて頭を振った。

「……甘やかさないで下さい。僕がなにもしなかったのは事実です」

「甘やかしてなどいないよ。千春は『なにもしない』ことを、したんだ。自分がつらいのを堪えて、お母さんの望みを叶えた。誰にでもできることじゃないと思うよ」

やわらかな声は、どこまでも千春の気持ちに寄り添ってくれる。

「私はそんな千春が好きだよ。君は優しいだけじゃなく、とても強い心を持っている。きっと天国のお母さんも、君のことを誇りに思っているはずだ」

後頭部に回された大きな手が、そっと千春の髪を梳《す》く。心地いい優しい手にとくとくと鼓動を高鳴らせながら、千春は静かに目を閉じた。

（……いい匂い）

身だしなみとしてつけているのだろう。落ち着いた上品な香水の香りと相まって、ほんのりと恭一郎自身の匂いがする。

少し野性的で男性的なその匂いに、自分の鼓動がどんどん早くなるのを感じながら、千春は照れ笑いを浮かべて言った。

「……恭一郎さん、やっぱり僕のこと甘やかしてると思います」

「そうかな？」

「そうですよ。普通、男にこんなことしません」

まだ少し震えている声に気づいているだろうに、恭一郎はそれについてはなにも指摘せず、穏やかな笑みまじりに言う。

「私は君のことが好きだからね。それについては大目に見てほしい。……急に抱きしめたりしてすまなかった」

伸びてきた時より輪をかけて優しい仕草で、恭一郎の腕が離れていく。

それを少し残念に思う自分に気づきながらも、千春は恭一郎を見上げて告げた。

「……さっき、林さんから聞きました。狼谷家がこの辺り一帯をご領地にする話が出てるって」

大きく息を呑んだ恭一郎が、目を瞠る。

千春はそれを見つめながら、聞きたかった疑問を口にした。

「偶然、じゃないですよね。どうしてか聞いてもいいですか？　僕に言えなかったのも、なにか理由があるんでしょうか？」

先ほどの躊躇いや迷いは、もう消えていた。

今なら、確信を持って言える。

恭一郎は、この人だけは、なにがあっても絶対に自分を傷つけるようなことはしない。

自分の意思を無視するようなこともしない。

彼が自分に隠しごとをしていたのなら、それには必ずなにか、やむを得ない事情や理由がある——。

まっすぐ見上げて聞いた千春に、恭一郎が少し表情を強ばらせる。

「……黙っていてすまなかった。いずれ君の耳にも入るだろうとは思っていたが、言い出せなかった。本当にすまない」

居住まいを正して頭を下げた恭一郎に、千春は問いかけた。

「恭一郎さんは、僕が脅されていると知っていたんですか？」

「ああ。君が最初に屋敷に来た時の様子が、どうにも気になってね。脅されるとしたらきっとお世話になった人たちのことだろうと思って、丸井に調べてもらったんだ。案の定、椿男爵がこの辺りの地主に連絡を取ろうとしていたから、先回りさせてもらった」

淡々と説明した恭一郎が、千春をじっと見つめて言う。

「今更信じてもらえないかもしれないが、本当は何度も君に打ち明けようと思った。特にここ数日、浮かない顔をしている君を見る度に、もう脅される心配はないと伝えて、安心させてあげなければと思っていた。……だが、できなかった」

「……どうしてですか？」

それこそが、千春が聞きたかったことだ。

こんなにも優しい恭一郎が、千春が悩んでいると気づいていて黙っていたのには、必ずなにか理由がある。

そう思った千春に、恭一郎が告げる。

「君に誤解されたくなかった。椿男爵のように、私がこの商店街を盾に結婚を迫ると思われたくなかったし、君がこのことを負い目に思って仕方なく結婚を承諾するようなことがあってはならないと……」

じっと千春を見つめながら言った恭一郎が、不意に口を噤《つぐ》む。

不自然に途切れた言葉に、千春は首を傾げた。

「……恭一郎さん？」

「……すまない。本当は、君を失いたくなかったんだ」

低い声で詫びた恭一郎が、千春からそっと視線を外して言う。

「情けない話、脅される心配がなくなったと君が知ったら、私の元を去ってしまうのではないかと恐れていた。君がこの店のことを気にしているのを知っていて様子を見に帰るよう勧められなかったのも、そのせいだ。君と過ごす日々が夢のようで、幸せで、……失いたくなかった」

とても千春の目を見られないといった様子で、恭一郎が再度頭を下げる。

「私の身勝手で、君にずっと不安な思いをさせてすまなかった。こんな男、愛想を尽かされて当然……」

「そんなことありません……！」

恭一郎の沈んだ声を遮って、千春は衝動的に彼に抱きついていた。驚いたように息を呑む恭一郎を見上げて、懸命に言い募る。

「僕のことを思って、脅されないように土地まで買い取ってくれた方のこと、そんなふうに思うわけがありません。本当に、本当に感謝しています。ありがとうございます、恭一郎さん」

「……千春」

深い青の瞳が、丸く見開かれる。

キラキラと陽の光に煌めく海のようなその瞳を見つめて、千春は少し緊張しながら伝えた。

「僕の方こそ、ごめんなさい。僕、今まで恭一郎さんのこと、どこかで自分とは違う世界の人だって思ってたんです」

先ほど林さんに言われた言葉の意味が、今ならよく分かる。

(食べて、寝て、働いて。……誰かのことを、好きになって。それは恭一郎さんだって同じなのに、僕は今まで勝手に壁を作って、恭一郎さんの言葉をちゃんと受けとめてなかった)

こんな立派な人が自分を好きになるわけがないと理由をつけて、彼の気持ちを信じていなかった。

恭一郎はこんなにもまっすぐ、自分のことを想ってくれていたのに。

「今更遅いかもしれないけど、僕、あなたのことをもっと知りたいです。僕も多分、恭一郎さんのことを、す……、好き、だから」

恥ずかしさに顔を真っ赤にしながらも、どうにか今の気持ちを伝えた千春に、恭一郎が更に大きく目を見開く。

「……千春」

「って言ってもあの、結婚とかはまだもうちょっと考えさせてほしくて……！」

なにせまだ自分でも、自分の気持ちに『多分』がついてしまうくらいなのだ。自分の人生だけでなく恭一郎の人生にも関わることなのだから、もっときちんと考えてから答えを出したい。

焦りながらも真っ赤な顔でそう言った千春だったが、その時不意に視界に影が差す。

「え……、……っ」

なに、と問う間もなく、唇にやわらかいものが落ちてきて、千春は大きく目を見開いた。

──気がつくと、目の前には海が広がっていた。

穏やかに煌めく、深い青の、海が。

「……すまない」

ちゅ、と軽い音を立てて顔を離した恭一郎が、苦し気に眉を寄せて謝る。

「君があまりにも可愛くて、どうしても堪えきれなかった。……嫌だった？」

そっと気遣うように聞かれて、千春はようやく我に返る。

くちづけを、されたのだ。恭一郎に。

「……っ、……っ！」

あまりに突然だったそれに言葉が出なくて、けれど嫌ではなかったことは伝えたくて。

真っ赤に茹で上がった顔で、ぶんぶんと必死に首を横に振る千春を見て、恭一郎がほっとしたように微笑む。

「よかった。……ありがとう、千春。私も君のことが好きだ。結婚のことはもちろん、ゆっくり考えてほしい」

穏やかに笑った恭一郎はもうすっかりいつも通りで、千春はドキドキと早鐘を打つ胸を服の上から押さえた。

（……恭一郎さんって、心臓に悪い）

ふうと息をつき、どうにか落ち着きを取り戻そうとするも、恭一郎はさりげなく千春の腰を抱いて、上機嫌で頬や耳元、髪に触れてくる。

愛でるような指先は優しいけれど、びっくりするくらい熱くて、これほどの熱を向けられていると思うと少し怖くて、でも嬉しくて。

慣れない感覚が落ち着かなくて、そわそわしっぱなしの千春のことなどお見通しなのだろう。恭一郎がふんわりと笑って、囁く。

「……また、しても？」

「……っ」

小さく息を呑んだ千春の唇を、熱くて優しい指先が撫でる。

主語のない、けれど十分に伝わるその問いかけに、千春はこくりと喉を鳴らして――、頷いた。

「よ……、予告、してから、なら……」

「ふふ、分かったよ。……ありがとう、千春」

消え入りそうな声でぎこちなく呟いた千春に、恭一郎がやわらかく目を細める。

そっと繋がれた手に、またふわりと頬の熱を上げながら、千春は思ったのだった。

本当に、本当に、恭一郎は心臓に悪い、と。

5

ちょっと早まったかもしれないと千春《ちはる》が思ったのは、その三日後のことだった。

「ただいま、千春。キスしてもいい？」

「お……、お帰りなさい。えっと……」

桜色に頬を染めて俯《うつむ》く千春の後ろで、一緒に恭《きょう》一郎《いちろう》を出迎えた細川《ほそかわ》女史が平べったい声を発する。

「旦那様、そういったことは年頃の娘の前ではお控え下さい」

「あ、私のことはお気になさらず！　この通り、見てませんから！」

細川女史の隣で元気よく言う翠《みどり》だが、両目を覆ったその手の隙間からチラチラとこちらを窺《うかが》っているのはバレバレだ。

それなのに、恭一郎はにこにこと翠に微笑んで再度千春に迫ってくる。

「すまないね、翠。千春、今のうちに、大切な君にただいまの挨拶をしても？」

「……ほ、頬に、なら」

断りにくい雰囲気に持ち込まれた千春が、どうにかこうにかそう答えると、恭一郎がにっこりと幸せそうに笑みを深める。

「ありがとう、千春。……ただいま」

改めて言った恭一郎が、身を屈めて顔を寄せてくる。慌ててぎゅっと目を瞑《つぶ》った千春の頬にちゅっと恭一郎がくちづけた途端、背後で素《す》っ頓狂《とんきょう》な声が上がった。

「ひゃあああああ！」

「……翠さん」

ごほん、と細川が咳払いする。失礼しましたあ、とるんるんで答える翠の声を背に、千春は桜から苺の色に変わった顔で俯いた。ひゃああ、はこっちの台詞である。

（……やっぱりちょっと、早まったかも）

見るからに上機嫌の恭一郎から鞄と帽子を受け取って、千春は内心呻《うめ》き声を上げた。

薬局からの帰り道、恭一郎は馬車の中で、またいつでも来たくなった時に店の様子を見に来られるよう手配しておくと言ってくれた。

『しかし、君を一人で出かけさせるのは心配だな。本当は私が一緒に行けるといいんだが、休みの日にしか行けないし……。なにかあるといけないから、何人か護衛の者を雇おう』

『い、いいです、そこまでしなくて』

わざわざ護衛を雇うと言い出した恭一郎に、千春は慌ててしまった。

自分のためにそこまでしてもらうなんて申し訳ない。それに、千春が屈強な護衛を何人も引き連れていたら、ご近所さんもお店に来たお客さんもびっくりしてしまうだろう。

『だが千春、道中君になにかあったら……』

真剣な顔で心配する恭一郎に、千春はそれならと提案した。

『あの、でしたら恭一郎さんがお休みで、他になにも予定がない時に、また一緒に行ってもらえませんか？』

今日も途中で部下の人が会いに来ていたし、恭一郎が忙しい身の上だとは重々承知しているが、できたらまたこうして一緒に出かけられたら嬉しい。

そう思って言った千春に、恭一郎は二つ返事で了承してくれた。

『君と出かけられるのなら、これからはきちんと毎週休みを取るよ』

帰宅後、恭一郎は出迎えた丸井《まるい》に今後は毎週末休みを取って千春と出かけると伝えて、心底驚かれていた。

『あの旦那様が、毎週休みを……！』

どうやらこれまで恭一郎は、かなりの仕事人間だったらしい。ありがとうございます、これで少しは安心ですと丸井からお礼まで言われてしまった千春は、苦笑するほかなかった。

(恭一郎さんがちゃんとお休みを取ってくれるなら、それに越したことはないけど……)

それにしてもちょっと早まったかなと思ってしまうのは――、くちづけは予告してからにして下さいと言ったことだ。

回を重ねるごとに分かってきたが、予告してからということはつまり、その度に千春が許可を出すということになる。

(毎回いいですよって言うの、ものすごく恥ずかしい……)

おまけに恭一郎は、目が合う度に千春にお伺いを立ててくるのだ。比喩ではなく本当に、目が合う度に、である。

さすがにちょっと頻度がおかしいのではないか、と千春がおずおずと言っても。

『すまない、可愛い恋人ができて、浮かれてしまっていてね。でも、これでも控えているつもりなんだよ？』

本当は四六時中、君とキスしていたいと思っているよと微笑まれては、恋愛初心者の千春は桜も苺も通り越して林檎色に頰を染めることしかできない。

（僕も嫌じゃないけど……、……だから、困る）

今日こそ人前では駄目ですと言おう、と昨日も一昨日もした決意をもう一度した千春だったが、そこで恭一郎の歩く姿にかすかな違和感を感じる。

（あれ……？　なんだか、姿勢が……）

いつもピンと伸びている背が、今日に限って少しだけ丸まっている気がする。腹部を庇《かば》うようなその姿勢をじっと見つめる千春に、恭一郎が穏やかな笑みを向けてきた。

「千春、どうしたの？　やっぱり唇にしてもいいような気がしてきた？」

「……駄目です」

頑《かたく》なな声で拒否した千春に、恭一郎が目を瞠《みは》る。

翠がサアッと顔を青ざめさせた。

「ま……、まさか千春様、旦那様があんまりしつこいから、ついに愛想を……」

「しつこいとは思っていたのですね」

声どころか目まで平べったくした細川に、千春は恭一郎の鞄と帽子を預けて言った。

「細川さん、すぐにお医者様を呼んで下さい。恭一郎さん、怪我をしていますよね？」

「……っ、どうして……」

千春の一言に、恭一郎が驚いたように息を吞む。

千春はじろ、と視線で恭一郎を軽く咎《とが》めて言った。

「僕は薬師《くすし》です。人の不調に誰よりも早く気づくのが、薬師の仕事です」

「……すぐに手配して参ります」

サッと顔つきを変えた細川が駆け出す前に、恭一郎が言う。

「必要ないよ、細川さん。ただの打ち身だし、もう軍医に診てもらったから」

「ですが……」

躊躇《ためら》う細川に苦笑して、恭一郎は千春に向き直った。

「でも確かに、少し包帯がゆるんでいるみたいだ。千春、巻き直してもらえないかな」

「……分かりました」

頷《うなず》いた千春にありがとうと微笑んで、恭一郎が細川と翠を下がらせる。心配そうな顔つきの二人に、あとは自分がと頷いて、千春は恭一郎と共に彼の部屋へ向かった。

「参ったな。千春に気づかれてしまうなんて」

どうぞ、と千春を部屋に招き入れた恭一郎が、やんわりと苦笑して言う。

今までお茶を運んだりして幾度か訪れたことのある彼の部屋は、屋敷の主の部屋とあって広々としている。

千春の部屋と色違いの、毛足の短い絨毯《じゅうたん》。窓際には立派なマホガニーの机が置かれ、壁に並んだ本棚には皮の背表紙の本がぎっしりと詰まっている。衝立《ついたて》の奥には天蓋《てんがい》付きの大きなベッド、部屋の中央には二人掛けのソファが置かれており、時間の流れがゆったりと感じられそうな、落ち着きのある部屋だった。

軍服の上着を脱いだ恭一郎が、そのソファに腰を下ろす。シャツのボタンを外す彼の隣に座って、千春は身を乗り出した。

「失礼します。……っ」

一言断ってシャツの前を開け、絶句する。ぐるぐると巻かれた包帯は、恭一郎の引き締まった腹部のほとんどを覆っていた。

「本当に、ただの打ち身なんだ。湿布だけでも構わなかったんだが、少し大げさにされてしまってね」

「……解《ほど》いてもいいですか？」

決まり悪そうに言う恭一郎だが、千春が気づかなければきっと彼は屋敷の誰にも言うつもりがなかったのだろう。

どうしても咎めるような響きになってしまう声を精一杯堪えて聞いた千春に、恭一郎が頷く。身を寄せた千春は、恭一郎に抱きつくようにして、ゆるんでいる包帯を巻き取った。

「っ、ひどい……」

包帯と湿布を取った腹部は、広範囲が赤黒く変色していた。失礼します、と一言断って、千春は骨に異常がないかそっと触れて確かめる。

「一応レントゲンも撮ってもらって、骨は無事だったよ」

穏やかに言う恭一郎だが、これほどひどい打ち身で骨折やヒビがないのは奇跡に近いのではないだろうか。

千春はため息をついて、恭一郎に聞いた。

「どうしてこんな怪我を？」

今日も恭一郎は朝早くから仕事に出ていたはずだ。軍部の高官の職務がどんなものなのか、千春も詳しく知っているわけではないけれど、それでもこんな怪我を負うなんて普通ではないことは分かる。聞かれることは分かっていたのだろう。眉を寄せて問う千春に、恭一郎が穏やかに言う。

「仕事で少し、ね」

「少しって……。なにがあったんですか。こんなの普通じゃ……」

「千春」

更に問いかけようとした千春を、恭一郎が遮る。

「すまないが、詳しくは話せないんだ。万が一にも君を巻き込みたくない」

「……っ」

そう言われてしまえば、千春はそれ以上踏み込むことができない。

俯いた千春を、恭一郎がそっと抱き寄せる。

「大丈夫だよ、千春。これくらい、数日もすればすっかり治ってしまうから。いつものことだから、そんなに心配しないで」

「……はい」

なだめるような低く穏やかな声に、千春は仕方なく頷いた。

（……いつものこと、なんだ）

自分を安心させるために言った言葉と分かっていても引っかからずにはいられなくて、千春は唇を引き結ぶ。

（恭一郎さんの仕事は、常にこういう危険が伴うものなんだ……）

剝《は》がした湿布薬は匂いがあまりしないもので、包帯もごく薄手のものだった。なにより、恭一郎は自分の怪我を隠すことに躊躇いがない様子だった。

おそらく恭一郎はこれまでも、怪我をしても周囲には伝えず、ひっそりと怪我を治してきたのだろう。場合によっては、医者に診せることすらしなかったのかもしれない。

彼にとってこの程度の怪我は、大騒ぎするようなことではないのだ。

「……っ」

く、と唇を噛《か》んで、千春は込み上げてくる感情を押し殺した。

怪我をしている本人が、そこまで深刻に捉えていないのに、自分がいつまでも気にしているのはおかしい。

だがせめて、自分にできることはしたい——。

「……『手当て』、してもいいですか」

ぽつりと呟《つぶや》いた千尋に、恭一郎がほっとしたように微笑んで頷く。

「ああ、もちろん」

きっと彼は、千春の言う『手当て』が湿布の貼り直しと包帯の巻き直しだと思っているのだろう。

恭一郎が誤解しているのを承知の上で、千春はそっと、彼の腹部に手を当てた。

（恭一郎さんの怪我が、早く治りますように）

強く願った途端、ふわりと手のひらにあたたかな熱が生じる。溢《あふ》れ出したやわらかな光に、恭一郎が目を瞠《みは》った。

「……っ、千春、なにを……」

「動かないで。動いたら……、荷物をまとめて出ていきます」

こんなことが脅しになるのかと思いつつ言った千春だったが、効果は抜群だったらしい。ぴたっと動きをとめた恭一郎が、それでもなんとか千春をとめようと口を開く。

「やめてくれ、千春。そんなことをしたら、君に影響が……」

「っ、これくらい、大丈夫です」

くらくらと目眩《めまい》を覚えつつも、千春は治癒の手をとめない。

「千春……」

呻く恭一郎の腹部の痣《あざ》があらかた薄くなるまで力を注いで、千春はそっと手を放した。淡い光が消えた途端、ドッと強い倦怠感《けんたい》が襲ってくる。

「……っ」

「千春！」

ふらりと倒れ込みそうになった千春を、恭一郎が慌てて抱きとめる。千春はその腕に掴まって身を起こした。

「すみません……。もう大丈夫です」

「いいから、横になりなさい。顔が青い……」

血の気を失った千春を見かねて、恭一郎がソファに千春を寝かせようとする。千春はそれを大丈夫ですと言って断り、微笑んだ。

「……嬉しい、です。僕、今までこの力を薬に使うくらいしかできなかったから」

今まで自分の力は秘密だった。だから、たとえ目の前で誰かが怪我をしても、この力を使って直接治癒することはできなかった。

けれど、恭一郎にはそれができる。

大切な人が苦しむ姿は、もう見たくない——。

「千春……」

困ったような顔で呻く恭一郎に、千春はそっと手を伸ばした。少し緊張しながらも、その頬に初めてくちづける。

「……あんまり怪我、しないようにして下さいね」

軽い口調の中に切実な願いを込めて言った千春に、驚いて目を見開いていた恭一郎がふんわりと微笑む。

「ああ。気をつけるよ」

唇にしても、と低い囁きが落ちてくる。

返事の代わりに目を瞑って、千春は胸の中に湧き上がる不安にそっと、蓋をした――。

◆◆◆

黄金の龍が描かれた割り符を差し出して、恭一郎は淡々と告げた。

「隣国では黄幇《ホアンバン》と名乗っている組織のようです。こちらでの通称は黄龍会《こうりゅうかい》、と」

「……黄龍とはまた、大きく出たな」

恭一郎から割り符を受け取った高彪《たかとら》が、眉をひそめて唸る。

四神を束ねる長である黄龍の名を軽々しく使われて、不愉快に思わないはずがない。特に彼は、四神の白虎《びゃっこ》、白秋《はくしゅう》家の長なのだから――。

褐色の肌に白銀の髪という、この国では非常に珍しい容姿をした長身の彼は、恭一郎が仕える白秋高彪である。恭一郎より六つ年下だが、四神の一角として国政の中枢を担っており、思慮深く堅実な人柄は帝からの信任も篤《あつ》い。

恭一郎はその高彪から命じられて、少し前から黄龍会に探りを入れていた。

黄龍会は海を越えた大陸にある隣国を拠点とする秘密結社で、主に売春や賭博で利を得ており、禁制品である美術品や象牙、拳銃や大麻、阿片などの密輸も行っている。

国防を担う白秋家は、常に国内外の組織に監視の目を向けている。その中でも、最近特に動きが活発なのがその黄龍会だった。

割り符を眺める高彪に、恭一郎は報告を続ける。

「そちらの割り符を使って、裏取引を行っているようです。……私の部下が、手に入れてきました」

数日前、久しぶりに休日をとって千春と共に彼の店を訪れた際のことを思い出し、恭一郎はぐっと表情を険しくする。

あの時、部下がもたらした報告は二つあった。

裏取引を行っている証拠となるこの割り符が手に入ったということと、引き替えに潜入していた部下の一人が大怪我を負ったということだった。幸い命はとりとめたものの、全治三ヶ月の重傷を負った彼は、軍の医療施設での長期入院を余儀なくされた。

「なるほど、それで報復に行った少将殿は全身打撲、というわけか」

苦笑まじりに言う高彪に、恭一郎は一拍遅れてシラを切る。

「……なんのお話でしょう」

「とぼけるな。昨日、隣国の船の乗組員が数名、大きな犬に襲われて病院に駆け込んできたと報《しら》せが来ている。彼らが言うには、世にも珍しい白銀の犬だったそうだ」

「そう仰《おっしゃ》られても、私は犬ではありませんので」

誇り高き狼を犬と見間違えるなど、もうひと咬《か》みずつしてやるべきだったか。

物騒なことを思いつつ、わざとらしく首を傾《かし》げた恭一郎に、高彪がため息まじりに言う。

「では、この診断書はどう説明するつもりだ?」

ピラピラと振ってみせる書類には、見覚えのある軍医のサインが入っている。恭一郎は思わず眉を寄せた。

「……昨日の今日ですよ。お耳が早いにもほどがあるのでは?」

そんなに暇ではないはずだろうと、半ば嫌みを込めて視線を送れば、高彪が肩をすくめて言う。

「例の失踪騒ぎの後、皆少将のことを心配しているんだ。おかげで少将になにかあれば、すぐ私のところに報告が来る」

例の失踪騒ぎとは、恭一郎が狼の姿で敵に追われ、重傷を負って意識を失ったところを、千春に助けられた時のことだ。あの時も恭一郎は黄龍会の船を調べていた。数日間連絡が途絶えた恭一郎のことを、高彪は手を尽くして探してくれていたらしい。

敵方に捕らわれたか、まさか命を落としたかとさんざん気を揉《も》ませた上官が相手では、いささかこちらの分が悪い。

恭一郎は渋々、高彪の言葉が事実であることを認めた。

「……それでしたら、もう治りました」

「嘘をつくな。そんなに早く治るわけがないだろう。いい機会だから、しばらく休養を……」

溜《た》まりに溜まった有休を消化させようとする高彪に、恭一郎は一言断って己の上着に手をかけた。

「お目汚しを失礼致します」

「少将?」

見せた方が手っ取り早いだろうと、上着を脱いでシャツの前を開ける。うっすらと痣のようなものが残るだけの腹部を見た高彪が、目を見開いた。

「……昨日の今日だぞ」

先ほどの恭一郎の言葉をそっくりそのまま返してきた高彪に、恭一郎はしれっと言う。

「軍医が大げさなのです。実際はそうたいした怪我ではありませんでしたので」

高彪のことは信頼しているが、千春になんの断りもなく彼の力のことを話すわけにはいかない。

だが高彪は、失礼致しました、と服を直す恭一郎をしばらくまじまじと見つめた後、ハッと気づいたように呟く。

「そういえば、許嫁《いいなずけ》の相手が変わったと言っていたな? 亡き椿《つばき》男爵の忘れ形見だという話だったが、まさかその彼が能力者だったのか?」

「……ご存知だったのですか?」

椿家の血筋に稀《まれ》に現れるという治癒能力について、高彪が知っていたとは思わなかった。

驚く恭一郎に、高彪が頷く。

「ああ。実は以前、帝が落馬されて大怪我を負われたことがあってな。その際に治癒にあたったのが亡き椿男爵で、その時に聞いている。嫡男とその妹は能力を持っていないと聞いたが、そうか……」

唸《うな》る高彪に、恭一郎は居住まいを正して言った。

「……高彪様。どうかこのことはご内密にお願い致します」

高彪は、恭一郎が心から信頼している数少ない一人だ。だが、千春の能力はあまりにも稀有《けう》なものであり、広く世間に知られれば必ず悪用しようと狙う者が現れる。

千春が治癒能力の持ち主であることは、なるべく伏せておきたい。

恭一郎の意図を悟った高彪が、深く頷く。

「安心しろ、口外はしない。私の伴侶も、人にはない力のことで随分苦しめられてきたからな」

彼の奥方である藤堂《とうどう》琥珀《こはく》は、予知能力の持ち主だと聞いている。恭一郎は直接の面識はないが、その能力故に不遇な目に遭ってきた彼のことを、高彪が殊《こと》の外《ほか》大切にしているという噂は耳に入っていた。

「感謝します」

深々と頭を下げた恭一郎を見て、高彪が目を瞬《しばた》かせる。

「驚いたな。少将がそうまでするとは。……いい相手に巡り会えたようだな」

微笑みかけてくる高彪に、恭一郎は一瞬答えに詰まってしまった。

「少将？」

すぐに気づいた高彪に声をかけられて、恭一郎は少し躊躇いつつも胸の内を打ち明ける。

「私にとっては、この上ない巡り会わせです。それは間違いありません。ですが……」

千春にとっては、どうなのか。

考えずにはいられないその問いかけを、恭一郎は己に投げかけた。

数日前、千春から色よい返事をもらえた恭一郎だったが、喜びと同時に湧き上がったのが、自分は彼にふさわしいのだろうかという疑問だ。

(……千春は、あの店や常連のことを本当に大事にしている)

常連一人一人に合わせて、細やかに処方を変えていた千春を思い出す。あの時の彼はとても真剣で、そしてなによりも生き生きとしていた。

(彼は母親を助けられなかったことでずっと自分を責めていたようだが、彼に責任はない。罪の意識を抱えたまま、母親が残した店を守らなくてはと思い続けていては、千春はずっと苦しいままだ)

そう思ったからこそ、恭一郎は千春に、薬師の仕事が好きなのだろうと指摘した。

気づいていない思いに気づいて、彼の心が少しでも軽くなればいい。亡き母への思いだけでなく、自分にとって大切な仕事だから続けたいと、前向きに考えられるようになったらいいと思って。

だがそれは同時に、彼が自分と歩んでくれる可能性を潰すことでもある。

(私と結婚したら、今までのようには薬師の仕事を続けられなくなる。仕事への思いを自覚した彼にとって、それは酷なことだ)

いっそ自分がすべてを擲《なげう》てばとも思うが——、恭一郎にも命や誇りをかけた責務がある。

それに、そんな無責任なことをすれば、千春は自分のせいだと追いつめられてしまうだろう。母の死への自責の念からようやく解放されようとしている彼に、そんな思いはさせられない。

(……やはり、どう考えても私は彼にふさわしい男ではない)

千春にふさわしいのは、あの店で彼と共に穏やかに人生を歩んでいける相手だ。自分のように血なまぐさい男は、彼に似つかわしくない。

彼の幸せを願うのなら、自分は一刻も早く身を引くべきだ。——そう、分かっているのに。

「……私は、卑怯《ひきょう》な男です」

ぐっと眉を寄せて、恭一郎は胸の内を吐露《とろ》した。

「自分が彼にふさわしくないと分かっているのに、彼を目にする度、想いが膨れ上がって抑えがきかなくなる。彼の好意につけ込んで、一日でも長く、少しでも近くにと願ってしまう」

千春には浮かれていると言い訳したけれど、実際はそれよりなお悪い。

自分がやっているのは、ただの先延ばしだ。すべきことが分かっているのに、彼への気持ちを堪えきれず、問題を先送りにしている。後になればなるほど千春を傷つけると分かっているのに、目の前にいる彼を抱きしめずにはいられない。

くちづけずには、いられない――……。

「私は、彼にふさわしい男ではありません」

こんな卑怯な男が、あんな優しい子にふさわしいはずがない。

押し殺しきれない苦い感情を滲ませる恭一郎の話を、高彪は黙って聞いていた。

やがて、ふっと苦笑を零《こぼ》す。

「私は当事者ではないが、一つ言えることがある。それは、少将は勘違いをしているということだ」

「勘違い……、ですか？」

思ってもみなかった言葉に当惑する恭一郎に、高彪はゆったりと頷いて言った。

「ああ。少将は自分が相手にふさわしくないと言ったが、そもそもふさわしいかどうかは少将が決めることではない。相手が決めることだ」

「…………」

「相手が少将をどう思うかは、少将が決めることではない。もちろん、相手にとってなにが一番大切か、どうあることが幸せかもな」

「……っ、しかし、私と一緒にいては、彼は望みを叶《かな》えられないのです」

諭すように言う高彪に、恭一郎はたまらず反論していた。

「彼はとても優しい。それこそ、私の想いに絆《ほだ》されて、共に暮らすことを受け入れてくれるくらいです。

このままでは彼は、自分の望みを押し殺して私と結婚すると言い出しかねません。それは、彼にとって不幸に他ならない……！」

いくら幸せはその人自身が決めるものといっても、それは事実だ。

そう思った恭一郎だったが、高彪はおかしそうに目を細めて言う。

「では一つ聞くが、少将は最愛の相手を不幸にするような甲斐性なしなのか？」

「……っ」

自分と結婚することは、千春にとって不幸しか生まない。そう思い込んでいた恭一郎は、高彪の言葉にハッとする。

「……もちろん、不幸になどしません。必ず幸せにします」

もし、千春が自分を選んでくれるのなら。

そんな僥倖《ぎょうこう》があるのなら、自分は全身全霊を捧げて彼を幸せにする。

寂しい思いも、つらい思いも、決してさせない。

「よかった。せっかく少将の許嫁殿が治癒してくれた腹に、一発入れなければならないところだった」

きっぱりと言いきった恭一郎に、高彪が冗談めかして笑う。

「私たちのように人ならざる血を引く者は、どうしても相手を守りたい、そのためには自身の命すら惜しくないと思いがちだ。だが、相手もまた、自分を守りたいと思ってくれていることは忘れるな」

「私のことを、ですか？」

意外な言葉に、恭一郎は戸惑って目を瞬かせた。

物心ついてからこの方、自分は常に誰かを守る立場だった。常人にない力はそのためにあると教えられて育ったし、今までそれを疑ったことはない。

（千春が私のことを、……守りたい？）

当惑する恭一郎を見て、高彪がやわらかく笑う。

「少将にも、いずれ分かる時が来る。許嫁殿がどんな思いで、少将の治癒をしたかがな」

「…………」

それは一体、どういう意味なのか。高彪には千春の思いが分かっているのか。

聞きたい気持ちをぐっと堪えて、恭一郎は黙り込んだ。

きっとそれは、高彪から聞いて分かったつもりになってはいけないことだ。

恭一郎自身が理解しなければ意味はないし――、なにより、愛する人の思いを他の男から教示されて有り難がるような、情けない男にはなりたくない。

「さて、では今日の仕事に取りかかろうか」

朗らかに笑う高彪に、ええと頷いて、恭一郎はそっと軍服の上から腹に手を当てたのだった。

6

シャンデリアの煌《きら》めくエントランスホールの高い天井に、恭一郎の靴音が響く。

「ただいま、千春」

扉を閉めた丸井に帽子を預けた恭一郎に、千春は少し緊張しながら返した。

「……お帰りなさい、恭一郎さん」

「いい匂いがしているね。もしかして、今日の夕飯はビーフシチュー？」

美味しそうだ、と微笑んだ恭一郎から鞄を預かって、千春は頷いた。

「はい、そうです。僕も少し手伝いました」

「それは楽しみだ。包丁や竈《かまど》の火で怪我をしたりはしていない？」

心配そうに聞いてくる彼の視線は、以前と変わらず優しく穏やかだ。けれどそのことにこそ違和感を感じて、千春は今日こそその違和感の正体を突きとめようと口を開き——。

「……、……大丈夫です」

結局曖昧《あいまい》に微笑み、部屋へと向かう恭一郎の後に続いて歩き出した。

千春が恭一郎と一緒に店の様子を見に行ってから、一週間余りが過ぎた。

一昨日の週末は約束通り再度二人で店を訪れ、林さんともまた楽しくお喋《しゃべ》りしてきた。他にも幾人か常連さんや商店街の人たちが来てくれて、千春の元気な姿が見られてほっとしたと言ってくれた。

千春も久しぶりに皆と話せて、恭一郎のことを紹介できて嬉しくて——、だというのに、ここ数日ずっと気持ちが晴れないままでいる。

——恭一郎からのキスのおねだりが、ぱったりやんでしまったのだ。

(確か、あの怪我を治癒した次の日くらいから、だった)

最初は、あれ、と違和感を感じる程度だった。

帰宅した恭一郎が、ただいまとにっこり微笑んだので、てっきりまたキスをねだられるだろうと、今日こそ人前では駄目ですと言わなきゃと、そう思って——、けれど、予想していた言葉はついぞ聞こえてこなかったのだ。

今みたいに、今日の夕飯はなにかなとか、一日なにをしていたのとか他愛もないお喋りが続いて、千春の背後では翠がびっくりした顔で、旦那様熱でもあるのかな……、と呟いていて。

(でも、恭一郎さんは別に体調が悪い様子も、また怪我をした様子もなかった……)

きっと気のせいだろう、もしかしたら頻度が高いと言ったのを気にしてくれたのかもしれないしと思った千春だったが、その後も恭一郎は千春にキスをねだってこなくなった。

おはようもお休みも、——目が合っても、穏やかに微笑むだけで——……。

(……でも、それは普通のことだ)

目が合うだけでキスをねだられるというのが、そもそも普通じゃなかったのだ。

恭一郎は自分が少し回数が多いと言ったから抑えてくれたのだろう。普段の彼は今までと変わらず優しいし、なにも変なことは――。

（……本当に、そうなのかな）

階段を上がる恭一郎を見上げて、千春は自身に問いかけた。

これでも抑えているんだよ、と言っていたくらいだ。それがぱったりなくなったというのは、やはりなにか理由があってのことではないだろうか。

――たとえば、千春に興味がなくなったとか。

（っ、そんなの……）

嫌だ、と思いかけて、千春は恭一郎の鞄を両腕でぎゅっと抱きしめた。くっと唇を引き結んで、自分を諫《いさ》める。

（恭一郎さんが僕に興味をなくすのが嫌だなんて、自分勝手もいいところだ。結婚の返事もちゃんとしてないくせに……）

雅章《まさあき》から脅される心配がなくなった今、本当ならなるべく早くこの縁談を受けるか否か返事をしなければならないことは、千春にも分かっている。恭一郎は今日まで一度も千春に返事を急《せ》かすことはなかったが、彼がずっと自分の決断を待ってくれていることも、重々知っていた。

それでも千春が結論を出せないでいるのは、やはり店のことが気になるからだ。

（恭一郎さんと結婚したら、今までのようにはお店を続けられない……。もしかしたら、お店を畳まなきゃいけないかもしれない）

母の残した店を、商店街の皆に支えられてやってきた店を畳むというのは、千春にとって大きな決断だ。そう簡単には思い切れない。

そもそも千春はまったくの庶民で、華族らしい振る舞いも作法も身についていない。フォークとナイフを使う順番は覚えたけれど、本当にただそれだけだ。屋敷では翠と一緒に掃除をしたり、一太《いちた》と草むしりをしたりして過ごしている。とても名家の奥方として恭一郎の役に立てるとは思えない。

加えて、恭一郎が変わったのは、千春が彼の怪我を力を使って治癒してからだ。

(もしかしたら恭一郎さんは、僕の力を見て引いてしまったのかも……。こんな不可解な力を持ってる人間を一族に加えることなんてできないって、そう思って……)

思考が暗く淀《よど》んだ方に流れかけて、千春はハッと我に返って頭を振った。

(……恭一郎さんは、そんな人じゃない)

あの日、恭一郎は力を使った自分のことを心配してくれた。まだ少し痣の痕《あと》が残っていたから続けて力を使おうとしたのに、これ以上無理はしないでと言ってくれたのだ。

君に無理をさせたくないから、これからは怪我をしないよう気をつけると約束してくれた彼は、千春のことを心底案じてくれていた。

その彼が、千春の力を理由に心変わりしたとは思えない。

(恭一郎さんは、そんな人じゃない)

俯いて、千春は自分に言い聞かせるようにもう一度そう思った。

こんなふうに悪い想像ばかりしてぐるぐる考え込んでいるのはよくないと、分かっている。気になるのならきちんと恭一郎に聞いて、問題を解決すべきだとも思う。

けれど、聞くのが怖い。

もし真正面から、やはり結婚はやめたいと言われたら、自分は――……。

「……千春?」

――と、そっとやわらかい声に呼ばれて、千春は我に返った。顔を上げた先、廊下の中ほどで足をとめた恭一郎が、こちらを振り返って心配そうな顔をしている。

どうやら自分は物思いに耽《ふけ》るあまり、歩みをとめてしまっていたらしい。

「どうかした？　なにか心配ごと？」

「あ……」

廊下を戻ってきた恭一郎が、気遣わしげに声をかけてくる。

千春は咄嗟《とっさ》に恭一郎の鞄をぎゅっと抱きしめて頭を振った。

「いえ、なにも……。なにも、ないです」

「……千春」

頑なな千春に困ったような表情を浮かべた恭一郎が、そっと手を伸ばしてくる。

思わずびくっと肩を震わせてしまった千春は、ハッとして恭一郎に謝った。

「ご……、ごめんなさい」

「いや、こちらこそすまない」

やんわりと言う恭一郎だが、その瞳には明らかに傷ついた色が浮かんでいる。

「……っ」

居たたまれず俯いた千春に、恭一郎はそっと声をかけてきた。

「千春、言いたくなければ無理に言わなくていい。だが、忘れないで。私はいつだって君の味方だ」

「恭一郎さん……」

穏やかで思いやりに満ちたその言葉に、千春は顔を上げてこくりと息を呑んだ。こちらを覗《のぞ》き込む恭一郎をまっすぐ見つめ返す。

（……やっぱり、ちゃんと聞くべきだ）

こんなに優しい人に、いつまでも心配をかけていてはいけない。

そう思って口を開こうとした千春だったが、その時、先ほどエントランスホールで別れたはずの丸井が慌てた様子で階段を上がってくる。

「失礼致します。旦那様、東《あずま》大尉がお見えです。火急のご用件とのことで……」

どうやらよほど急ぎらしい。丸井の後に続いて階段を上がってきたのは、白い軍服に身を包み、立派な口髭を生やした年嵩《としかさ》の男性だった。

「大尉？　どうかしたのか？」

すぐに表情を引き締めた恭一郎が、彼に歩み寄る。軍帽を小脇に抱えた東大尉は、サッと一礼して恭一郎に謝った。

「お帰りになったばかりのところ、申し訳ありません。緊急にお伝えしたいことが起きまして」

「……千春、すまないが鞄を私の部屋に置いておいてくれるかな」

大尉を片手で制した恭一郎が、振り返って千春に微笑みかける。はい、と頷いて二階へと向かう千春の耳に、少しひそめた二人の声が聞こえてきた。

「実は先ほど港に小舟が流れ着き、乗っていた数名の外国人を保護したのですが、彼らのうちの一人がひどい怪我をしているのです。どうも例の船から逃げ出してきたらしく……。すぐに治療をしたいのですが、まるで言葉が通じず、仲間に引き渡しを拒まれてしまいまして……」

「どんな言葉を話しているんだ？」

「それが、ケーとばかり言うんです。なにを聞いても、ひたすらケー、ケーと」

「……っ」

東大尉の言葉を聞くなり、千春は大きく目を見開いて彼らを振り返った。

「あの……っ、それ、もしかしてルツ語じゃないでしょうか……！」

「っ、分かるのか？」

息を呑んだ恭一郎が問いかけてくる。千春は頷いて、小走りに二人に近寄った。

「あの、発音はケェ、ではないですか？」

確認した千春に、東大尉が驚いた表情で頷く。

「ええ、そうです！　彼らはなんと？」

「助けて下さいと言っています。おそらく誰かに危害を加えられたんだと思います」

ルツ語で助けを求める言葉はいくつかあるが、その中でも特に危険な目に遭った時に使うのが『ケエ』だ。きっと彼らはなにか切迫した事態に見舞われて、逃げてきたのだろう。

千春は逸《はや》る心を抑えて説明した。

「ルツ族は、東南の島国に暮らす少数民族です。僕のお店によく来るお客さんの中にルツ族出身の方がいて、少し言葉を習いました」

抱えていた鞄をぎゅっと抱きしめ、まっすぐ恭一郎を見上げて言う。

「僕なら、その人たちに敵意がないことを伝えられます。恭一郎さん、どうか僕をその人たちのところに連れていって下さい」

先ほど東大尉は、彼らの中の一人がひどい怪我を負っていると言っていた。きっと言葉も通じず不安だろうし、なにより薬師として怪我人を放っておくことなどできない。

強い意志を滲ませる千春をじっと見つめていた恭一郎が、ややあって頷く。

「……分かった。こちらこそお願いするよ、千春」

急ごうと言った恭一郎が、踵《きびす》を返す。

千春はぐっと唇を引き結び、その背を小走りに追いかけた。

◆◆◆

ぐるりと周囲を取り囲む真っ白な服を着た男たちに、テイは絶え間なく視線を巡らせていた。

(ここはどこだ……？　こいつらは信用できる奴らなのか？)

テイの背後には仲間たちが数人、身を寄せ合って固まっている。その中心にはテイの妹、チムニが青白い顔でぐったりと仲間にもたれかかっていた。

ルツ族であるテイは、一ヶ月ほど前に妹と共に市場へ行商に行ったところを、突然数名の外国人たちに襲われた。気を失ったテイが次に目覚めたのは船の上で、そこには他にも同様にさらわれたルツ族が数名いた。

美男美女揃いで知られるルツ族は、昔から人さらいに狙われることが多かった。特に妹のチムニは村一番の美人で、だからこそテイは護衛も兼ねて一緒に市場に行ったのだ。だというのに。

（オレのせいで、チムニが……っ）

奴隷のように働かされる日々に耐えかねて、テイは見張りの目を盗んでチムニと仲間たちと共に逃げ出した。しかし、小舟を奪う際に気づかれ、チムニがテイを庇って負傷してしまったのだ。

どうにか皆で逃げ出すことはできたものの、肩を切りつけられたチムニは出血がひどく、見る間に衰弱していった。

遠くに見える海岸に向かって必死に舟を漕《こ》ぎ、数時間かけて辿《たど》り着いたのがつい先ほどのこと。仲間が脱いだ服を押し当てて止血を試みてくれているが、チムニの肩からはまだ血が流れ続けている。

（一刻も早く医者に診せたいが……）

周りを取り囲む男たちの顔立ちは、自分たちをさらった連中に酷似している。加えて、形はまるで違うが、どちらも真っ白な服を着ていた。

この男たちが自分たちをさらった連中の仲間という可能性は低いとは思うが、それでもここがどこで、彼らが何者なのか分からない以上、油断はできない。

（せめて、チムニが元気なら……）

語学に堪能なチムニは、自分たちをさらった外国人たちの言葉も少し分かると言っていた。知られればなにをされるか分からないため、彼らの話を盗み聞きするだけにとどめるよう言っておいたが、もしチムニが意識を失っていなければ、今頃目の前の男たちと意思の疎通ができていたかもしれない。

（彼らはさっき、チムニを指さしてなにか喋っていた。傷の手当てをしてくれるつもりならチムニを預けるべきか？　だが……）

もしチムニを預けてそのまま引き離されたりしたら、今度こそテイは兄として彼女に顔向けができない。けれど、こうして迷っている間にもチムニは弱っていっている。

自分はどうするべきか、どうしたら妹を助けられるのかと、テイがぐっと唇を噛んだ、その時だった。

「アノ……、アナタ、ルツ族デスカ？」

「！」

辿々《たどたど》しい、しかしはっきりとしたルツ語で、誰かが話しかけてくる。

やわらかなその声の主を見上げて、テイは目を眇《すが》めた。

「……お前は？」

そこにいたのは、小柄な青年だった。

白ずくめの男たちより随分と細身で、顔立ちも優しげだ。片耳に美しい耳飾りをつけた彼は、服装もシャツにズボン、見慣れないマントのような上着という格好で、周囲の男たちとは少し異なっていた。

にこにこと微笑みながら、彼が口を開く。

「ヨカッタ、言葉、通ジタ。僕、チハル、イイマス。薬師デス」

「薬師？」

チハルの言葉に、テイは不審を募らせる。彼は随分若いようだが、本当に薬師なのだろうか。

しかし千春は表情を曇らせたテイに懸命に話しかけてくる。

「僕、アナタのウシロの人、助ケル。……助ケ、タイ。手当テ、サセテ下サイ」

「…………」

片言で必死に話す千春を、テイはじっと見つめた。

彼を信じていいのだろうか――。

「その前に聞きたい。ここはどこなんだ？　オレたちを囲んでいるこいつらは何者だ？　あの白ずくめの男たちは、オレたちをさらった連中の仲間じゃないのか？」

「ハ……、早口、無理。分カラナイ。ゴメン、モウ一度、オ願イ」

「だから――」

――苛立《いらだ》ったように何事かを言う異国の青年を、恭一郎はじっと見つめていた。

その手は腰に帯びた軍刀にかけられており、なにかあればすぐに千春の元に駆けつけられるよう、前傾姿勢を保っている。

『軍人さんたちをいったん下がらせて下さい』

保護した外国人たちが床に座り込んでいる一室に入るなり、千春は恭一郎にそう告げた。

『こちらが保護するつもりでも、言葉も通じない外国人に取り囲まれるなんて恐怖でしかありません。すぐに皆さんを下がらせて下さい』

そう言った千春は、途中で自分の店に寄って取ってきた救急箱を手に外国人たちに近づいていった。にこにこと、柔和な笑みを浮かべて。

「……話が通じているようですね」

隣に控えている東大尉が、声をひそめて話しかけてくる。恭一郎は小さく頷いた。

「ああ。どうやら千春の言う通り、彼らはルツ族で間違いないようだ」

あの後、千春はここに来るまでの馬車の中で、東大尉から更に詳しく怪我をしている外国人の様子を聞いていた。

怪我の箇所はどこか、どの程度血が流れている様子か、意識はあるのか、今どんな手当てをしているのか、医者は呼んでいるのか、他に怪我人や具合の悪そうな人はいないか――。

冷静かつ具体的な問診を思い出したのだろう。東大尉が感心したように言う。

「しかし、あの方が少将の許嫁とは驚きました。椿家のご令嬢と伺っておりましたが、男性だったのですね。しかも、医者顔負けの知識をお持ちとは」

「……彼は薬師だ」

千春と異国の青年から目を離さずに答える。

「私が知る限り、最も腕利きのな。それより、軍医一生懸命説明している様子だったが、ルツ族の青年は懐疑的な目をしており、口調も荒っぽかった。

す、と目を細めて、恭一郎は告げる。

「状況を確認してくる。なにかあったら、すぐに彼らを取り押さえろ」

は、と一礼する大尉に後を任せて、恭一郎は千春に歩み寄る。

「……千春」

いつでも抜けるよう、さりげなく軍刀の鞘《さや》に片手をかけながら近寄ってきた恭一郎に、ルツ族の青年が視線を険しくする。

「恭一郎さん……。すみません、まだ話が終わってなくて」

「ああ、そうみたいだね。彼らはなんて？」

問いかけると、千春が困ったような顔で言う。

「一応、手当てをしたいことは伝えたんですが、それは本当に薬なのか、自分たちを騙《だま》すつもりじゃないかと言われてしまって。よく効く傷薬だと説明しの準備は？」

「は、すでに整っています」

背後に控えている軍医は、先ほどまで何度も彼らを治療しようと試みては拒まれていたらしい。千春が彼らを説得したらすぐ、治療に当たってもらわなければならない。

恭一郎個人としては、できるだけ千春を危険な目に遭わせたくないが、今この場で彼らの言葉を理解できるのは千春だけだ。

公人としては、千春に任せる他ないと判断せざるを得なかった。

だが、千春になにか危険が迫りそうになったら容赦するつもりはない。後でどんな責めを受けようとも、自分は彼の身の安全を確保する——。

「……少し長いですね。説得が難航しているのでしょうか」

東大尉が、青年を前に困った表情をしている千春を見て言う。千春は救急箱から取り出した薬を手にたんですが、なかなか信じてもらえないんです」

顔を曇らせた千春が、薬瓶を手に再度青年に話しかける。

懸命に説得を試みる千春を、険しい視線で見据える青年を見て、恭一郎はもう片方の手でおもむろに軍刀の柄を握った。

「そうか、それなら……」

チキ、と刀身を抜く音に、青年がサッと顔色を変えて身を低くする。

こちらを睨《にら》む彼を見つめ、恭一郎は更に刀を引き抜き――。

「っ、恭一郎さん!?」

鞘を押さえていた手を離すなり、その手で銀の刃を摑んだ。スッと引いて手のひらを浅く切った後、パチンと刀を納める。

目を丸くして叫んだ千春が、恭一郎に飛びつくようにして手を摑み、すかさず手首を圧迫した。

「なに……っ、なにをしてるんですか!?」

「見せた方が早いだろうと思ってね。実際に使うところを見せれば、彼も信用してくれるだろう?」

「だからってこんなこと……!」

珍しく声を荒らげた千春だが、その時、傷口から滲んだ鮮血がぽたりと滴り落ちる。

おっと、と呑気《のんき》な声を上げた恭一郎を見上げて、千春が声を詰まらせた。

「……っ、失礼します……!」

恭一郎の手のひらを上に向けて開かせた千春が、持っていた薬瓶の蓋を開け、素早く中身を傷口に塗ってくれる。わずかに染みたが、傷口は見る間に塞《ふさ》がり、滲んでいた血もとまった。

「やはり、君の薬はよく効くね」

「……傷口を塞いだだけです。後でちゃんと『手当て』させて下さい」

俯き、じっと恭一郎の手のひらの傷を見つめながら言う千春は、自分の力で恭一郎の傷を治すつもりなのだろう。

だが、こんな小さな傷で千春の手をこれ以上煩わせる必要はない。彼の力を使うなんて、もってのほかだ。

恭一郎はゆったりと千春に微笑みかけた。

「大丈夫、そこまでする必要はないよ。そんなに深く切っていないしね」

「でも……っ」

弾かれたように顔を上げた千春が、なにか言いたげに唇を開く。縋《すが》るように恭一郎を見つめたまま、幾度も小さく息を呑んで、千春は俯いた。

「……分かりました。でも、せめて包帯は巻かせて下さい。そのままだとお仕事に支障が出るかもしれませんから」

「……、ああ」

沈んだ声で言う千春を見つめて、恭一郎は少し迷いつつも頷いた。

(……なにか気に障っただろうか)

一応了承はしてくれたが、明らかになにか思うことがある様子だった。だが、今ここでそのことについて、彼からゆっくり話を聞いている時間はない。

後できちんと話を聞かなければ、と心に留めておいて、恭一郎は千春から受け取った手拭いで滲んでいた血を拭き取った。

すぐに包帯を巻こうとする千春を押しとどめ、塞がった傷口をルッ族の青年に見せる。

「この通りだ。彼の薬を使えば、君の仲間は助かる」

こちらの言葉が通じないのは重々承知だが、言いたいことは伝わるだろう。薬を塗った切り傷をじっと見つめる青年に、更に言葉を重ねる。

「治療をさせてほしい。私たちは君たちに危害を加えるつもりはない」

「…………」

青年はしばらく無言のまま、じっと恭一郎の目を見つめていた。やがて後ろの仲間たちを振り返り、二、三言なにか言う。

すると、仲間たちは怯《おび》えた様子ながらも左右に移

動した。彼らによって隠されていた若い女性が、姿を現す。

ぐったりとしている彼女は、仲間の一人に抱き支えられており、荒い呼吸を繰り返していた。肩口に押し当てられた布のようなものが、真っ赤に染まっている。

「恭一郎さん、お医者さんをお願いします」

サッと顔つきを変えた千春が、短くそう言ってすぐに女性に歩み寄る。恭一郎は後ろを振り返り、今か今かと待っていた軍医に合図を送った。

女性の肩口の布を外し、傷の状態をあらためていた千春が、駆け寄ってきた軍医に場所を譲りつつ手短に状況を伝える。

「刃物で切りつけられたそうです。怪我を負ってからすでに数時間経っていますが、未だに血がとまっていません。この血どめの薬を使って下さい」

「……成分は？」

千春の説明を聞いた軍医が、すぐに頷いて薬を受け取る。処置を受けて苦悶《くもん》に呻く女性に優しく声をかけつつ手早く包帯等を準備する千春を、恭一郎は少し離れた場所から見守った。

周囲に集まったルツ族の者たちに、千春が異国の言葉で次々に指示を出す。千春に声をかけられた者たちは女性の手を握ったり、声をかけたりと、懸命に治療に協力していて、それまでの彼らの目に浮かんでいた懐疑的な色はすっかりなくなっていた。

やがて、応急手当てを終えた軍医が担架を呼ぶ。千春の指示で彼女を担架に移したルツ族たちは、運ばれていく女性を見送りつつ不安そうにしていたが、千春に一言二言声をかけられると、その表情がほっと安堵《あんど》したものに変わる。中には緊張の糸が解けたのか、涙ぐむ者もいて、千春がハンカチでその涙を拭ってやっていた。

（……やはり、千春にとって薬師は天職だ。薬の調合や治癒能力だけではない。彼には人を癒やす才能があるし……、それが彼の喜びでもある）

誰かから感謝を述べられたのだろう。千春がやわらかな笑みを浮かべて首を横に振り、二、三言彼らと言葉を交わす。

その横顔を、恭一郎はずっと見守っていた。

じくじくと刺すような小さな痛みを、そっとその掌中に握りしめながら。


帰りの馬車に乗った途端、恭一郎は優しい声で話しかけてきた。

「千春、さっきのことだが……。私が手当てしなくていいと言った時、なにか言おうとしていただろう？　あの時なにを言おうとしていたのか、聞かせてもらえないか」

「……別に、なんでもないです」

千春は、向かいに座る恭一郎の心配そうな視線から逃げるように俯いてそう答えた。その視界には、恭一郎の膝に置かれた彼の手も入っている。

大きなその手に巻かれた白い包帯を見つめて、千春は頑なな声で告げた。

「すみません、少し疲れたので……」

話したくないと、あからさまに拒絶した千春を、しかし恭一郎は一言も咎めなかった。

「……分かった。もし話したくなったら、いつでも話して」

動き出した馬車の中、いつでも聞くからと優しい声で言われて、小さく頷く。けれど千春は、どうしても顔が上げられなかった。

（……言えない。僕があの時、なにを思っていたかなんて……）

恭一郎の手のひらに滲んだ赤を見た瞬間、千春の頭に浮かんだのは七年前の事故だった。——息も絶え絶えだった、母の姿。

もちろん、恭一郎の怪我がただの切り傷だということは頭では分かっている。こんな小さな傷で彼が死ぬことはないということも。

――だが、もっとひどい怪我を負ったら？

この間の腹部の打撲痕を見た時も、同じことを思った。

もし恭一郎が、もっとひどい怪我を負ったら。

もっと、血が流れたら。

この人を失ってしまうかもしれない。

――母のように。

（考えすぎだって、分かってる。恭一郎さんの言うように、命に関わるような怪我じゃない。おなかの痣も、手のひらの傷も、すぐ治る。分かってる。でも、……でも、もしも恭一郎さんがもっとひどい怪我をしたら？ ……いなくなって、しまったら？）

今日出会ったルツ族のテイは、自分たちは故郷からさらわれてきたと言っていた。彼らをさらった外国人たちは、テイたちを奴隷として売るつもりだったらしい。

売り物だからと顔や体に傷はつけられなかったけれど、船内ではさんざんこき使われ、ろくに食べ物も与えられなかったと言っていた。テイの後ろにいた仲間たちは一様に怯えた目をしていて、彼らがとてもつらい目に遭ってきたことが窺えた。

負傷した女性は自分の妹だと、テイは言っていた。逃げる途中、敵に切りかかられたテイを庇ってあの怪我を負ったのだと。

（恭一郎さんの仕事は、そういう危険な相手を取り締まることだ。いつもっとひどい怪我を負うか、分からない）

ある日突然、命が奪われるかもしれないのだ。

――千春の知らないところで。

「……っ」

込み上げてくる衝動を堪えて、千春はぎゅっと手を握りしめた。

前に座る恭一郎が気遣わしげにこちらを見つめているのは分かっていたけれど、どうしても顔が上げられない。……上げてはいけないと、思った。

――やがて馬車がゆるやかに減速し、屋敷の前で静かに停まる。

御者が開けてくれた扉から逃げるように外に出た千春は、出迎えてくれた翠と細川女史に曖昧に挨拶を返し、あてがわれている客室へと駆け込んだ。

「……はあ」

パタンと閉めたドアの内側に背を預け、ため息をつく。

(……ビーフシチュー、一緒に食べるの、楽しみにしてたのにな)

のろのろとベッドまで行き、そのままうつ伏せに倒れ込む。ふかふかの羽根布団からは、今日もお日様のあたたかな香りがした。

(なにしてるんだろう、僕……)

目を閉じて、千春は自己嫌悪に陥った。

恭一郎に心配をかけていると分かっているのに、それでも千春が自分の気持ちを話せないのは、恭一郎への想いの深さを自覚してしまったからだ。

自分のこの気持ちにはもう、『多分』などとっくにつかなくなってしまっている――。

(恭一郎さんは、もう僕と結婚する気はないかもしれないのに……)

いっそ、恭一郎からはっきりとそう言い渡される前に、自分からやはり結婚はできないと言った方がいいかもしれない。

これ以上傷つく前に、苦しい思いをする前に、元の生活に、恭一郎とは関わり合いのない生活に戻った方が――。

「……っ」

――と、その時、千春の耳に狼の遠吠えが聞こえてくる。

ベッドから跳ね起きた千春は、窓に走り寄って外を確認した。

「っ、またいる……！」

庭の片隅、この間と同じ茂みの辺りに、あの銀狼が座っている。こちらを見上げている彼に、千春はすぐにカーテンを閉めて部屋を出た。

あの夜と違って、今日はまだ屋敷の人たちも起きている。明るい廊下を足音を忍ばせて進んだ千春は、人がいそうな厨房《ちゅうぼう》にある裏口は避けて玄関から外に出た。

きょろきょろと辺りを見回し、御者が馬小屋に行く後ろ姿を見かけて、反対の道から庭へと急ぐ。

この前よりも明るい月明かりの下、白銀の狼はきちんと足を揃えて千春が来るのを待っていた。

「……っ、来ちゃ駄目って言ったのに……！」

焦って呟くが、声にはどうしても嬉しさが滲んでしまう。彼が誰かに見つかったら大変なことになるのは重々分かっていたけれど、会えて嬉しいという気持ちは押し殺せなかった。

「……久しぶり。元気だった？　こっちにおいで」

小走りに近寄った千春は、ふうと息をついて微笑みかけ、彼を連れて茂みの奥に入る。と、そこで、千春は狼の歩き方に違和感を覚えた。

「あれ……、君、脚どうかしたの？」

狼は何故か、片方の前脚を庇うようにして歩いている。また新たに怪我をしたのだろうかと心配になって、千春は狼の前にしゃがみ込んだ。

「ちょっと見せてね。あ……、傷？」

犬や猫よりも太い脚をそっと持ち上げて覗き込むと、大きな肉球にスッとなにかで切ったような傷がある。

まだできて新しい傷なのだろう。血はとまっているようだったが、滲んだ痕があった。

「もしかして、怪我したから僕のところに来たのかな……」

以前治してもらったのを覚えていて、また自分を頼ってきてくれたのだろうか。だとしたら嬉しいなと頬をゆるめて、千春は狼の前脚に手を翳《かざ》した。

「すぐ済むから、じっとしててね」

これくらいの怪我なら、自分の力ですぐに治してあげられるだろう。そう思って治癒しようとした千春だったが、狼は何故か千春が手を翳した途端、身をよじって前脚を引こうとする。

威嚇とはまた違う、嫌がるような低い唸り声を漏らす狼に、千春は驚いて必死に言い聞かせた。

「っ、すぐだから、ちょっとだけおとなしくしてて」

さっきはお利口に傷口を見せてくれたのにどうしてと思いつつ、狼の前脚をぎゅっと握って治癒を施す。ふわ、と千春の手が光った途端、狼の肉球の傷は跡形もなく消え去った。

「……これでよし、と。無理矢理してごめんね。でももう痛くないよ」

ピスピスと鼻を鳴らした狼が、くんくんと千春のこめかみの匂いを嗅《か》いでくる。

深い青の瞳が、何故か千春のことを心配してくれているような色を浮かべている気がして、千春はふっと笑みを浮かべた。

「もしかして、僕のこと心配してくれてるの？　ありがとう、大丈夫だよ。……君は優しいね」

抱きしめるようにしてその背を撫《な》でる。サラサラでふかふかの被毛をそっと指先で梳《す》きながら、千春は呟いた。

「それにしても、君は不思議な子だね。肉球を怪我するなんて、まるで恭一郎さんみたいだ」

「…………」

「……恭一郎さんの傷も、僕がこうして治してあげたかったな」

宵闇にぽつりと落ちた声は、自分で思っていたよりも随分と心細そうな響きをしていた。

小さく苦笑を零して、千春は打ち明ける。

「僕ね、恭一郎さんの怪我を見た時、怖かったんだ。また失うかもしれないって。……お母さんの時のように」

恭一郎の仕事は、常に命の危険を伴っている。だが彼は、国のため、多くの人が平和で安全に暮らせるために己の命をかけることを厭《いと》わない人だ。

そんな彼を尊敬しているし、そういう彼だから好きになった。

けれど、だからこそ失いたくないと思ってしまうのだ。

――彼のことを愛したからこそ。

「……僕、どうしたらいいんだろう」

月明かりに照らされた白銀の狼が、込み上げてきた熱い涙で揺らいで、ぼやける。

千春はぎゅっと目を瞑って視界を閉ざし、狼の首元にしがみつくように腕を回した。あたたかくてやわらかい、優しい生き物に、弱い自分を晒《さら》け出す。

「もし恭一郎さんになにかあったらって思うと、心配で心配で、居ても立ってもいられなくなる。そんな危険なお仕事やめて下さいって言ってしまいそうになる。恭一郎さんと結婚するために、お店を畳む覚悟もできないのに」

「……っ」

「もし恭一郎さんがし……、死んじゃったら、僕はまた一人になる……。もうあんな思いをするのは嫌なのに、これ以上苦しい思いはしたくないのに、それでも恭一郎さんのそばにいたい……！」

いっそ自分から離れた方がいい。恭一郎とは関わり合いのない、元の生活に戻った方がいい。

そう思うのに、どうしても離れられない。

恭一郎のことが、――好きだから。

「こんなに恭一郎さんのことを好きになっちゃって、どうしたらいいんだろう……」

涙で声を震わせながら、千春がぎゅっと狼を抱きしめた、――その時だった。

「……すまない、千春」

すぐ近くで、苦しげな低い声が聞こえる。

大きく息を吞んだ千春は、狼から身を離して後ろを振り返り、そこに思い描いた人の姿がないことに首を傾げる。

「え……、あれ……？」

今、恭一郎の声が聞こえたと思ったのだが。

「気のせい……？」

呟きながらも背後を見渡す千春の耳に、また恭一郎の声が聞こえてくる。

「気のせいじゃない。……こっちだよ」

「……っ」

声のする方に向き直って、千春は目を瞠った。

前脚を揃えて座っている白銀の狼が、眩《まばゆ》いほどの光に包まれていたのだ。

まるで真っ白な雪に覆われたようなその煌めきが、次第に形を変え始める。

流れ星のように光の粒子を零しながらゆっくり、ゆっくりと大きくなった白銀の狼は、やがてその姿を長身の男へと変えていき——、千春がひとつ瞬きした次の瞬間、そこには淡い光を身に纏《まと》った、白い軍服姿の恭一郎の姿があった。

「すまない、千春」

低い声で詫《わ》びた恭一郎が、じっと千春を見つめて打ち明ける。

「狼の正体は私なんだ」

「……………」

「今まで黙っていてすまなかった」

千春の前に片膝をついた恭一郎が、再度謝ってくる。苦しげな顔をする彼を、千春は大きく目を見開いて見つめていた。

(狼が……、恭一郎さんになった?)

なにがなんだか分からない。

これは夢だろうか。

動物が人間になるなんて、そんなこと起きるわけがない。

でも、確かに今、目の前であの狼が恭一郎に姿を変えた——。

「ど……、うして……?」

かろうじて発した声は、ほとんど聞き取れないくらい細く掠《かす》れていた。

けれど恭一郎は、ちゃんとその問いを拾い上げて、答えてくれる。

「狼谷《かみたに》家は、四神の一族に仕える霊獣の血を引いているんだ。それで、狼に姿を変えることができる」

そっと手を差し出した恭一郎が、千春に手のひらを見せる。つい先ほどまでそこにあったはずの傷は、跡形もなく消えていた。

――千春が治癒の力を使って、治したからだ。

（あの狼は……、恭一郎さんだった……）

茫然《ぼうぜん》としながらも、どうにかその事実を受け入れた千春に、恭一郎が告げる。

「最初に君に助けられた時のことも、ずっとお礼を言いたかった。ありがとう、千春。君は私の命の恩人だ」

「……っ、恭一郎さんは……っ」

恭一郎の言葉にハッとして、千春は声を上げた。

「恭一郎さんは、僕があなたを助けたから、僕のことを助けてくれたんですか……？」

彼があの狼だったからには、千春がこの屋敷に連れてこられた時から、恭一郎は千春のことを認識していたはずだ。

恩人だと思っていたから、困っている自分を助けてくれたのか。一目惚れというのはただの方便だったのか。

まさかと思いつつ問いかけた千春に、恭一郎がゆっくりと言葉を選んで告げる。

「もちろん、それもあった。名乗ることはできなくても、恩返しすることはできるかもしれない。そう思って、あの土地を領地にした。だが、君に言った言葉に嘘はなに一つないよ」

深い青の瞳が、じっと千春を見つめてくる。

その色は確かにあの狼と同じで――、そして嘘のない、純粋なものだった。

「私は君に助けられたあの時、本当に君に一目惚れしたんだ。今更信じてもらえないかもしれないが、椿男爵を屋敷に呼んだのは雅代《まさよ》嬢との婚約を破棄するためだった。……君が身代わりにと連れてこられて、本当に驚いた」

穏やかに語っていた恭一郎だったが、そこで自嘲

気味に笑う。

「明らかに椿男爵に脅されている様子の君を見て、どうにかして力になれないかと思うと同時に……、欲が出た。このまま君と婚約することはできないだろうか。本当に君と結婚できたら、と」

恭一郎がお試し期間を提案したのには、そういった思惑もあったらしい。

「……そうだったんですか」

驚きつつも納得した千春に、恭一郎が再度謝る。

「本当に、すまなかった。君を助けるなどと言って、私は自分の想いを叶えようとしていたんだ。私は君の窮地を利用した、卑怯者だ」

「そんな……！　そんなことないです。恭一郎さんが僕を助けてくれたことは事実なんですから」

あの時恭一郎が手を打ってくれなければ、今頃自分はまだ雅章に脅される不安に苛《さいな》まれていたかもしれない。否、雅章は実際に土地を手に入れようと動き始めていたから、もしかしたら本当に脅されていたかもしれないのだ。

「それに、恭一郎さんが本当に僕が困っているところにつけ込むつもりなら、いくらでも僕のことを脅すことはできたし、もっと強引に縁談を進めることだってできたはずです」

だが、恭一郎は一切そんなことをしなかった。

ただひたすら想いを伝えて、千春の凝り固まっていた心を解いてくれた。

「恭一郎さんに言われなければ、僕は自分にとって薬師の仕事がどれだけ大切なものか、気づかないままでした。母が残したお店だからじゃなく、自分の意志でお店を続けたいって思えたのは、恭一郎さんのおかげです」

おそらく恭一郎なら、あの商店街の土地を領地にした上で、うまく千春を丸め込むことだってできたはずだ。母から継いだ店だから固執しているだけであって、薬師の仕事を辞めてもたいして後悔はしないと千春に思い込ませることだって、この人ならきっと可能だっただろう。

けれど恭一郎は、そうしなかった。

彼がなによりも千春の幸せを考えてくれたことは疑いない。

感謝と共に恭一郎をまっすぐ見つめた千春だが、恭一郎は顔を曇らせたまま言う。

「……だが、そのせいで余計君を苦しめた」

「あ……」

恭一郎の言葉に、千春は先ほど自分が吐露したことを思い出す。彼が気にしているのは、店を畳む覚悟もないのに、と千春が言ったことだろう。

そういえば自分は、恭一郎だと知らずに彼に気持ちを打ち明けてしまったんだった、と思い至って少しうろたえた千春だったが、恭一郎はそんな千春には気づかない様子で続ける。

「それに、私は君の目の前で軽率に自分を傷つけた。少し考えれば、君がお母さんの事故のことで、周りの人間が傷つくことを恐れていると分かりそうなものなのに……。本当にすまなかった」

考えが足りなかった、と恭一郎が視線を落とす。

千春は慌てて言った。

「で……、でもそれは、僕の問題で……」

「違うよ、千春」

恭一郎自身が気に留めていないことを、自分がとやかく言う権利はないと思った千春だったが、恭一郎はきっぱりと首を横に振る。

「私は君のことがなによりも大切なんだ。君を傷つける者は何者であっても許せない。それが自分であってもね。だからどうか、私には関係のない問題だとは思わないでほしい。……いや」

言葉の途中で頭を振った恭一郎が、千春を見つめて告げる。

「どうか、私にも君の苦悩を背負わせてほしい。改めて言うよ、千春。私は君のことを愛している。どうか私と結婚して、人生を共にしてほしい」

「……っ、恭一郎さん……」

目を瞠った千春の片手を、恭一郎がそっと取る。

あたたかな両手で包み込むようにして捧げ持った恭一郎は、千春の手の甲にくちづけて言った。

「私はずっと、自分は君にふさわしくない男だと思っていた。千春が好きな仕事を自由にするために、親しい人たちと穏やかに生きていくために、私から君の手を放さなければならない、そう思って君に触れるのを避けたりもした。けれど、もう駄目だ。君の気持ちを聞いてしまった以上、私はもう君を手放すことなどできない……！」

目を眇めた恭一郎が、ぐっと千春の手を包む両手に力を込める。

白い月光に煌めく彼の青い瞳は、まるでキラキラと輝く海のようだった。

「約束する。なにがあっても君を一人にはしない。君がこれ以上なにも失わずに済むよう最大限力を尽くすし、君が大切に思うものをなに一つ蔑《ないがし》ろにはしない」

低い声を引き絞るようにして、恭一郎が希《こいねが》う。

「だから、どうか君の愛を私にくれないか。私の持てるすべてで君を幸せにすると誓うから……！」

どうか、と囁《ささや》いた恭一郎が、千春の指先にくちづけてくる。

押し当てられるやわらかな熱に鼓動を高鳴らせながら、千春は恭一郎に告げた。

「……お願いするのは僕の方です」

声も手も、表情も緊張で強《こわ》ばって、まるで自分のものじゃないみたいだ。

けれど、この気持ちを伝えたいという思いに迷いはなかった。

「僕の方こそ、自分は恭一郎さんにはふさわしくないって、ずっと思っていました。でも、僕ももう、恭一郎さんがいないと駄目なんです。あなたがそばにいない未来を想像するだけで寂しくて、怖くて、悲しくてたまらなくなる」

どれだけ苦しくても、つらくても、離れることだけはどうしてもできない。

この人だけは、失いたくない。

「確かに、僕は薬師の仕事もあのお店も、商店街の人たちも大切に思っています。でも、それに気づかせてくれたのは恭一郎さんです。比べることなんてできないけど、恭一郎さんは僕が大切に思う人たちの中の特別なところにいる人なんです」

先ほど恭一郎は、千春が大切に思うものをなに一つ蔑ろにはしないと言ってくれた。でも、恭一郎こそが千春にとって特別な存在なのだ。

「だから、僕の大切なものを大切にしてくれるのなら、まず恭一郎さん自身を大切にして下さい。すぐ治るからなんて言って放置しないで、僕に治療させて下さい。あなたが僕のことを大切に思ってくれているように、僕もあなたのことが大切なんです」

「……っ、私が君のことを、思うように……」

驚いたように目を瞠った恭一郎が、ややあってふわりと笑みを浮かべる。

「そうか。君も同じだったんだね。私が君を守りたいと思うのと同じように、君も私を……」

そうか、としみじみと呟いた恭一郎が千春を見つめて問う。

「……抱きしめてもいいだろうか、千春」

「……はい」

頷いた千春の手を取って、恭一郎が立ち上がる。

自然と一緒に立ち上がる形になった千春は、ふわりと真正面から抱きしめられて恭一郎の胸元に頬を寄せた。緊張しながらも大きなその背に手を回し、抱きしめ返す。

ぎゅっと、恭一郎の腕の力が強くなった。

「……千春の大切なものの中に、私を入れてくれてありがとう」

優しくて穏やかな、低い声が千春を包み込む。

「愛している、千春。私と結婚してほしい」

改めて囁かれたその申し出に、千春はこくりと頷いて言った。

「はい。……好きです、恭一郎さん」

「千春……。ありがとう」

腕の力をゆるめた恭一郎の唇が、久しぶりの問いかけをそっと紡ぐ。

ずっと待っていたそのお伺いに、千春は小さく笑って頷き、少し背伸びをして目を閉じたのだった。


夜の庭ですっかり冷えてしまった体を交代でお風呂であたためて、いつも通り皆で食事をとった後、丸井の淹《い》れてくれたお茶を呑みながら他愛もないお喋りをして。

部屋の前まで送り届けてくれた恭一郎の袖を摑んでしまったのは、多分無意識のうちだった。なんとなく離れがたくて、もっと一緒にいたくて。

「……千春」

嬉しそうな、けれどとても困ったような声で、恭一郎が千春に告げる。

「私もまだ一緒にいたいけれど……、でも今日は疲れただろう？　ゆっくり部屋で休んだ方がいい」

「あ……、そ、そう、ですね」

たしなめられたと思った途端、子供みたいなことをした自分に羞恥《しゅうち》が込み上げてきて、千春は頰をほんのり火照らせて俯いた。

「ごめんなさい。僕、なんだかずっと恭一郎さんとくっついていたくて……」

さっきまで応接間のソファでもぴったりくっついていたし、なんならここまで手を繫《つな》いで歩いてきたというのに、甘えたがりがすぎる。

名残惜しさを覚えつつも手を放した千春だったが、その時、恭一郎が離れかけた千春の手を取る。

「勘違いしないで、千春」

そっと千春の手を持ち上げた恭一郎は、少し身を屈めて指先にキスを落としながら告げた。

「今のは、これ以上一緒にいたらゆっくりさせてあげられないという意味だからね」

「っ」

「私も君とくっついていたいけれど……、それ以上に君のことを大切にしたい。もしこのまま私の部屋に連れ込んだら、朝まで離してあげられないだろうからね」

苦笑を浮かべ、冗談めかして言う恭一郎だが、穏やかな海色の瞳には確かな熱が宿っている。

気づいた千春は一瞬目を瞠り――、真っ赤な顔で俯いてぎゅっと、恭一郎の手を握り返した。

「は……、離さないで下さいって、言ったら……？」

「……千春？」

小さな声だったから聞こえなかったのか、恭一郎が戸惑ったように聞き返してくる。

千春は林檎のように染まった顔を思いきって上げ、恭一郎の手をぎゅうぎゅう握りしめて言った。

「……っ、順番がちょっと違っちゃっても、それで恭一郎さんが僕のことを大切にしてないなんて思いませんん。それより、そ……、そういうこと、してもらえる方が、嬉しいです」

「…………」

「連れ込んで、下さい。……離さないで」

恥ずかしくて恥ずかしくて、けれど自分だって恭一郎に勘違いさせたくなくて、懸命に言葉にする。

伝われと願いつつ、羞恥を堪えて必死に見上げた恭一郎は、茫然とした顔をしていた。おそらく時間にすればたったの数秒なのだろうけれど、それでも恭一郎の返事がないのが不安で、千春がやっぱりいいですと言いそうになった、――その時。

「千春……！」

ぐっと千春の手を引いた恭一郎が、体勢を崩した千春を掻《か》き抱く。次の瞬間、覆い被《かぶ》さるようにして唇を奪われ、驚きに開いた隙間から熱い舌を入れられて、千春は目を見開いた。

「っ！」

ちはる、と押し殺した低い声が重なり合った唇から漏れ聞こえてくる。目の前に恭一郎の白銀の睫《まつげ》が見えて、千春はカアッと頬に朱を上らせた。

「きょう、いちろ、さ……っ、んんっ、こ、ここ、廊下……！」

こんなところでキスなんてしていたら、誰かに見られてしまうかもしれない。さすがにそれはと焦るのに、背中に回った腕の力はまるでゆるむ気配がなく、そしてそれはくちづけの勢いも同じだった。

「ふ、は……っ、んん……！」

深いキスは初めてだというのに、恭一郎は我を忘れたみたいに千春の唇を貪《むさぼ》り、舌を奥まで差し込んでくる。

知らないところがあるのが我慢ならないとばかりに口の中のあちこちに触れてくる舌に混乱して、千春は恭一郎の胸元にぎゅっとしがみついた。

「ん……っ、は……、んんんっ」

深いところも、上顎のつるりとしたところも、どこを舐《な》めくすぐられても気持ちがよくて、体が勝手にびくびく跳ねてしまう。恥ずかしいのに、知らない感覚が少し怖いのに、恭一郎が自分を求めてくれていると思うと嬉しくて、刺激されたからだけではない熱がジン……、と下腹を焦がす。

絡み合う舌が気持ちよくて、逃がさないとばかりに抱きしめてくる腕が嬉しくて、もっともっとしてほしくて。

「んぅ……っ、ふ、あ……っ」

けれど、初心者の千春に深いキスはやはり刺激が強すぎたのだろう。かくんと膝が崩れた瞬間、くちづけが解けてしまう。

くずおれそうになった千春の腰を咄嗟《とっさ》に支えた恭一郎が、真っ赤な顔ではふはふと必死に息をしている千春を見て、大慌てで謝ってきた。

「っ、すまない、千春！　つい夢中になって……」

「だ……、大丈夫、です。それより……」

キス一つで腰砕けなんて恥ずかしいことこの上ないが、ここでやめるなんて言い出されたら嫌だ。

千春はくいっと恭一郎の袖を引っ張って、小さな声で告げた。

「あの、つ……、続き……」

千春の言葉を聞いた恭一郎が、驚いたように大きく目を瞠る。ちはる、と聞こえてきたその声音が先ほどとそっくりで、あ、と思った時にはもう、唇を奪われていた。

「っ、だ、め……っ、きょ、いちろ、さ……！」

どうにか恭一郎をとめないとまた同じことの繰り返しになると、千春はキスの合間に懸命に訴える。すると恭一郎は名残惜しげに千春の唇をきつく吸い上げてから、長い腕でサッと千春を抱き上げた。

「あ……！　んん……っ」

慌てて首元にしがみついた千春に再び深いキスを仕掛けながら、背で部屋の扉を押し開ける。まっすぐベッドまで進んだ恭一郎は、ようやく千春の唇を解放し、そっとシーツの上に下ろしてくれた。

「……本当に、嫌じゃない？」

深い青の瞳が、じっと千春を見下ろして問いかけてくる。

「もし私があんなことを言ったから気にしているのなら、そんな必要はないんだよ。君が私とそういったことをしてもいいと思えるようになるまで、私はいくらだって待てるから……」

「……もう十分、待ってもらいました」

恭一郎を遮って、千春はまだ少し荒い呼吸を整えながら彼に手を伸ばす。

自分が知る中で一番優しい色の瞳を見つめて、千春はしっかりと気持ちを言葉に乗せた。

「今まで待っていてくれて、ありがとうございました。恭一郎さんのおかげで僕はあなたにちゃんと恋することができたし、なにがあってもあなたと一緒にいたいって覚悟もできました」

これからのことがどうなるのか、自分は店を畳まなければならないのか、狼谷家当主の伴侶の役目が本当に自分に務まるのかは、まだ分からない。

けれど、なにがあってもこの人と一緒にいたいし、人生を共にしたいと思う。

この人の全部が欲しいし、自分の全部をもらってほしい。

「恭一郎さんと、その……、し、したいと思ったから、僕はここにいます。だから、もし恭一郎さんも同じ気持ちなら、してもらえたら嬉しい、です」

色事に不慣れすぎてつっかえながらも、どうにか視線を逸《そ》らさず自分の気持ちを伝える。すると恭一郎は、嬉しそうにふんわり笑って頷いた。

「分かった。でも、一つだけ訂正させて。千春はさっきも『してもらう』って言っていたけれど、私の方こそ『させてもらう』んだ。君が私を受け入れてくれたこと、私に全部を預けてくれること、……私を好きになってくれたこと。そのすべてに私が言葉にできないくらい感謝しているし、嬉しく思っていることを、どうか忘れないでほしい」

優しく微笑んだ恭一郎が、そっと千春の唇を啄《ついば》む。

やわらかなキスをいくつも贈りながら、恭一郎は低く囁きかけてきた。

「ん……、愛している、千春。君のすべてを、もらうよ」

深い青の瞳を見つめ返しながら、千春は唇の上で弾けるその吐息に小さく頷いた。

「はい、恭一郎さん……、ん……っ」

幾度か角度を変えて千春の唇を啄んだ恭一郎が、するりと寝間着の浴衣を脱ぐ。

恭一郎の引き締まった腹部が目に入った千春は、すっかり痣の消えたそこを確認してほっとした後、ふと思い至って恭一郎に問いかけた。

「あの、恭一郎さん。足も診せてもらっていいですか?」

「……あまり見て気持ちのいいものではないよ?」

千春がなにを『診たい』のか分かったのだろう。

少し困ったように苦笑しつつも、恭一郎が下着姿になる。太腿にくっきりと残った銃弾の痕に、千春は大きく息を呑んだ。

「……っ、ひどい……」

「相手は狼に向かって撃ったつもりだからね。仕方ないよ」

恭一郎の声は穏やかだが、千春はきゅっと眉を寄せてしまう。

「それでもひどいです。人間じゃなければなにをしてもいいわけじゃない」

「だが、この怪我がきっかけで、私は千春と出会うことができた」

そう言った恭一郎が、にっこりと笑う。

「もし先に君と出会って、君に恋をしていなければ、私は椿男爵の申し出を断っていたかもしれない。出会いが違えば、君と結ばれることはなかっただろう。そう思えば、この怪我を負わせてくれた相手に感謝したいくらいだよ」

「…………」

確かに、恭一郎の言うことには一理あるかもしれない。けれど、だからといって恭一郎が瀕死の重傷を負ったことをよかったなんて思えないし、相手に感謝なんて到底できやしない。

千春はきゅっと眉を寄せたまま、恭一郎に問いかけた。

「……触っても、いいですか？」

「もちろん。私の全部はもう君のものだよ」

頷いた恭一郎の太腿に手を伸ばして、千春はその傷痕にそっと触れた。

治ってしまっている傷の痕を消すことは、千春にはできない。

(狼姿の時、もっと力を使って完全にこの傷を治してあげていれば……)

あるいはもっと痕は薄く済んだかもしれない。

悔しく思いながら指先でそうっと何度も痕を撫でていると、不意に頭上で恭一郎が小さく息を詰まらせる気配がする。

千春は慌てて手を引っ込めて聞いた。

「あ……、ごめんなさい。痛かったですか？」

「いや……、そうじゃないんだが……」

今まで見たことのない、曖昧な苦笑を浮かべる恭一郎に首を傾《かし》げかけた千春は、傷痕を確認しようと視線を下に向けて息を呑む。

恭一郎の下着の中心が、先ほどよりだいぶ大きく盛り上がっていたのだ。

「……堪え性のない男ですまない」

慌てて目を逸らした千春に、恭一郎が苦笑まじりに言う。

カッカッと燃えるように熱い頬を持て余しながら、千春はうろうろと視線をさまよわせた。

「い……、いえ、僕の方こそ、すみません……」

「千春はなにも悪くないよ」

ごめんねと穏やかに謝る恭一郎だが、その下肢はまったくもって穏やかではない。

どうしよう、なにかした方がいいんだろうかと焦った千春は、そっとそこに手を伸ばそうとして恭一郎に押しとどめられた。

「嬉しいけれど、これ以上理性を試されたら私は本当に獣になってしまうよ」

くすくすと笑う恭一郎は、言葉とは裏腹に余裕そうに見えるが、その瞳には確かな熱が宿っている。

欲情の灯火が揺らめく瞳は、まるで青い炎のようだった。

「……怖い？」

小さく息を詰めた千春に気づいたのだろう。身を屈めた恭一郎が、千春のこめかみや頬に優しいキスを落としながらそっと聞いてくる。

千春は恭一郎の目を見つめながら、その首元に手を伸ばして言った。

「少し。けど、やめないでほしいです」

恭一郎の首を引き寄せて、唇へのキスをねだる。すぐに重ねられた唇はやわらかくて熱くて、蕩《とろ》けそうに気持ちよかった。

千春の唇を甘く喰《は》んで、恭一郎がハア、と短く吐息を零す。

「……やめてあげられそうにないから、困ってる。千春、本当に怖くなったり嫌だったりしたら、ちゃんと言うと約束して」

「ん……、はい。でも僕、恭一郎さんにされて嫌なこと、多分なにもないです」

「君はまた、そういうことを言って……」

千春の答えを聞いた恭一郎が、ふっと真顔になる。普段の穏やかな笑みを掻き消した恭一郎に、千春の心臓は跳ね上がった。

「……愛している、千春。私のすべてを受けとめて」

「は……っ、んぅっ、ん……っ」

重なってきた唇の隙間から、ぬるりと熱い舌が忍び込んでくる。先ほど見つけた千春の弱いところを最初から確実に仕留める恭一郎は、まさに獲物を狩る狼そのものだった。

「んん……っ、ん、は……っ、んう……っ」

とろりと絡み合う舌が気持ちよくて、すぐにじわじわと甘痒《あまがゆ》い熱が下腹に集まり出す。くちづけながら千春の浴衣を脱がせていた恭一郎にも、それがすぐに分かったのだろう。

唇を重ねたまま、恭一郎がふっと小さく笑みを零して呟く。

「ん……、可愛いね、千春」

「……っ、ふあ……っ」

可愛くて愛おしくて仕方がないと思っていることをまるで隠す気のない、蕩けきったその低い声だけでぴくんと反応してしまった千春だったが、その時、恭一郎がそっと指先を伸ばしてくる。

芯を持ちつつあるそこを下着越しにそうっと指先でなぞり上げられて、千春はびくびくと過敏に身を震わせてしまった。

「あ、あ、あ……っ」

「ふふ、これだけでそんなに可愛い声を聞かせてくれるの？」

楽しげに目を細めた恭一郎が、すっかり形を変えた千春の花茎を指先でくすぐってくる。恭一郎の指が動く度、あっあっと声が漏れてしまうのが恥ずかしくて、千春は快感に目を潤ませながら必死に恭一郎にねだった。

「きょ、いちろ、さ……っ、んんっ、キス……」

「……ん、いいよ」

深い青の瞳をやわらかく蕩けさせた恭一郎が、すぐに千春の唇を塞いでくれる。ちゅるりと蜜をすすられながら下着を脱がされ、腕に引っかかっていた浴衣も引き抜かれて、千春は生まれたままの姿で恭一郎に抱きついた。

「ん、は……っ、ん……」

鍛え上げられた恭一郎の体は強靭《きょうじん》な鋼のようで、どこもかしこも熱い。なめらかな肌の火傷《やけど》してしまいそうな熱さにくらくらしながら、千春は夢中で恭一郎の舌に吸いついた。

「んぅ……、んん……、あっ、あ……っ？」

はむはむと恭一郎の真似をして彼の唇を甘く喰んで、そのやわらかさにうっとりしていた千春だが、不意に胸の先にぴりっとした刺激が走って思わず目を瞠る。

慌てて視線を下げると、恭一郎の長い指先が自分の胸の尖《とが》りを優しく摘《つま》んでいた。

「な……、そ、そんな、とこ……」

自分は男なんだし、そんなところを弄《いじ》る必要なんてないのではとうろたえた千春だが、恭一郎はちゅ、と千春の唇を啄んで微笑む。

「千春のどこもかしこも愛おしいし、愛したいんだ。駄目？」

「……っ、駄目では、ないです、けど……」

恭一郎の綺麗な顔に少しは慣れたつもりだったけれど、間近で上目遣いでねだられてはそんな慣れなどどこかに吹き飛んでしまう。

ごにょごにょと言葉尻を濁しつつ答えた千春に、恭一郎はにっこりと笑って囁きかけてきた。

「ありがとう、千春。君がここでも気持ちよくなれるよう、たくさん愛するから」

「ほ……、ほどほどでいいです……」

たくさんって、とカアッと羞恥に顔を赤くする千春だが、恭一郎は悪戯っぽく笑って言う。

「意地悪を言わないで。こんなに美味しそうで可愛い君を前にして、ほどほどなんて中途半端な真似、できるはずがないよ」

「意地悪じゃな……っ、ん……っ」

抗議しようとしかけた千春だが、身を屈めた恭一郎がぷっちりと尖った片方に優しくキスを落とす。

声を詰まらせた千春を見つめたまま、すうっと目を細めた恭一郎は、わざと舌を突き出してぺろりと舐め上げてみせた。

「……っ」

溢れんばかりの色気に息を呑んだ千春に、恭一郎がふ、と笑みを零す。ちゅうっと吸いつかれた途端に走った甘い電流のような感覚に、千春は戸惑いの声を上げた。

「ん……！　な、なに……」

今までそんなところ意識したこともなかったのに、恭一郎の舌先で優しく弾かれる度、びっくりするくらいの快感が走り抜ける。熱い舌で押し潰されながら、もう片方も指先でくにくにと捏《こ》ねられて、千春は慌てて両手で口元を押さえて声を堪えようとした。

「ん……っ、んん……！」

「……ん、駄目だよ、千春。声を聞かせて」

「……っ、でも、へ、変だから……」

上擦った高い声が自分のものじゃないみたいで、必死に頭を振る。しかし恭一郎は、くすくす笑いながら千春の手に甘く噛みついて言った。

「変じゃない。とても可愛いよ。それに私は君の全部が欲しいんだ。身も心も、声もね」

にっこり笑った恭一郎が、手はこっち、と千春の手を自分の肩に回させる。ちゅ、ちゅ、とやわらかな唇を千春の口の端に押しつけながら、恭一郎は両の手で千春の胸の先を弄り出した。

「ふあ……っ、んんっ、あっ、んっ。きょう、いちろ、さ……っ」

「ん……、可愛いね、千春。もっともっと、たくさん感じて」

「あ、あ……っ、んぅっ、あ……！」

なんとか声を堪えようと唇を引き結ぶ度、恭一郎の唇と舌に駄目だよと優しくこじ開けられて、胸の先をくりくりと転がすように愛される。いい子だ、可愛いと熱い囁きを幾度も吹き込まれるうちに、とろんと意識が蕩けていって、千春は無意識のうちに恭一郎の下腹に花茎を擦《こす》り寄せていた。

「……ここも、触っていい？」

「ん、さ、触って下さ……っ、あっ、んんんっ」

優しい囁きに夢中で頷けば、すぐに大きな手が千春のそこを包み込んでくれる。

キスと胸への愛撫だけですっかり濡れてしまった花茎は、恭一郎の長い指でさすられる度くちゅくちゅとはしたない蜜音を響かせた。

「あっんんっ、あっあっあ……！」

「こんなに感じてくれて嬉しいよ、千春。このままもっと、濡らしてごらん」

知らない快楽に怯える間なんて一切与えられず、ひたすら褒められて愛されて、とろとろにされていく。恥ずかしいのに、千春がびくびくと身を震わせて感じきった声を上げる度に恭一郎が嬉しそうに目を細めるから、頭より先に体が快楽を享受することはいいことなのだと覚えてしまう。

もっともっと恭一郎に喜んでほしくて、愛されたくて、——愛したくて。

「あ、あ……っ？」

だから、恭一郎が身を起こして千春の足を開かせた時、戸惑ったのは一瞬だけだった。

「千春……、ここも……」

声を掠らせた恭一郎がどうしたいのかを察して、千春はこくりと頷く。

「はい。そこも触って下さい、恭一郎さん」

「……ありがとう」

ふんわりと笑った恭一郎が、ベッド脇の抽斗《ひきだし》から小さな瓶を取り出す。それは普段彼が湯上がりに使っている香油だった。

「力を抜いて、楽にしていて」

千春の腰の下にクッションをあてがった恭一郎が、とろりとした香油を指先に取る。指を擦り合わせるようにして香油を温める彼を見上げて、千春はおずおずと言った。

「恭一郎さん、あの……、キスしてたいです」

「……少し苦しいかもしれないよ」

体勢的に千春に負荷がかかるのを気にして、恭一郎が躊躇う。千春はそれでもいいと頭を振って腕を伸ばした。

「恭一郎さんとキスしてると、安心するから」

「そんな可愛いおねだりをされたら、聞かないわけにいかないな」

そう言いつつも、苦しかったら言うんだよと念押しして、恭一郎が覆い被さってくる。やわらかな舌を舐め合うみたいなキスをしながら、恭一郎は大きく開いた千春の足の間に手を滑り込ませてきた。

「ん、は……、んん」

ぬるぬるとあたたかいぬめりを伴った長い指が、千春のそこを優しく撫で上げる。すぐにも中に指を入れられるのではと思っていた千春だが、恭一郎はやんわりと指の腹を押し当てるだけで無理に千春の体を暴くような真似はしなかった。

「ん……、千春、キスに集中して」

「は……、ん、ん、ん……」

いつ入れられるんだろう、まだかな、とそちらにばかり気を取られていた千春を咎めるように、恭一郎が千春の舌先を甘噛みする。

じんと頭の芯まで痺《しび》れるような感覚にとろんと目を蕩けさせて、千春は恭一郎の首元にぎゅっと抱きついた。

「んん……、ん、は……っ、ん……」

じゅう、と根元から全部を吸われて、自分の舌が自分のものじゃなくなったみたいに熱くなる。くちゅくちゅと蜜をかき混ぜられる、いやらしい水音が頭の中に直接響くのが恥ずかしくて、気持ちよくてたまらない。

気持ちいいことはいいこと、と覚えさせられた体が、ひと欠片残っていた理性をぐずぐずに溶かして、恭一郎のくれる快楽を素直に甘受して。

「ふ、あ……、んん」

はふ、と千春が息を大きくついたのを見計らって、恭一郎がぐっと指先に力を入れる。すっかり緊張の解けていた後孔《こうこう》は、たっぷりと香油を纏《まと》った指先をくぷんと素直に呑み込んだ。

「あ……っ、……っ？」

「……痛くない？」

「……ない、です」

少し違和感はあるけれど、痛みはまるでない。

そんなところになにかを入れるなんててっきり痛いだろうと思っていた千春が戸惑いつつも答えると、恭一郎はほっとしたように微笑んでまた千春の唇を啄んでくる。

「よかった。……ゆっくりするから」

「はい……、……んん」

再び深くまで潜り込んできた舌に弱いところをくすぐられながら、後孔に差し込んだ指でゆっくりと内壁を撫でられる。ぬちゅ、ちゅぷ、と二つの場所で同時に似たような音が響いて、千春はますます強く恭一郎にしがみついた。

「ん、ん……、は、あ……っ、あっ、あ……？」

くちづけられながら浅い場所を掻き回されるうち、むずむずとした感覚が千春を襲う。とろりとした香油が、恭一郎の指が触れているもう少し奥、ほんの少し進んだ場所をゆっくりと滴り落ちるのがむず痒くて、もどかしい。

「ん……、どうした、千春」

すぐに気づいた恭一郎にそっと聞かれて、千春は疼《うず》く腰を揺らしながら答えた。

「あ、の……、もうちょっと、奥……」

「奥？　……こう？」

「ふあっ、あぁっ⁉」

ぬるん、と恭一郎が指を滑らせた途端、駆け抜けた快感に千春はぴゅくっと白蜜を放っていた。

「……っ、千春……」

驚いたように目を見開いた恭一郎に取り繕う余裕もなく、びくびくと体が勝手に跳ねる。

「あ、あ……っ、なに、これ……っ」

「大丈夫だよ、千春。ここは多分、前立腺だろう」

千春より先に落ち着きを取り戻した恭一郎が、穏やかに告げる。その言葉で、千春はようやく男の体の構造に思い至った。

「これが……？」

医療に携わる者として、男の体がそこで快感を得るという知識はあったけれど、まさか触れられただけで達するなんて思ってもみなかった。少し茫然としている千春に、恭一郎がそっと聞いてくる。

「……千春、もう少しここに触れてもいい？　ゆっくり優しく、するから」

問いかける声は優しかったが、零れる吐息は先ほどより熱を増していて、青い瞳も少し色が濃くなっている。

千春が驚きに目を瞬かせたのを見て、恭一郎は決まり悪そうに謝った。

「すまない……。達する君があまりにも可愛くて、少し我慢が、きかなくて……」

はあ、と押し殺した息を一つついて、恭一郎が千春の肩に額をつける。

いつも余裕のある年上の彼が見せる珍しく焦《じ》れたような姿に、千春は嬉しくなってぎゅっと恭一郎の頭を抱きしめた。

「……して下さい、恭一郎さん。我慢、しないで」

「千春……」

「嬉しいです、僕。もっともっと、恭一郎さんに欲しがられたい……」

少し照れながらも微笑んで告げた千春に、恭一郎が苦笑を浮かべて言う。

「……これ以上君のことを欲しがったら、私は気がおかしくなってしまいそうだよ」

ん、と千春の唇をやわらかく啄んだ恭一郎が、そのまま深いキスを仕掛けてくる。目を閉じて応じる千春の舌を甘く嚙んで、恭一郎は千春の後孔にもう一本指を押し込んできた。

「は……っ、ん、あ、あ……」

「……可愛い」

思わずといったように零れ落ちてきた言葉に頰を火照《ほて》らせつつ、千春は懸命に力を抜いて恭一郎の指を受け入れる。

二本に増えた指は少し息苦しかったけれど、先ほど教えられたばかりの場所をゆっくり撫で擦られるうちに、その苦しさも霧散してしまう。達したせいで少し勢いを失っていた花茎も、すぐにまた張りつめ、とろとろと透明な蜜を零し始めていた。

我慢ができないなどと言っていたのに、恭一郎は途中途中香油を足しつつ、千春のそこがすっかり蕩けるまで辛抱強く優しい愛撫を続けてくれた。

ぬるぬるの指が、快感に膨れ上がった弱いところをくすぐるみたいに撫でてくる。たっぷりと潤った隘路《あいろ》は三本に増えた指も嬉しそうに咥《くわ》え込んでいて、奥を撫でる指先に甘えるようにきゅうきゅう吸いついていた。

「あ、ん……っ、恭一郎、さ……っ、そこ、んっ、そこ、気持ち、い……っ」

「ん……、ここ？」

「ん、うん……っ、あ、あぁ……っ」

千春がこくこく頷くと、恭一郎がやわらかく唇を吸いながら奥の気持ちいい場所をゆったり撫でてくれる。いつの間に脱いでいたのか、恭一郎の雄茎が直接内腿をかすめて、千春はその熱さに知らずこくりと喉を鳴らしていた。

（恭一郎さんも、もうあんなに……）

抱きしめ合っていて直接は見えないけれど、恭一郎のそこが自分を欲して滾《たぎ》っていることは分かる。

熱に浮かされたみたいな目をしながらも、欲望を押し殺して優しく優しく可愛がってくれる年上の恋人に、千春は甘く息を乱しながら告げた。

「恭一郎さ……っ、どう、しよう……」

「ん……？」

「僕……、僕、恭一郎さんとこうするの、大好きになりそう……」

ただでさえ大好きな人なのに、こんなに大事に愛されて、こんなに気持ちいいことでいっぱいにされたら、もう元に戻れなくなってしまう。

あっあっと甘えきった喘《あえ》ぎを溢れさせながら訴えた千春に、恭一郎は今までで一番優しい笑みを浮かべて告げた。

「……いいんだよ。私ももう、大好きだから」

二人とも大好きならなにも問題ないんだよと囁いた恭一郎が、くすくす笑いながらゆっくりと指を引き抜く。ん、と息を詰めた千春の呼吸が落ち着くのを待って、恭一郎は千春の後孔に己の切っ先をあてがってきた。

「……挿《い》れるよ、千春」

は、と熱い吐息を零す彼は、もう千春の了承も許可も求めずそう告げて、ゆっくりと腰を押し進めてくる。

とろとろに蕩かされた蜜路をいっぱいに押し開く愛しい熱を受け入れようと、千春は懸命に体の力を抜いた。

「ん、く……っ、あ、あ……！」

「……っ、ちは、る」

だが、初めての交合にどうしても身が強ばってしまい、ぎゅっと拒むように締めつけてしまう。

苦しげに息を詰めた恭一郎が、今にもやめようと言い出すのではないかと怖くなって、千春は必死に恭一郎にしがみついた。

開ききった入り口に恭一郎の下生えが擦れる感触に、千春は一瞬戸惑いの声を上げた後、すぐに察してふわりと微笑む。

「はい、った……？」

「……ああ。ちゃんと、全部」

は、と荒く息を切らせつつ、恭一郎も微笑んでくれる。

嬉しくて嬉しくて、千春は恭一郎の首元に抱きついてお礼を言った。

「ありがとうございます、恭一郎さん」

「お礼を言うのはこちらの方だよ」

ふっと笑った恭一郎が、千春を抱きしめて幾度もキスを落としてくる。唇のみならず顔中に降ってくるそれがくすぐったくて、嬉しくて、千春はくすくす笑いながら恭一郎の顔を両手で包み込んだ。

月の光を縒《よ》り合わせたような長い白銀の睫の向こうから、深い青の瞳が自分をじっと見つめている。

いつもは穏やかなその瞳は、今ばかりは欲情に濡って、下さ……っ」

「や……っ、ちゃんと、全部……っ、ぜんぶ、もら
「っ、大丈夫だよ、千春。やめたりしない」

千春の気持ちをちゃんと汲《く》んでくれた恭一郎が、そっと頬を撫でてくる。肩の力を抜いた千春に微笑んで、恭一郎はやわらかくくちづけてきた。

「安心して。全部もらうし、全部あげるから」

「……はい」

ほっと安堵した千春に目を細めて、恭一郎がゆったりとキスを繰り返す。キスに合わせて、はふ、と千春が深く呼吸し始めるのを待って、恭一郎はゆっくり腰を揺らし出した。

「ん、ん……っ、あ、ん、んっ」

寄せては引いていく波のように、少しずつ少しずつ恭一郎の熱が奥に進んでくる。千春が息を詰める度にキスで強ばりを解いて、恭一郎はたっぷりと時間をかけて千春の鞘に雄刀を納めていった。

「は、あ……っ、あ……？」

れて光っていた。

「……千春」

熱く潤んだ声で自分を呼んだ恭一郎が、くっと眉を寄せて低く呻く。

今しも奪い尽くしたい衝動を必死に堪えている恋人の姿に胸の奥がじんと甘く痺れて、千春はもうどうしていいか分からず、恭一郎の顔中にくちづけを返した。

「好き……！　恭一郎さん、大好き……！」

千春の拙《つたな》いキスに目を細めた恭一郎が、ああ、と熱い息を零して呟く。

「私もだ、千春。君が好きで、好きで……。これ以上ないと思っていたのに、どんどん君が好きになるし、もっともっと欲しくなる」

「ん……、僕も……！　僕もです……！」

懸命に訴えた千春を抱きしめた恭一郎が、唇を啄みつつ、動くよと囁きかけてくる。

最初はゆらゆら揺れるくらいだった抽挿は、千春が甘く息を乱し出すにつれて次第に大胆に、激しくなっていった。

「んっ、あっ、あっ、あ……！」

ぬめる熱杭が隘路の敏感な膨らみを優しく擦り上げ、指では届かなかった最奥をトントンと突いてくる。やわらかな内壁はすぐにその快楽を享受して、雄茎にきゅうきゅうと絡みついた。

「きょう、いちろ、さ……っ、んんんっ」

「は……っ、千春」

名前を呼ぶと、すぐに恭一郎が微笑んで、唇を重ねてくれる。

好きだよ、と囁かれながら膨らみきった花茎をやわやわと扱《しご》かれ、熱い熱い滾りで全部を愛されて、千春はあっという間に階《きざはし》を駆け上った。

「あ……っ、あ、あ、あ！」

「……っ、く……」

びくびくと震えながら白花を散らす千春をしっかりと抱きしめて、恭一郎が低い呻き声を漏らす。

「っ、……っ」

肩を強ばらせ、幾度も息を詰めて吐精を堪えた恭一郎は、後孔のきつい締めつけがやわらぐのを待って、ぬるう、と雄茎を引き抜いた。

「は……っ、千春……っ」

荒く胸を上下させる千春を見つめ、そそり立つ熱塊を二、三度扱いて千春の下腹に精を放つ。

びゅ、びゅっと勢いよく肌を打つ熱蜜に小さく身を震わせて、千春はとろりとまた白濁を零した。

甘い絶頂に揺蕩《たゆた》う千春に深い青の目を眇めて、恭一郎が覆い被さってくる。

「……愛している」

囁きと共に落ちてきたくちづけに、僕も、と返しながら、千春はそっと目を閉じた——。

7

病室には、消毒薬の匂いが漂っていた。

ベッドの上で身を起こしたチムニの入院着の襟からは、肩に巻かれた痛々しい包帯が覗いている。傍らの椅子に座って付き添っているテイは心配そうな顔つきをしていたが、チムニはしっかりと背筋を伸ばし、東大尉の質問にハキハキと答えていた。

一通り聞き終えたのだろう、東大尉が恭一郎を振り返って告げる。

「少将、やはり彼らは母国でさらわれて、船でここまで連れてこられたようです。彼らをさらった男たちは、揃いの白い唐服を着ていたとのことでした」

「ああ、そのようだな」

彼らが話しているのは海向こうの隣国の言葉で、恭一郎も多少心得のあるものだった。齟齬《そご》があっては困るため、隣国に赴任経験のある東大尉に任せてはいるが、おおよそは聞き取れている。

テイたちはルツ語しか話せないらしいが、チムニは外国人の家庭でハウスメイドをしていたことがあり、隣国の言葉も堪能とのことだった。

「組織の名前か、もしくは指揮していた者の名前が分かるか、聞いてみてくれるか」

は、と頷いた東大尉が、チムニに質問する。その様子を見守りながら、恭一郎は視線を上げて窓辺に飾られた小さな花束を見やった。

花束は今日、恭一郎が持参したものだった。昨夜、チムニの回復が順調なので彼女のところに事情を聞きに行くと話したところ、今朝になって千春がこれをと差し出してきたのだ。

『チムニさんに、お見舞いに差し上げて下さい。早くよくなりますようにって』

どうやら一太に頼んで、屋敷の庭に咲いている花を摘んで作ったらしい。

行ってらっしゃいと、今朝も玄関先で自分を見送ってくれていた姿を思い出して、恭一郎は思わず笑みを洩《も》らした。

——恭一郎がテイたちルツ族を保護して、数日が経った。

あの時チムニの治療にあたった軍医は、治療を手伝った千春の手際のよさと薬の効力に舌を巻いていた。是非彼の店の薬を仕入れたい、できれば助手にと恭一郎の執務室まで直談判に押しかけてきたが、今のところその話は恭一郎のところで留め置いている。

話せばきっと千春は喜んでと受けてしまうだろうし、そうなった場合、彼に負担がかかることは必至だからだ。

薬を納品するだけならまだしも、助手になぞなったら、千春はこっそり自分の能力を使って怪我人を治療しようとするだろう。あの優しい彼が、怪我で苦しむ人を目の前にして放っておけるはずがない。

——あの夜、恭一郎の想いを受けとめてくれた千春は、翌日も恥ずかしそうではあったが嬉しそうにしてくれていて、だがやはり体は少し怠《だる》そうな様子だった。

仕事を休んでそばにいようとした恭一郎だったが、それをたしなめたのは他ならぬ千春だった。仕方なく渋々嫌々不承不承出勤したものの、千春のことが心配すぎて時々険しい顔になっていたらしく、その日は一日中部下たちに遠巻きにされていた。

幸い千春は元々立ち仕事をしていたこともあって足腰も丈夫らしく、すぐに回復して元気になり、恭一郎も常の穏やかさを取り戻した。

余談だが、東大尉はあまりの恭一郎の不機嫌っぷりに戦《おのの》き、長期休暇をとらせるよう高彪に泣きつくことも考えていたらしい。

『我が軍の平穏のためにも、閣下の許嫁様には是非末永く健やかでいてもらわなければ……』

不機嫌だった理由が許嫁の体調不良だと打ち明けた際そう言っていた東大尉は、重要任務を任されたかのように青い顔をしていて、恭一郎もさすがに少し反省した。部下を怖がらせるのは本意ではない。

ともあれ、千春と想いが通じ合った恭一郎は、その一件以降は穏やかな日々を送っていた。

ずっとくっついていたいと言っていたあの言葉通り、千春は屋敷にいる間は恭一郎のそばにいてくれる。遠慮がちに、お邪魔じゃなかったら今少しお話ししてもいいですか、とこちらを見上げて尋ねてくる千春の可愛さといったらなく、二人きりの時はいつもぴったり体を寄せ合い、手を握ったり見つめ合ったり、くちづけ合ったりして過ごしていた。

体を繋げることこそ千春の負担になるからとあれ以来していないが、眠る時は毎晩恭一郎のベッドで一緒だし、互いの熱を手で慰め合うこともしばしばだ。

大概は恭一郎が千春を抱きしめて横になり、昼間よりも色合いの濃いキスをしているうちにその気になってしまうのだが、気づいた千春はいつも真っ赤な顔で『……しますか？』と聞いてくれる。

恭一郎のそれを小さな手で懸命に愛撫しながら、次第に澄んだ瞳を欲情に潤ませていく千春は愛らしくて愛らしくて、そのまま永遠に腕の中に閉じ込めてしまいたいと幾度思ったか知れない。

キスで濡れた唇から熱い吐息を零し、もじもじと腿を擦り合わせつつも恥ずかしくて触れてほしいと言い出せないでいる初《うぶ》な恋人は、それはそれはもう可愛らしくてたまらず、恭一郎はいつも我慢ができず指だけだからと囁いて、千春の一番深い場所に触れさせてもらっていて――。

「……少将?」

怖々《おずおず》とこちらに声をかけてきた東大尉の声に、恭一郎はふと我に返った。

「……ああ、すまない。少し考えごとをしていた」

取り繕った笑みを浮かべた恭一郎に、東大尉がほっとした顔で笑う。

「よかったです。険しい顔をされていたので、また許嫁様がご体調を崩されたかと焦りました」

「……………」

脂下《やにさ》がった顔をしていなくてよかった。

心底安堵しつつもそれをおくびにも出さず、恭一郎は至極真面目な顔つきで東大尉に聞く。

「それで、彼らをさらった者たちのことはなにか分かったか?」

「はい、どうやら首領は月栄《げつえい》という者のようです。同じ船には乗っていなかったようですが、男たちの会話の中に幾度か名前が出てきたと」

「月栄……」

その名を聞いた途端、恭一郎の脳裏に嫌な記憶が甦《よみがえ》る。

(確か、あの時……)

千春と最初に出会ったあの時、狼姿の自分を撃つよう仲間に命じていた男が、その名で呼ばれていた。

真っ白な唐服を着た、長髪の若い男。

普段なら決して敵方に見つかるようなへまなどしない恭一郎の存在に、目敏《めざと》く気づいた相手――。

睨んでいた通り、やはり黄龍会は薬物や禁制品の密輸だけでなく、人身売買も行っていることがこれではっきりとした。

（そして首領は月栄という男……）

考えを巡らせる恭一郎に、東大尉が告げる。

「それと、気になる話が……。彼らが逃げ出す数日前に、一人の少女が連れて来られたそうです。おそらくどこかの港に立ち寄った際に船に乗せられたのでしょう。ツバキマサヨと名乗っていたそうです」

「……ツバキマサヨ？」

覚えのある名前に、恭一郎は目を見開く。二人の会話を聞いていたチムニが、たまりかねたように口を挟んできた。

『マサヨさん、いい人だった。この国の言葉、教えてくれた』

そう言ったチムニが、辿々しい発音ながらアリガトウ、コンニチハ、オヤスミナサイと単語を挙げていく。

『私たち逃げる時、マサヨさん別の部屋に閉じこめられてて、助けてあげられなかった。マサヨさん、助けてあげて』

『ああ、もちろんだ』

懸命に訴えかけてくるチムニに、恭一郎は頷いた。

東大尉にちらりと視線を投げ、サッとそばに来た彼に声をひそめて告げる。

「……実は、椿男爵の妹の雅代嬢が少し前から行方不明だ」

「では、ツバキマサヨというのは……」

「ああ。彼女の可能性が高い」

眉を寄せて、恭一郎は唸った。

もちろん同姓同名の別人という可能性も捨てきれないが、消息不明になっている『ツバキマサヨ』が二人いるとは考えにくい。

（椿男爵は、雅代嬢は下男と駆け落ちしたと言っていた……。その下男が、なにか事情を知っている可能性が高い）

少し思案して、恭一郎は口を開く。

「東大尉、彼女からその『ツバキマサヨ』さんの特徴をよく聞き出してくれ。私は椿男爵の元に話を聞きに……」

「失礼します！　緊急のご報告が！」

と、その時、病室の外から声がかけられる。入れ、と東大尉が許可すると、彼の部下が慌てた様子で飛び込んできた。

「ご報告申し上げます！　椿男爵が誘拐されたとの報せがありました！」

「……なんだと？」

今し方話題に上がったばかりの人物の名前に、恭一郎は東大尉と顔を見合わせる。だが、驚くのはまだ早かった。

「御者が大怪我を負いながらも報せに参りました！　どうやら馬車が暴漢に襲われ、そのままさらわれたようです！　しかもその馬車には、狼谷少将の婚約者様も乗っておられた様子で……！」

「っ、千春が!?」

ぎょっとして聞き返した恭一郎に、東大尉の部下が青ざめた顔で告げる。

「は……！　御者の話では、椿男爵と共に連れ去られたと……！」

「……っ！」

息を呑み、大きく目を見開いて、恭一郎はぐっと拳を握りしめる。

（連れ去られた……、千春が……!?）

告げられた一言に、一瞬目の前が真っ暗になる。

誰かが千春を、愛しいあの子を、連れ去った。

自分から奪ったのだ――。

ギリッと奥歯を嚙みしめて、恭一郎は押し殺した低い声で唸った。

「……詳しく聞かせろ」

深い青の瞳に、金色の野性が宿る。

爛々《らんらん》と光るその瞳は、番《つがい》を危険に晒された怒りに燃え滾っていた――。

一太たち住み込みの四人は恭一郎が狼の姿になれることを知っており、恭一郎が大怪我をした際に助けたのが千春だったということも聞かされていたらしい。最初から主人の恋路を応援していた彼らは、恭一郎の報告を聞いてとても喜んでくれた。

千春の店をどうするかについては、まだ恭一郎と相談中だ。だが、すでに椿家には予定通り式を執り行うと伝えてある。

(……皆とこれからも一緒にいられるの、嬉しいな)

ここまで植えよう、いやもっと！　とどこまで苺を植えるかで揉めている兄妹をにこにこと見守っていた千春だったが、その時、屋敷の門から一台の馬車が入ってくるのが見える。

見覚えのある馬車に、千春は目を瞬かせた。

「……椿家の馬車？」

それは、千春も一度乗ったことのある椿家の馬車だった。

千春はジョウロを一太に預け、玄関ポーチの前に

◆◆◆

その日、千春はいつも通り仕事に出る恭一郎を見送った後、一太と翠と一緒に庭で花壇の手入れをしていた。

「綺麗に咲くといいね」

花の種を植え終え、ジョウロで水をやる千春に、翠が元気よく言う。

「次は実のなるものがいいです！　苺とか！」

「お、いいな。千春様もお好きだしな！　じゃあ秋になったら苗を仕入れてくるか」

そしたら苺はここらに植えて、と予定を立てる一太と翠に、千春の胸はぽかぽかとあたたかくなる。

(実がなるまで、ううん、その先もずっと、ここにいられるんだ……)

先日、恭一郎は屋敷の皆に、千春が正式に恭一郎と結婚することになったと伝えた。

停車した馬車に駆け寄る。馬車から降りてきた雅章は、千春には目もくれず出迎えた丸井に詰め寄っていた。

「狼谷様に今すぐ取り次ぎを！」

「そう仰られても、旦那様は仕事に出られておりますので……」

困惑する丸井に、雅章が焦ったように言い募る。

「そんなことは分かっている！　だが、軍の詰め所に行っても所用で出かけているとかで、取り合ってもらえなかったんだ！　こっちは一刻を争うって言うのに……！」

「……なにかあったの？」

雅章の様子にただならぬものを感じて、千春は二人の間に割って入った。

千春が雅章に会うのは、最初にこの屋敷に連れてこられた時以来だ。その時からまだ数週間しか経っていないが、心なしか少し痩せ、やつれているように見える。

正式に縁談がまとまったことだし、雅章も安堵しているだろうとばかり思っていたが、違ったのだろうか。

問いかけた千春に、雅章が眉を寄せて唸る。

「……お前には関係ない」

「でも、恭一郎さんに会いたいんだよね？」

相変わらずな物言いをする雅章をまっすぐ見つめて、千春は言う。

「僕なら、恭一郎さんの部下の方とも顔見知りだし、頼めば取り次いでもらえると思う」

ルツ族の一件の際、恭一郎からは幾人か部下を紹介されている。その時恭一郎は、千春が訪ねてきた時はすぐに自分に取り次ぐよう、部下たちに指示してくれていた。

おそらく自分が行けば、恭一郎に連絡をとることは可能だろう。

千春の言葉を聞いて、雅章が勢い込む。

「本当か!?　なら……」

「でも、それには本当に緊急の用かどうか、話を聞かないと判断できない。恭一郎さんの仕事を中断させることになるんだ、話も聞かずに取り次ぐことはできない」

恭一郎は今日、チムニのところに話を聞きに行くと言っていた。ルツ族の人たちを誘拐した犯人を調べる、大切な仕事だ。雅章の話が本当に緊急性のあるものかどうか、きちんと聞いてからでなければ取り次ぎはできない。

きっぱりと言った千春に、雅章はしばらく黙り込んでいた。

睨むような弟の視線をまっすぐ見つめ返していた千春だが、やがて雅章がため息まじりに頷く。

「分かった。話せばいいんだろう」

仕方ないと言わんばかりの雅章に、千春はほっとして微笑みかけた。

「分かってくれてありがとう。中に入って」

「……その物言い、狼谷様にそっくりだな」

嫌そうに言った雅章を応接間に招き入れ、丸井にお茶をお願いする。すぐに香り高い紅茶を淹れてくれた丸井がごゆっくりどうぞと下がったところで、千春は雅章に促した。

「それで、なにがあったの？」

「……雅代の行方が分かった」

湯気を立てる紅茶をじっと見つめて切り出した雅章に、千春は息を呑んだ。

「……っ、雅代さんの!?」

驚く千春に、雅章がああ、と頷いて話し出す。

「実はあの後も、人を使って雅代の行方を追っていたんだ。それで、雅代と一緒に姿を消した下男の故郷で男を捕らえた。……だが、雅代は下男と一緒ではなかった」

「……どういうこと？」

追っ手に気づいて、雅代だけどこか別の場所に隠れたということだろうか。

不思議に思った千春だったが、続く雅章の言葉は想像もしなかったものだった。

「奴は雅代と駆け落ちしたんじゃない。……っ、奴は雅代を……、雅代を売ったんだ！」

「っ、売った、って……」

衝撃的な一言に、千春は言葉を失ってしまう。

雅代は、自らの意思で姿を消したのではなかった。下男の手によって略取されていたのだ――。

「そ……っ、それで、雅代さんは、今どこに!?」

どこに売られたのか、彼女は無事なのかと焦りを募らせた千春に、雅章が苦い表情で言う。

「それが分かっていれば、すぐにも迎えに行っている……！　だが、奴はあろうことか、海外の闇組織に妹を売ったと吐いたんだ！」

大切な妹を誘拐したばかりか、違法な組織に売り払った男への怒りを抑えきれないのだろう。わなわなと震えた雅章が、こめかみに青筋を立てる。

「奴は長年椿家に仕えていたにもかかわらず、はした金に目が眩《くら》んで雅代を売ったんだ！　そしてその金で、故郷で遊び暮らしていた……！　僕の妹を、売った金で！」

叫んだ雅章が、紅茶を一気に呷《あお》る。ガチャン、と勢いよくカップをソーサーに戻した後、雅章はぐっと眉を寄せて呻いた。

「だが、僕はもっと最低だ。雅代がそんな目に遭っているとも知らず、駆け落ちしたんだろうと勘違いして、なんてことをしたんだと怒るばかりで……」

「……雅章くん」

込み上げるものを堪えているのだろう。膝の上で両の拳を固く握りしめ、声を震わせて己を責める雅章を、千春は静かに見守った。

今までずっと尊大な態度ばかりが目についていたけれど、こうして感情を露《あら》わにしている彼は、やはり自分より年下の十八歳の若者なのだなとひしひしと感じる。

若くして当主となった彼は、ずっと家を守らなければと気を張っていたのだろう。だからこそ、男の千春を妹の身代わりに結婚させようなどとも考えたのだ。

けれど彼はきっと、本来は妹思いで真面目な、優しい兄なのだ。駆け落ちしたと思っていた雅代のことをずっと探し続けていたのも、家のために連れ戻そうとしていたということもあるだろうが、それ以上に妹のことが心配だったに違いない――。

はあ、と感情を吐き出すように重いため息をついた後、雅章が続ける。

「下男が妹を売ったのは、黄龍会と呼ばれる組織らしい。調べたところ、黄龍会は隣国の秘密結社で、国際的な犯罪組織だそうだ。奴らは揃いの白い唐服を着ていて、商船を装って各国で薬物や禁制品の密輸入を行っているらしい」

「白い唐服……」

雅章の言葉に引っかかりを覚えて、千春は思い返した。

(……確かテイさんも、白ずくめの男たちにさらわれたって言っていた)

だが、ルツ族の母国はここから遠く離れた島国だ。その黄龍会という組織と関係あるだろうか。

考え込んだ千春だが、そこで雅章がじっと自分を見つめていることに気づく。千春が視線を向けると、雅章はぽつりと呟いた。

「やはり、お前に助けを求めるべきじゃなかった」

「え……」

それは一体どういう意味かと戸惑う千春に、雅章がきっぱりと言う。

「言っておくが、僕は雅代を見つけたらお前には身を引いてもらうつもりだ。雅代にとって、狼谷様以上に条件のいい結婚相手などいない。雅代が駆け落ちするつもりだったわけではない以上、狼谷様には雅代との縁談を承諾してもらう」

睨むように千春を見据えて、雅章が続ける。

「狼谷様はお前と結婚するつもりのようだが、そもそもの許嫁は雅代だ。雅代の幸せのため、僕はどんな手を使っても狼谷様を説得する。だから、お前の助けを借りるわけには……」

「そんなこと言ってる場合じゃないだろ！」

雅章の言葉を遮って、千春は立ち上がった。驚いたようにこちらを見上げる雅章の方に回り、その腕を取って立たせる。

「こんなことしてる間にも、雅代さんはつらい思いをしてるかもしれないんだ！　早く恭一郎さんに知らせて、探してもらわないと……！」

行くよ、と雅章の腕を引いて玄関へと歩き出した千春に、雅章がぽかんとした顔で聞いてくる。

「……協力してくれるのか？」

「当たり前だよ！　だって雅代さんは僕にとっても妹なんだよ⁉」

慌てて走り寄ってくる丸井に、恭一郎さんのところに行ってきますと簡潔に告げて、千春は雅章を連れて玄関を出た。ポーチの前に停まっていた彼の馬車に雅章を押し込みながら言う。

「病院へ！　恭一郎さんは今日、軍の病院に行ってるんだ。ここからなら、直接向かった方が早い」

「あ、ああ。おい、病院へ急いでくれ」

千春の言葉を受けて、雅章が御者に病院へと指示を出す。

彼に続いて馬車に乗り込みながら、千春は考えを巡らせた。

（もしかしたら、チムニさんやテイさんを誘拐した組織は、雅代さんをさらったのと同じ黄龍会かもしれない）

今はまだ白い服という共通点しかないけれど、雅章の話では黄龍会は国際的な犯罪組織ということだった。もし二つの事件に同じ組織が関わっているのだとしたら、早く恭一郎に知らせるべきだ。

動き出した馬車の中、雅章が居心地の悪そうな顔つきで千春に問いかけてくる。

「協力してくれるのはありがたいが……、お前はそれでいいのか？　狼谷様との結婚を承諾したということは、お前はその、狼谷様と……」

言いにくそうにする雅章に、千春は頭を振って答えた。

「そのことは後で相談しよう」

正直なところ、雅章の話を聞いて少なからず動揺してはいる。

恭一郎の正式な許嫁は、雅代だ。彼女が無事に戻ってきたら、身代わりの自分は本来なら身を引くべきだろう。妹の幸せを願う雅章の気持ちも分かるし、千春だって同じ気持ちでいる。

だが、千春にとって恭一郎は、生涯を共にしたいと思ったかけがえのない相手だ。恭一郎も同じ気持ちだと信じているし、なにがあっても添い遂げたいと思っている。

──しかし今は、そのことで雅章と揉めている場合ではない。

「僕は恭一郎さんのことを愛してるし、一緒になりたいと思ってる。でも、自分が幸せになるために妹を見殺しにする気なんてないよ」

「…………」

「雅章くんは嫌かもしれないけど、それでも僕は君たちの兄なんだ。だから、今は雅代さんが無事に戻ってくるよう、全力を尽くすよ」

きっぱりと言い切った千春を、雅章はしばらく無言で見つめていた。

やがて、ぐっと眉を寄せて呟く。

「……悪かった」

「…………えっ」

聞こえてきた予想外の言葉に、千春は反応が遅れてしまう。

大きく目を瞠った千春に、雅章は少し決まり悪そうな表情をしながらも、もう一度謝ってきた。

「悪かった、と言ったんだ。その、僕はお前……、いや、あなたに勝手に劣等感を抱いていたんだ。父はあなたの母のことを、ずっと愛しているようだったから……」

「……母のことを？」

驚いて聞き返した千春に、雅章が頷いて言う。

「ああ。父は一人でいる時、よくロケットを眺めていた。とても大切にしている様子で、肌身離さず身につけていて……。母に聞いたところ、結ばれなかった恋人との思い出の品だと言っていた」

「……っ、それって、まさかこれ？」

雅章の言葉に思い当たって、千春は下げていたロケットを首から外す。少し形が歪《ゆが》んだそのロケットを見て、雅章が言う。

「そうだ、それと同じものだった。父の遺品はまだ取ってあるから、屋敷に同じものが残っている」

「……そうなんだ……」

父がこれと同じものを持っていた。

ずっと大切にして、時々眺めては母のことを思い出してくれていた――。

（やっぱり父さんは、母さんのことをずっと想っていてくれたんだ……）

じわ、と胸が熱くなって、千春は手にしたロケットをじっと見つめた。

揺れる馬車の中、雅章が続ける。

「僕がロケットについて聞いた時、母は少し寂しそうに微笑んでいた。母上はそれでいいのですかと聞いても、あなたも大人になればいずれ分かる、父には感謝しているとしか言わなくて、僕はそれが悔しくて……」

そこまで言いかけた雅章が、途中で頭を振る。

「……いや、違うな。今思えば多分、僕は寂しかったんだ。自分が父親に望まれて生まれた存在じゃないということを、認めたくなかった」

「雅章くん……」

膝の上に乗せた拳をぐっと握りしめ、自分の感情と向き合う雅章に、千春は少し躊躇いつつも口を噤《つぐ》んだ。

望まれて生まれたわけじゃないなんて、そんなことはないと言いたい。けれど、自分は父のなにも知らない。それに、父が千春の母との結婚を望んでいたこと、それが叶わなかったから雅章が生まれたことは事実だ。

なにも言えず黙り込んだ千春に、雅章が少し苦笑して言う。

「すまない、こんな話をして。父は僕のことも雅代のことも、ちゃんと愛してくれていた。分かっていたはずなのに、僕はあなたへの劣等感でそれを忘れていたんだ。もし父が亡くなる前にあなたの存在を知っていたら、愛した人との子で、しかも一族の誉《ほま》れである治癒能力を持つあなたを当主にしただろうと思って……。本当にすまなかった」

もう一度謝った雅章に、千春は慌てて言った。

「そんな、気にしないで。僕、自分に兄弟がいるって聞いた時、本当に嬉しかったんだ。僕には家族と呼べる人がいるんだって思ったし、父さんのことも知ることができて嬉しかった。……だから、雅代さんのことも絶対に助けたい」

改めてそう言った千春に、雅章も頷く。

「ああ。必ず無事に助け出してみせる。力を貸してくれ、……兄さん」

少し照れくさそうにしつつも自分を兄と呼んでくれた雅章に、千春は大きく頷いた。

「！　うん、もちろん！　僕にできることはなんでも……」

――その時だった。

千春が皆まで言い終わるより早く、馬車が急停車する。

「う、わ……っ!?」

「兄さん！」

馬のいななきと共に大きく揺れた車内で、椅子から転げ落ちそうになった千春を、咄嗟に雅章が支えてくれる。床に膝をついた千春は、目を見開きつつ雅章にお礼を言った。

「あ……、ありがとう。今のは？」

「さあ。おい、なにかあったのか!?」

て声をかける。

千春を支え起こしつつ、雅章が外の御者に向かって声をかける。


しかし聞こえてきたのは――。

「だ……、旦那様、お逃げ下さい！　暴漢が……、うわあっ！」

御者の悲鳴と同時に、荒々しい足音が馬車を取り囲む。驚いて息を呑んだ二人だったが、その時、馬車の扉が乱暴に開かれた。

「椿男爵だな？　外に出ろ」

雅章を見るなり命じた男の手には、黒光りする短筒が握られていた。身に纏っているのは真っ白な唐服で――。

「我々と共に来い。……お前もだ」

じろりと千春を見やった男が、こちらに銃口を向けて言う。

「もたもたするな。さっさと降りろ！」

「……っ」

混乱と恐怖に青ざめつつ、千春は雅章と共に馬車を降りる。

誰もいなくなった車内には、千春の手から落ちたロケットがぽつんと、転がっていた――。


後ろ手に縛られたまま、千春はそっと膝立ちで扉ににじり寄った。

息を押し殺し、廊下から漏れ聞こえてくる声に耳を澄ます。

『ったく、なんでオレたちがこっちの見張りなんだ？　どうせだったら女の方がよかったぜ』

『あんなガキのどこがいいんだよ。この前逃げたルツ族の女の方が、よっぽど美人じゃねえか』

『そうか？　オレはその前に捕まえたあの褐色の肌の女の方が……』

品定めを始めた男たちは、隣国の言葉を使っている。千春は息をひそめて、彼らの会話に耳を傾け続けた。

千春と雅章が白ずくめの男たちに捕らわれて、半日ほどが経った。

あの後、縛り上げられ、目隠しをされた二人は、別の馬車に乗せられて移動させられた。視界が遮られていたので確かなことは言えないが、馬車から降りた時に潮の匂いがしたし、海鳥の鳴き声もしていたから、おそらく着いたのは港だったのだろう。

そして言われるがまま歩かされ、狭い一室に閉じ込められたのだ――。

(窓がないから分からないけど、多分ここは船の中だ。このままだと、船でどこかに連れ去られる)

かろうじて目隠しは取られたが、手は縛られたままだし、外には見張りもいる。どうにか逃げる隙はないかと窺《うかが》っているが、見張りたちは雑談ばかりでいつ出航するかなど具体的なことをなかなか話さない。

(……でも、彼らの正体は分かった)

だんだん下劣な話題になってきた会話に耳をそばだてることを切り上げて、千春は部屋の奥にいる雅章の元にそっと戻った。

「どうだった?」

小声で聞いてくる雅章に、こちらも声をひそめて答える。

「僕たちを襲ったのは、黄龍会だ。多分、雅代さんもこの船内のどこかに閉じ込められている」

「……! そうか……!」

雅代が近くにいると分かって、パッと顔を明るくする雅章に、千春は問いかけた。

「あいつら、襲ってきた時に、椿男爵だなって確認してたよね。雅章くんが誰か知っててさらったってことは、雅代さんも椿家の人間だから狙われたんじゃないかと思うけど……、心当たりはある?」

「僕もそれを考えていたが、なにも思い当たることがないんだ。身代金目的なら、雅代を捕らえた時点で僕になにか要求してきそうなものだが、それもなかったし……」

唸った雅章が、真剣な眼差しで聞いてくる。

「だが、雅代もいるとなれば尚更、どうにか雅代を助けて逃げ出さないとな。奴らは他になんて?」

「雑談ばかりでなにも。せめて出航がいつか分かればいいんだけど……」

この国では、出航の際に検閲官が船に乗り込み、船の積み荷を査察する決まりになっている。乗組員全員揃えての身体検査も行われるため、その際には必ず見張りが外れるし、丸腰になるはずだ。

その時を見計らって脱出できれば、と考えた千春に、雅章がくるりと後ろを向いて手の中のものを見せる。

「さっき部屋の隅で見つけた。これで縄が切れるだろう」

雅章が手にしていたのは、陶器の破片だった。一片が鋭く尖っており、確かにうまく使えば縄を切ることができそうだ。

「これをどこかに隠しておいて……」

「……しっ、静かに。誰か来たみたい」

雅章を遮って、千春は扉にそっと近寄った。先ほどの二人とはまた違う男の声が聞こえてくる。

『おい、甲板に上がれ。身体検査だ』

『もう出航か? 早いな』

『月栄様が嫌な予感がするんだってよ』

そう言った男が、こちらに歩み寄ってくる気配がする。千春は慌てて部屋の奥に戻り、屈み込んで雅章に身を寄せた。

ガチャガチャと鍵を開ける音に続いて扉が開き、白い唐服を着た男がこちらをじろりと眺めて言う。

『椿男爵の身柄さえ押さえれば、この国にもう用はないからな。さっさと出るに越したことねえだろ』

『確か治癒能力だったか? 本当にこいつにそんな力があるのか?』

『知らねえよ。けど、妹の方になかったんだから仕方ねえだろ。ったく、あの男、金だけ巻き上げてうまいこと逃げやがって』

『こっちはもう商談が進んでるってのにな。ま、椿男爵にその能力とやらがなかったとしても、妹と子供を作らせりゃ、そいつが能力持ちになる可能性は高い。他に直系の人間はいないんだし、先方だって納得せざるを得ないだろ』

じろじろと雅章を眺めながら、男たちが会話を交わす。千春は必死に驚きを堪え、言葉が分からない振りをした。

（まさか、こいつらの目的が椿家の治癒能力だったなんて……）

あの男というのは、雅代を彼らに引き渡した下男のことだろう。おそらく彼が椿家で働くうちに、どこかで治癒能力のことを知り、黄龍会に取引を持ちかけたのだ。

そして黄龍会は、雅代に治癒能力がないことに気づき、兄の雅章を狙った。彼らは取引相手に、あろうことか、能力者を手に入れたければ兄妹で子供を作らせればいいと持ちかけようとしている――。

（そんなこと……！）

非人道的極まりない男たちに憤りを覚えた千春だが、その時、男たちの視線がこちらに向く。

『こいつはどうする？ いい服着てるし、どうせいいとこの坊ちゃんだろ？ 身代金でも取るのか？』

『馬鹿、もう出航だって言ったろ。いつも通りここでこき使った後は、どこぞの好事家に売り払うんじゃねえか？ 顔もそこそこ整ってるしな』

勝手なことを言いつつ、男たちが千春と雅章の手首の縄を確認する。雅章が持っていた陶器の破片が見つかるのではと危惧《きぐ》した千春だったが、男たちは気づかなかった様子で引き上げていった。

『どっかに繋いどかなくて大丈夫か？』

『縛ってあるし、検査が終わればすぐ戻れんだから必要ねえだろ。それより急げ。月栄様が一刻も早く出航するって言って聞かねえんだよ』

パタンと扉を閉めた男たちが、また鍵をかけ直しながら言う。

『月栄様の勘は当たるからな。この間もほら、オレたちは難を逃れたけど、倉庫に残ってた奴らがデカい犬に襲われたって話があっただろ。あん時も月栄様が嫌な予感がするって言い出して、早めに船に移動したんだよな』

『ああ、そうだった。でもさ、あれ、前にオレらが追い回した銀色の狼が復讐《ふくしゅう》に来たんじゃねえか？』

『そんなわけねえだろ。あんだけ血ぃ流してたんだ、どっかでくたばったはずだって』

（……っ、銀色の狼って……）

彼らの言葉に、千春は大きく目を見開く。

大怪我を負った、銀色の狼。それは、狼姿の恭一郎に他ならない。

恭一郎にあの深手を負わせたのは、黄龍会だったのだ――。

（っ、許せない……！）

ぐっと拳を握りしめ、千春は込み上げる怒りを懸命に堪えた。

できることなら、恭一郎をあんな目に遭わせた彼らを同じ目に遭わせてやりたい。どれだけ苦痛だったか、思い知らせてやりたい。

けれど、今の自分が飛び出していったところで、彼らに敵《かな》うわけがない。

（……まずはここを出ること、だ）

怒りを堪えて、千春は自分に言い聞かせた。

三人の足音が遠ざかるのを待ち、完全に人の気配がしなくなってから、雅章に告げる。

「雅章くん、この船はもうすぐ出航するらしい。今すぐ逃げないと……！　さっきの破片は？」

「待ってくれ、あっちに……」

どうやら雅章は、見張りの男たちが部屋に入ってくる寸前で破片を投げ捨てたらしい。探しに行った雅章が、あった、と声を上げて自分の縄を切り始める。

後ろ手で懸命に縄を切る彼に、千春は手短に事情を説明した。

「さっきあいつらが話してたんだけど、どうやら雅代さんを黄龍会に売り渡した下男が、治癒能力のことを話していたらしい。それで雅代さんと雅章くんが狙われたみたいだ」

「っ、あいつめ、そんなことを……！」

忌々《いまいま》しげに呟いた雅章が、自分の縄を切り終える。すぐに千春の手の縄を解きつつ、雅章は詫びてきた。

「だが、そうなると兄さんは巻き込まれたということか。すまない、僕が協力を頼んだばかりに……」

「水くさいこと言わないで。それより、早くここを出て雅代さんを探さないと……」

「そうだな。……っと、解けたぞ」

頷いた雅章が、千春の縄を解き終える。少し痺れた感覚のする手首を回しつつ、千春はお礼を言って立ち上がった。

「ありがとう、雅章くん。すぐこの部屋を出よう」

「ああ。だが、あの鍵はどうする？　なにか針金みたいなものを探すか？」

「……いや、そんな時間はないと思う」

自分は鍵開けなんてやったこともないし、それは雅章だって同じだろう。

千春は部屋を見回し、重そうな椅子を扉の前まで引っ張った。

「これで壊そう。今なら多少音が出ても、誰も気づかないはずだ」

「分かった。僕も手伝おう」

頷いた雅章が、椅子の反対側に回る。両側から椅子を持ち上げた二人は、声を揃えて扉の取っ手に向かって思い切り椅子を振り下ろした。

「せーの！」

ガンッと響いた大きな音に、ドッと心臓が跳ね上がる。思わず手をとめ、雅章と顔を見合わせて耳をそばだてた千春だったが、誰も駆けつけてくる気配はなかった。

「……もう一回やろう。せーの！」

再度椅子を打ちつけた瞬間、ガコッと音がして取っ手が取れる。キイ、と力なく開いた扉からそっと顔を出して、千春は外の様子を窺った。

「……よし、誰もいない。行こう」

雅章を促して、緊張しつつ部屋を出る。

無機質な廊下には、見張りたちが使っていたのだろう椅子が二脚残されていた。

「雅代はどこに……」

「多分、あっちじゃないかな」

辺りを見回す雅章に、千春は小声で廊下の奥を指し示した。様子を窺いつつ、身を屈めるようにして小走りに進み出す千春に、雅章が問いかけてくる。

「どうして分かるんだ？」

「この手の船には、よく薬を届けに行っていたから。船室の位置とか、大体一緒だしね」

港町だったため、薬ができたら船まで届けてほしいという依頼はしょっちゅうあった。隣国の商船にもよく出入りしていたため、どこにどんな部屋があるかは大体見当がつく。

（僕たちが閉じ込められてたのは、物置だった。同じような部屋は、多分……）

息をひそめて辺りを窺いつつ、曲がり角を曲がる。

辿り着いた部屋の前には、やはり椅子が二脚残されていた。

「……雅代、いるか？」

コンコンと扉を叩《たた》いた雅章が、小声で呼びかける。

すると中から、若い女性の声がした。

「……お兄様？　お兄様なの？」

「雅代だ……！　ああ、僕だ、雅章だよ」

パッと顔を輝かせた雅章を、千春は急いで下がらせる。

「雅章くん、下がって。……っ！」

椅子を取っ手に叩きつけて破壊し、扉を開ける。

中に入ると、奥で後ろ手に縛られている着物姿の少女がいた。

「お兄様！」

「雅代……！　ああ、よく無事で……！」

駆け寄った雅章が、雅代を抱きしめる。千春は雅代の手の縄を解いて告げた。

「雅代さん、初めまして。詳しいことは後で話すけど、僕はあなたの母違いの兄で神楽《かぐら》千春といいます。早速だけど、すぐにここから逃げよう」

「あ……、え……、あ、兄……？　あの、ごめんなさい。私、実は足を捻挫《ねんざ》しておりますの」

千春の言葉に目を瞠りつつ、雅代が言う。

「先日、機会を窺って逃げようとして、挫《くじ》いてしまって……」

「診せて」

短く言って、千春は雅代の足首を確認する。

紫色に腫《は》れ上がった足首を見て、千春はそこに手を翳した。ふわ、と溢れたあたたかな光に、雅代が目を瞠る。

「……っ、まさか、その力……」

「兄さんは治癒能力の持ち主だ。父さんと同じだ」

雅章の言葉に、雅代はますます大きく目を見開いて千春を見つめてきた。

「じゃあ、本当に……？　本当に、この方は私のお兄様……？」

「……そう呼んでくれると嬉しいな」

お兄様だなんてくすぐったいが、雅代にも兄だと思ってもらえたら嬉しい。

治癒を終えた千春に、雅代がおずおずと礼を言う。

「あの、ありがとうございます」

「気にしないで。……行こう」

力を使ったせいで少し目眩がするのを堪えつつ、千春は二人を促した。

だが、部屋を出ようとしたその時、大きな汽笛の音が響き渡る。

「……っ、出航の合図だ。早くしないと……！」

この音がしたということは、検査はもう済んで、役人も船を降りたということだ。急がなければ、船が港から離れてしまう。

千春は先ほど来た方向へと二人を促した。

「こっちから裏口に出て、海に飛び込もう。今ならまだ、泳いで岸に辿り着ける」

「分かった。雅代、僕の後に続いて……」

頷いた雅章が雅代に声をかけるが、その時、行く手から男たちの声が聞こえてくる。千春は息を呑んで二人に告げた。

「っ、誰か来る……！　引き返して！」

すぐさま身を翻した雅章が、雅代の手を引いて廊下を駆け戻る。二人の後を追った千春だったが、すぐに背後で男たちの大声が響いた。

「見つかった！」

「どっちへ行けばいい!?」

「あそこの角を左へ！　早く！」

こうなったらとにかく逃げるしかない。甲板へ出る最短の道を指示して、千春は懸命に走った。途中、廊下に置かれていた椅子を追ってくる男たちに投げつけ、どうにか時間稼ぎを試みる。

「……っ、そこの階段を上がって！　甲板に出たらとにかく海へ！」

「雅代！　先に行け！」

狭い階段を見て、雅章が雅代を先に上がらせる。二人の後に続いて、千春も階段を駆け上った。

「雅章くん、早く……、……っ」

茜色《あかね》の陽光に目を眇めつつ、外に出た千春は雅章に声をかけようとして——、息を呑んだ。

「……っ、囲まれた……！」

雅代の肩を抱いて、雅章が呻く。

——甲板には、十数人の男たちがひしめいていた。いずれも白い唐服を着ており、驚いたようにこちらを見ている。

『……どういうことだ？』

最初に口を開いたのは、男たちの中心にいた長い黒髪の青年だった。

年の頃は二十代後半だろうか。怜悧《れいり》な美貌の持ち主だが、その視線は鋭い。

『私は獲物を閉じ込めておくよう言ったはずだが。それが何故ここにいる？』

『す……っ、すみません、月栄様！　おい、すぐにあいつらを捕らえろ！』

「っ、走れ！」

青年に睨まれた一人が周囲に命じるや否や、千春は雅章たちに向かって叫んだ。唯一男たちがいない背後の方へ二人の背を押し、走り寄ってくる男たちに立ち向かう。

一人その場に残った千春に、雅章が叫んだ。

「兄さん！」

「いいから海に！　早く！」

船はすでに沖に向かってゆるやかに進んでいる。一刻も早く海に飛び込まなければ、逃げる機会を失ってしまう。

強い声で雅章を叱咤《しった》して、千春は二人を追いかけようとする男たちに向かって大声で告げた。

『お前たちの探している治癒能力者は、僕だ！　彼女の足は僕が治した！』

雅章と共に走る雅代を見て、男たちが一瞬戸惑った表情を浮かべる。その隙を逃さず、千春は雅章たちとは違う方向へ走り出した。

『嘘だと思うなら、僕を捕まえて……、……っ！』

しかし次の瞬間、腕を何者かに摑まれる。痛みに呻いて振り返った千春は、こちらをひたと見据える月栄の冷たい視線に息を呑んだ。

「……何者だ？」

流暢《りゅうちょう》な発音で、月栄が問いかけてくる。目を瞠った千春に構わず、月栄は眉を寄せて続けた。

「兄だと？　椿家の直系はあの二人だけではなかったのか？」

先ほど雅章が千春を兄と呼んだのを聞いていたのだろう。きつく目を眇める月栄には答えず、千春はその腕から逃れようとした。

「……っ、離せ……！」

暴れかけた千春だが、その時、雅代の悲鳴が聞こえてくる。

「嫌……っ！　お離しなさい！」

「雅代！　くそっ、離せ！」

見れば、雅章たちが男たちに捕らえられ、こちらに連れてこられるところだった。悔しさに顔を歪めた千春を見据えて、月栄が思案する。

「先ほどの言葉、咄嗟の嘘ではなさそうだが……。試してみるか」

「え……」

試すとは一体、と戸惑った千春をよそに、月栄が男たちに命じる。

『男の方の指を切り落とせ』

「な……っ！　やめろ！」

叫ぶ千春を冷たい目で見下ろし、月栄が言う。

「お前の能力がどれほどのものか、見せてみろ。大事な弟だ、すぐ治してやれるだろう？」

「この……っ！　離せ！　二人に手出しするな！」

暴れる千春に、月栄がチッと舌打ちする。

『おい、早く指を……』

——その時だった。

突如、前方から強風が吹きつけてくる。とても立っていられないほどの風に、甲板にいた人間は皆その場に膝をついた。

『な……っ、なんだ、いきなり……！』

『嵐か!?　船が進んでないぞ!?』

騒ぐ男たちをよそに、目を眇めた月栄が苛々と命じる。

『全員船内に……』

だがその声は、唐突に鳴り響いた警告音に掻き消される。耳をつんざくようなその音がする方を見やり、千春は息を呑んだ。

「……っ、恭一郎さん!?」

千春たちを乗せた船の後方から、複数の大きな船が追いかけてきていたのだ。軍旗が翻るその船団の先頭の船首には、遠目でも分かるほど巨大な白銀の狼の姿があった。

『あれは……』

千春の腕を掴んだまま、月栄が眉を寄せる。

と、その時、狼がダンッと舳先に前脚をかけ、大空に向かって咆哮を上げた。

「オォオオオ……！」

茜の空に、遠吠えが響き渡る。

その瞬間、銀狼を乗せた船がぐんと速度を上げ、こちらへと近づいてきた。

「恭一郎さん……！」

声を上げた千春を見つめた銀狼が、タッと跳躍する。ひらりとこちらの船に飛び移った巨大な狼を見て、男たちが震え上がった。

『ば、化け物……！』

『怯むな！　相手は獣だ！　殺せ！　武器を持ってこい！』

月栄の命令に、男たちが狼狽えながらも武器を取りに船内へと駆け戻ろうとする。だが、それより速く、ギラリと目を光らせた狼が周囲の男たちに襲いかかった。

『ぎゃ……っ！』

『た、助けてくれ……！』

巨大な狼が、手当たり次第男たちを咥《くわ》えては海へと放り出す。中には近づいてきた軍船に落ちた者もおり、すぐさま駆け寄ってきた軍人たちによって捕らえられていた。

『くそ……！』

呻いた月栄が、懐に手をやる。千春は咄嗟に体当たりして、月栄の動きを遮った。

「やめろ！」

『っ、この……っ！』

倒れ込みながらも必死にしがみつき、狼に銃を向けようとする月栄を阻む。

『邪魔だ……！』

カッと目を見開いた月栄が、叫ぶなり千春へと銃口を向けた。

「……っ！」

「千春！」

千春が息を呑んだ次の瞬間、白銀の光が二人の間に飛び込んでくる。

同時に、バンッと凄《すさ》まじい破裂音が千春の鼓膜を震わせた。

「グ、ウ……！」

千春の代わりに銃撃を受けて呻いた銀狼が、一瞬よろけつつもすぐさま体勢を立て直し、月栄へと飛びかかる。

『っ！　く……！』

グルルッと低い唸り声を上げて月栄の肩に喰《く》らいついた銀狼が、ドッと月栄を引き倒す。月栄に馬乗りになった狼が、その太い前脚で銃を握る腕をしっかりと踏みしめているのを見て、千春は月栄の手に飛びついた。

「離せ……！」

無我夢中で銃を奪い、遠くへと投げ捨てる。

『この……っ、どけ！　どけっ！』

暴れる月栄をものともせず、肩に咬みついたまま押さえ込んでいる銀狼だが、その胸元は見る間に真っ赤に染まっていっている。

と、その時、甲板の向こうから東大尉が駆け寄ってきた。

「少将！　千春様、お下がり下さい！」

どうやら船を着けることができたらしい。東大尉の肩越しに、乗り込んできた軍人たちが次々に男たちを捕縛しているのが見えた。

雅章と雅代を捕らえていた男たちも、甲板の隅に追いつめられている。二人はすでに軍人たちの手によって保護されていた。

「少将、この者は私が！　すぐに医者の手配をしますから、今のうちにお戻り下さい……！」

どうやら東大尉は、恭一郎が狼の姿になれることを知っているらしい。チラッと大尉を見やった銀狼が、ようやく月栄の上からどき、ドッとその場に倒れ込む。

甲板に横たわった銀狼に、千春は慌てて飛びついた。

「恭一郎さん！　すぐ手当てを……！」

「……っ、駄目だ、千春」

だが、巨大な狼の姿のまま、恭一郎が呻く。

千春は荒く息をつく彼のそばに膝をつき、その胸元に手を翳して言った。

「じっとしてて下さい、恭一郎さん。すぐ治しますから……！」

「駄目、だ……！」

喘鳴《ぜんめい》を繰り返しながらも、銀狼が身をよじって千春の手から逃れようとする。

「こんな、怪我……っ、君が無事では、……っ、済まない……！」

苦しげに呻きながらも千春の身を案じる狼に、千春はぐっと眉を寄せた。朦朧《もうろう》とした深い青の瞳を見つめて叫ぶ。

「っ、言ったはずです！　僕はあなたを失いたくない！　あなたがいないと駄目だって……！」

「千春……」

「恭一郎さんだって、約束してくれたじゃないですか！　なにがあっても一人にしないって！」

ぐっと、血に濡れた白銀の被毛に手を押し当てて、千春は呼吸を整えた。

混乱と怒りと恐怖がないまぜになった心を必死に鎮めて、誓う。

「僕は絶対にあなたを助ける……！　あなたを死なせたりしない！」

「……っ、千春……」

呻く白銀の狼の胸元に両手を当てて、千春は目を閉じた。

(治すんだ……！　僕の全部をかけてもいい、この人を絶対、絶対助ける……！)

強く、強く念じた千春の両手から、眩いほどの光が溢れ出す。

無数の光の粒子が銀狼と千春を包み込んだその瞬

間、――千春の意識はぷつっと、闇に呑まれた。


――ふ、と千春が目を開けると、そこは曖昧模糊《もこ》とした世界だった。

五感のすべてがふわふわとしていて、厚い布で遮られているかのように、あるいはあたたかい水に包まれているかのように、なにもかもが遠く感じる。

（ここ、は……？）

ぼんやりと辺りを見渡すうち、だんだんと視界がはっきりしてくる。

――そこは、どこかの街角のようだった。

千春には見覚えのない街で、忙《せわ》しなく人々が行き交っている。

ぼんやりとその様子を見ていた千春だったが、その時、一人の男性が目の前を駆けていった。上等なスーツに山高帽を被った若い彼をなんとはなしに目で追いかけて、千春は息を呑む。

「……っ、ごめん、待たせたね……！」

彼が駆け寄った若い女性――、袴姿で長い髪を大きなリボンで結った女学生は、千春の母、美千代《みちよ》だったのだ。

（母さん……！　っ！）

思わず声を上げようとして、千春は自分の口からなにも音が出ないことに驚く。

すぐ近くにいる千春のことなど見えないかのように、母が男性に向かって唇を尖らせた。

「遅いわよ、春雅《はるまさ》さん」

「ごめんごめん。少し寄るところがあってさ」

（春雅って……、じゃあ、この人が……）

初めて見る父の姿に目を瞠ると同時に、千春はこれが自分の父と母の過去だということに気づく。

自分は今、両親の若い頃の場面に立ち会っているのだ――。

「さ、歩こうか。お手をどうぞ、お嬢さん」

「ふふ。じゃあお言葉に甘えて」

腕を組んだ二人が、ゆっくりと歩き出す。千春は少し躊躇いつつ、彼らの後をついていった。

（……父さん、こんな顔をしてたんだ……）

楽しそうに談笑しながら歩く両親を後ろから見守りつつ、そっと観察する。

母は二十代半ばで自分を産んだはずだから、きっとこれはそれより七、八年くらい前、今から三十年前くらいのことだろう。生前母が言っていたように千春は父似のようで、あまり背の高くない、細い体型もそっくりだった。

（っ、母さん……）

この後二人に待ち受けている運命を思うと、やりきれない気持ちになる。

どうにかして二人にこちらの意思を伝える方法はないか、せめて自分が彼らの子供だと、感謝していると伝えることはできないかと考えていた千春だが、その時、母が父の方を見て問いかけた。

「そういえば、今日はどこに寄ってきたの？　可愛い恋人を放って」

「放っておくつもりはなかったんだが……、困ったな。もう少しいい雰囲気で渡したかったんだけど」

苦笑しつつ足をとめた父が、懐から小さな箱を取り出す。中に入っていたのは、あの揃いのロケットだった。

「これは？」

「昔から懇意にしている職人に作ってもらったんだ。……君に結婚を申し込みたくて」

西洋では指輪を贈り合うそうだけど、と少し照れくさそうに笑った父が、母にそっと問いかける。

「父の説得にはまだ時間がかかりそうだけど、必ず許しをもらうよ。だからいずれ、結婚してほしい」

「…………」

「美千代さん、返事は……」

緊張した面《おも》もちで言った父に、母が飛びついた。わっと声を上げた父に、周りの人が振り返る。

「そんなの、決まってるわ！　ええ、もちろん！」

「よ、よかった……。……美千代さん、その、皆が見てるよ」

「あら」

我に返り、恥ずかしそうに笑った母に、父も微笑む。幸せそうな両親の姿に、千春も胸がじんと熱くなった、──その時だった。

「……っ、あの子……」

突如、顔つきを変えた母が、こちらをじっと見つめてくる。まさか自分に気づいたのかとドキッとした千春だったが、母の視線は千春よりもっと遠くに注がれていた。

（……？　あ……！）

不思議に思ってそっと後ろを振り返り、千春は目を瞠る。

──そこには、大きな道を横切ろうとしている子供の姿があった。
三、四歳くらいだろうか。身なりがよく、可愛らしい帽子を被っている。すぐ近くの店から出てきた様子で、その視線の先には空高く舞い上がる風船があった。どうやら持っていた風船を放してしまったらしい。
とととと、と道の真ん中まで追いかけたその子は、もう手の届かない風船を見上げて、ぐしゃっと顔を歪めた。その場に座り込み、火がついたように泣き出した子にうろたえた千春だったが、次の瞬間、そのそばを母が駆け抜けていく。

「美千代さん!?　……っ、あ！」

驚いたように声を上げた父が、母の向かう先を見て慌てて後を追う。

一体何事かと見やって、千春は目を疑った。

泣きじゃくる子供に向かって、馬車が猛スピードで突っ込んできていたのだ。御者が必死に馬を落ち着かせようとしているが、興奮した馬はまるで言うことを聞きそうになくて──。

（危ない……！）

急いで二人に続いた千春だが、距離が遠くてとても間に合いそうにない。

周囲は暴走する馬車を避けようと混乱しており、誰も子供に気づいてはいなかった。

「誰か！　誰かあの子を……！」

母が叫んだその時、子供が出てきた店から一人の男性が飛び出してくる。脇目も振らず駆け寄った彼がその腕に子供を抱き上げるのと、馬車が二人に突っ込むのはほぼ同時だった。

「きゃああ！」

「逃げろ……！」

横転した馬車に、人々が逃げ惑う。

もうもうと砂埃が立つ中、父と母が馬車の下敷きになった男性に駆け寄った。

「大丈夫ですか!?」

「……っ、美千代さん、下がって！」

帽子を投げ捨てた父が、馬車の間から男性を引きずり出す。ぐったりと意識を失った男性の頭からは血が流れていたが、その腕には泣き喚《わめ》く子供がしっかりと抱えられていた。

「子供は無事みたい……！」

「人が来る前に彼の手当てをしないと……！」

子供を母に任せた父が、その場に膝をついて男性の頭に手を翳す。すぐに父の手のひらにあたたかな光が生じ、男性へと降り注ぎ始めた。

父の力のことを知っていたのだろう。母が集まってきた野次馬を遠ざける。

「下がって！　危ないですから、近づかないで！」

「っ、く……！」

眉を寄せた父が、苦しげに呻きつつも男性に手を翳し続ける。すると、しばらくして男性が呻きながら目を開けた。

「う……、あ……？」

「……っ、は……！」

息を乱した父が、男性から手を引いてその場に倒れ込む。

「春雅さん……！」

慌てて駆け寄った母の腕から転がり出た子供が、意識を取り戻した男性へと飛びついた。

「父様……っ、父様ぁ……！」

どうやら彼らは親子だったらしい。

母の助けを借りて身を起こした父は、青い顔をしつつも微笑んだ。

「よかった、二人とも無事で……」

「あなたは……？　っ、そうだ、大丈夫か!?　怪我は!?」

混乱した様子で茫然としていた男性も、泣きじゃくる我が子を見てようやく直前のことを思い出したらしい。慌てて子供の様子を確かめて、ほっとした顔つきになる。

「よかった、無事か……。……一体なにが？」

「馬車が突っ込んできたんです。ご無事でなによりでした」

そう言った母が、懐からハンカチを出して男性の額の血を拭う。そこにあったはずの傷口は、綺麗に消えていた。

「……っ!?」

ハンカチについた血を見て、男性が驚いたように自分の額に手をやり、傷がないことに気づいて更に大きく目を瞠る。

「何故……」

「詳しいことは後でお話しします。立てますか」

まだ青ざめた顔ながら、だいぶ落ち着いた様子の父が男性に手を貸す。

ああ、と頷いて父の手を取った男性にほっと胸を撫で下ろした千春は、そこで改めて男性とその子供を見て目を見開いた。

（え……）

騒動の間に帽子がとれたのだろう。

その親子は、銀色の髪に、深い青の瞳をしていたのだ──。

「私は椿春雅と申します。……あなたは？」

握手を求めた父に応じつつ、男性が名乗る。

「狼谷恭介《きょうすけ》と言います。こちらは息子の恭一郎です。助けて下さってありがとうございました」

（……っ、やっぱり……）

この親子は、恭一郎とその父親だったのだ。

春雅のみならず、母も恭一郎たちに会ったことがあったのかと驚いた千春をよそに、母が驚いたように聞き返す。

「狼谷って……、まさか、あの狼谷様ですか？」

「はい、おそらくご想像通りの狼谷です、勇敢なお嬢さん」

穏やかに微笑みかけられた母が、まあ、と頬を染める。まんざらでもなさそうな母に、父が口を尖らせて言った。

「……僕以外の前でそんな可愛い顔をしたら駄目だよ、美千代さん」

「あら」

ふふ、とおかしそうに笑った母に、父がますます拗《す》ねたような顔つきになる。

くすくすと笑う恭一郎の父の声が少しずつ、少しずつ遠ざかっていって――。

「……はる、千春！」

「……っ」

必死に自分を呼ぶ恭一郎の声に、千春はパッと目を見開いた。

こちらを覗き込んでいた恭一郎が、一瞬驚いた表情を浮かべた後、ほっとした様子で肩の力を抜く。

「よかった……、気がついたんだね、千春」

「僕……」

身を起こそうとした千春の背を支えて、恭一郎が告げる。

「気を失っていたんだよ。私の傷を治した後にね」

「……っ、そうだ、恭一郎さん……！　怪我は!?」

途端に直前の記憶が戻って、千春は勢い込んで恭一郎に聞く。すると恭一郎は、千春をぎゅっと抱きしめて言った。

「……この通り、無事だ。君が気を失ってから、生きた心地はしなかったけれど」

そう言う恭一郎は、すでに人間の姿に戻っており、いつもの真っ白な軍服に身を包んでいる。少し顔が青ざめてはいるものの、外套の中のシャツに血の跡も見当たらない。

どうやらあれからあまり時間は経っていないらしく、辺りはまだ茜色の夕焼けに包まれており、千春が横たわっていたのも甲板だった。少し離れたところに、こちらを心配そうに見つめる雅章たちの姿も見える。

長い腕の中で身をよじって、千春は恭一郎のシャツの上から彼の胸元に手を当てた。

「っ、本当に？　本当に、無事ですか？　恭一郎さんの怪我、ちゃんと治りましたか？」

いくら口で大丈夫だと言われても、狼姿の時にあれだけ血が流れていたのだ。この目で見るまではとても安心できない。

触るだけでは不安が消えなくて、千春は失礼します、と一言断って恭一郎のシャツのボタンに手をかける。千春の好きなようにさせつつ、恭一郎は優しく苦笑して言った。

「私のことより、自分の心配をしてくれ。君が言ったんだよ。まず自分自身を大切にしてくれって。君が私のことを大切に思ってくれるように、私も君のことが大切だということは、もうちゃんと知ってくれているはずだろう」

あの夜千春が告げた言葉をそっくりそのまま返した恭一郎の胸元は、あの夜と同じで傷一つない、綺麗なものだった。

ようやくほっと息をついて、千春は逞《たくま》しいその胸元に額をくっつける。

「心配をかけてごめんなさい。でも、よかった。恭一郎さんが無事で、本当によかった……」

「……千春のおかげだ。ありがとう、千春」

やわらかなくちづけを千春のこめかみに落とした

恭一郎が、苦笑を零す。

「それにしても、狼姿の私はどうも君に助けられてばかりだな」

格好がつかない、とぼやく恭一郎に、千春は頭を振って言った。

「そんなこと……。僕の方こそ、恭一郎さんが来てくれなかったら、どうなっていたか分かりません」

「……千春」

「助けに来てくれてありがとうございます、恭一郎さん」

お礼を言った千春に、恭一郎がどういたしまして、と優しく目を細める。

ぎゅっと最愛の人を抱きしめて、千春はその胸元から聞こえる確かな鼓動にそっと、目を閉じたのだった――。


帰りの馬車の中、口火を切ったのは雅代だった。

「日記を見つけたんです。……母の」

大型の馬車の車内は、四人乗ってもゆったりとした作りだった。恭一郎と千春の向かいの座席に座った雅章が、隣の雅代に問う。

「母上の日記？　遺品の中にあったものではなくてか？」

「そちらとは違うものです。蔵の整理をしていたら見つけましたの」

屋敷に帰ったらお見せしますと言って、雅代が続ける。

「日記には、こう書かれていました。……春雅様には感謝している。あの方のおかげで、私は章夫《あきお》さんの子を産むことができる、と」

「待て。……章夫？」

大きく目を見開いた雅章が、雅代に聞き返す。

「それは一体、誰のことだ？　母上には、私たちの他に子がいたのか？」

「いいえ、お兄様。お母様がお産みになったのは私たち二人きりです。……覚えていらっしゃいませんか。お母様が亡くなってしばらくして辞めていった、庭師の鈴木《すずき》を。あの方の名前は、章夫でした」

「……っ、まさか……」

息を吞んだ雅章が、茫然と呟く。雅代が頷いて続けた。

「日記にはこうも書かれていました。……春雅様は、生まれた子をご自分の息子として育ててくれると仰った。そればかりか、春雅様のお名前から一字いただきたいと言った私たちに、それなら雅章と、と仰って下さった」

「雅章って……」

向かいの席に座る雅章を見つめて、千春は固唾《かたず》を吞んだ。

目を見開いたまま固まっている雅章に、雅代が告げる。

「少し後の日記には、私のことも書かれておりました。章夫さんとの間に女の子まで授かった、春雅様も喜んで下さって、雅代と名づけてはどうかと言って下さった、と。……お兄様、私たちはお父様の実の子供ではなかったのです」

「……………」

明かされた事実に、雅章が言葉を失う。黙り込んだ雅章を気遣わしげに見やって、恭一郎が雅代に問いかけた。

「なにかの間違い、ということは？　疑うわけではないが、その日記自体が作り物だった可能性も否定できないからね」

「ええ、私もそう思いました。ですから、真偽を確かめるために父の元に向かったのです」

「父の元って……」

まさかと目を瞠った千春に頷いて、雅代は事の真相を明かした。

「鈴木章夫……、私の実の父の元です。ですが、あの下男に供を頼んだのは間違いでした。まさかあの者が私を拐《かどわ》かす機会を狙っていたなんて……」

雅代が誰にも行き先を告げず、下男と姿を消した真相は、自らの出生の秘密を確かめるために供を頼んだということらしい。

ようやく事実を受けとめたらしい雅章が、雅代に尋ねる。

「鈴木には……、父には会えたのか？」

「はい。章夫さんは私が会いに来たことに驚いていましたが、日記に書かれた内容を話すと、それは事実だと認めました。そもそも彼は、お母様のご実家に勤める使用人だったようです」

雅章の方を向いて、雅代が実の父から聞いた話を伝える。

「二人は恋仲で、お母様はお父様との結婚が決まった時、すでにお兄様を身ごもっていらっしゃいました。駆け落ちしようと考えていた二人をとめたのが、お父様だった」

春雅は、自分にも心に決めた人がいると告げた。その人と結ばれることは叶わなかったけれど、他の人を愛することはできない。

だから、せめて君たちの想いを叶えたい――。

「お父様はお祖父《じい》様から、恋人は海に身投げしたと聞かされていたようです。身分違いを悟って身を引いたのだ、もうこの世にはいないのだから諦めて家のために結婚しろ、と」

「……そうだったんだ」

雅代からそう告げられて、千春は亡き父に思いを馳《は》せた。

自分のせいで恋人が亡くなったと聞かされて、父はどれだけつらかっただろう。

どれだけ苦しんだだろう。

「……っ」

「……千春」

俯いた千春の手に、横からそっと大きな手が重ねられる。

心配そうにこちらを見つめる青い瞳に小さく頷い

て、千春は雅代に続きを促した。

「それで、父は雅代さんたちのお母さんと結婚したんですね？」

「ええ。お父様は、章夫さんも椿家の屋敷に迎え入れ、私たちの近くで暮らせるように取り計らってくれたそうです。章夫さんは、お母様が亡くなった悲しみに耐えきれず職を辞して地元に帰ったけれど、ずっとお父様と文のやりとりをしていた、時折私やお兄様の写真を送ってもらって、それを大切に眺めていたと仰っていました」

雅代たちの両親にとって、春雅は協力者であり、最大の理解者であり、恩人だった。

その絆《きずな》は深く、何にも代え難いものだった——。

実の両親と育ての父の関係を知った雅章が、視線を落として言う。

「僕がロケットについて聞いた時、母が寂しそうに見えたのは、恋人を亡くした父に同情していたからだったのか。きっと母は、僕と雅代が成人したらすべて話すつもりでいたんだ……」

大人になったら分かる、自分は春雅に感謝していると言っていた母の言葉が、ようやく腑《ふ》に落ちたのだろう。

はあ、とため息をついた雅章は、俯いて呟いた。

「……僕は、どうしたらいいんだ」

うなだれた彼の声は、途方に暮れた迷子のようだった。

「僕も、雅代も、椿家の血を引いていなかった。僕は……、僕はやはり、椿家の当主にふさわしい人間では……」

「っ、それは違うよ、雅章くん！」

思わず雅章を遮って、千春は叫んだ。驚いたように顔を上げる弟をまっすぐ見つめて言う。

「君は言ってたじゃないか。お父さんは君のことも、雅代さんのことも、ちゃんと愛してくれていたって」

連れ去られる前、馬車の中で、雅章は確かにそう言っていた。それはきっと、雅章の思い違いなどではないはずだ。

「たとえ血が繋がっていなくても、お父さんは君のことを自分の跡継ぎとして育てた。二人のことをちゃんと、愛していた。そうだろう?」

「……っ、兄さん……」

目を瞠った雅章に、雅代がそっと寄り添う。

「私も、千春お兄様の言う通りだと思います。椿家の人間として育てるとお決めになったからこそ、お父様は私たちにご自分の一字を下さった。……私たちはお母様と章夫さんと、お父様の子供です」

「雅代……、……ああ、そうだな」

雅代の手を取った雅章が、大きく頷いて言う。

「この先誰がなんと言おうと、私は父上がお認めになった、椿家の当主だ。父上の跡を継いで椿家を守っていくのは、この私だ」

力強く言いきった雅章に、雅代がその通りですと微笑む。

よかった、とほっとした千春だったが、その時、隣で事の成り行きを見守っていた恭一郎がおもむろに口を開いた。

「私から一つ、いいだろうか。雅代嬢との婚約のことだが……」

「あ……」

恭一郎の言葉に、千春はサッと緊張に身を強ばらせる。なだめるようにそっと千春の手を握って、恭一郎が雅代に告げた。

「もう察しているかもしれないが、私は千春のことを愛している。君と結婚することはできない」

「……っ、狼谷様、ですが……!」

きっぱりと言った恭一郎に、雅章が食い下がろうとする。千春はぎゅっと恭一郎の手を握り返して、向かいの席の二人を見つめた。

「……雅章くん。雅代さんも、聞いてほしい。僕は君たちの兄で、椿春雅の息子だけど……、椿家に入る気はないんだ」

「な……、兄さん、どうして……」

狼狽える雅章と異なり、雅代の反応は至極冷静なものだった。

「あくまでも『神楽千春』として狼谷様と一緒になりたい、そういうことですの？」

「うん。僕にとって神楽の名前は、母さんとの絆だから」

自分はこれまでずっと、神楽千春として生きてきた。父が椿春雅だということを否定するつもりはないけれど、椿千春にはなれない。

「僕は椿家の人間だから、恭一郎さんと結婚したいわけじゃない。雅章くんに言われたからじゃなく、雅代さんの身代わりとしてじゃなく、僕自身の意思で恭一郎さんと結婚したいんだ。……恭一郎さんのことを、愛しているから」

「……千春」

やわらかく目を細めて、恭一郎が千春を見つめてくる。深い青の瞳に微笑み返して、千春は改めて雅章たちに向き直った。

「都合のいいことを言ってごめん。でも、これが今の僕の正直な気持ちです。どうか、恭一郎さんと結婚させて下さい」

お願いします、と頭を下げる千春の隣で、恭一郎も頭を下げる。

「私からも頼む。雅代嬢との婚約を破棄して、千春と結婚させてほしい」

「まあ、狼谷様まで……」

揃って頭を下げた二人に驚いたような声を上げた雅代が、くすくす笑い出す。

「お二人とも、まるで結婚の許しをもらいに来たみたい。ふふ、お兄様はあげませんわ、とでもお答えすればよろしいのかしら」

「……雅代」

たしなめるように、雅章が妹を呼ぶ。あら、と悪戯っぽく声を上げた雅代は、顔を上げて下さいなと千春たちに声をかけて、兄に向き直った。

「お兄様が私を思って下さっていることは、重々承知しております。でも、よくお考えになって。こんなに他の方を愛している殿方に嫁いで、私が幸せになれると思いますか？」

「それは……、しかし」

言い淀む雅章に、雅代が困ったように頬に片手を当ててみせる。

「それに、狼谷様には申し訳ないけれど、実は私、生粋の猫派ですの」

ふう、とため息をついて、雅代はばっさりと恭一郎を袖にした。

「あんなに大きなワンちゃんは、ちょっと」

「……狼だけどね」

「あら。ごめんあそばせ」

分かっていて言ったのだろう。苦笑まじりに訂正した恭一郎に、雅代が口に手を当てて笑う。

まったく謝る気のない雅代に苦笑を深めて、恭一郎が言う。

「犬扱いされて腹が立たないのは初めてだな」

「……恭一郎さんも怒ることがあるんですか？」

いつも穏やかな彼の怒った顔など想像がつかない。

驚いた千春に、恭一郎が目を細める。

「もちろんだよ。今日だって、君がさらわれたと聞いて、怒りのあまり人の姿を保てなかった。あれほど巨大化してしまったのも、千春の身になにかあったらと思って、気が気でなかったからだよ」

すり、と高い鼻先を千春のこめかみに擦りつけて、恭一郎が無事でよかった、と呟く。

その様子を見ていた雅代が、いつの間にか腕を組んで渋面を浮かべていた雅章を促した。

「ね、お兄様。あれだけ千春お兄様のことを想って下さっているのですから、意地を張らずに千春お兄様をお嫁に出して差し上げましょうよ。狼谷様なら、きっと千春お兄様を幸せにして下さるわ」

「……っ、雅代、お前……」

驚いたように息を呑む雅章に、雅代がにっこりと笑って言う。

「お兄様が私だけじゃなく、千春お兄様のことを心配していらっしゃることなど、お見通しですわ。だって、私のお兄様は優しい方だもの」

　ころころと笑う雅代をじっと見つめて、雅章が躊躇いがちに聞く。

「だが、お前は本当にそれでいいのか？　狼谷様ほどの方、そうそういらっしゃらないんだぞ」

「愚問ですわよ、お兄様」

　気遣う兄に優しく微笑み返して、雅代はきっぱりと言った。

「確かに狼谷様は素晴らしい方ですけれど、私は私を愛して下さる方と一緒になりたいの。家柄や地位に関係なく、愛を見つけたお母様のように」

「雅代……」

　呻いた雅章が、分かった、と頷く。

　強《したた》かな妹を誇らしげに見つめた後、雅章は恭一郎に向き直って告げた。

「狼谷様、ではお申し出通り、雅代との婚約は破談ということに。……兄を、よろしくお願いします」

「ああ、もちろんだ。ありがとう、椿男爵」

「雅章くん……、ありがとう」

　お礼を言った恭一郎に続いて、千春も雅章に礼を告げる。少し拗ねたような顔で、雅章が言った。

「……椿家の人間ではないかもしれないが、それでもあなたは僕の兄だ。幸せになってくれなくては、寝覚めが悪いからな」

「まあ、お兄様ったら。素直じゃないんだから」

　くすくす笑いながら茶化す雅代に、雅章がうるさいとむくれる。

　仲のいい二人に胸があたたかくなった千春だったが、ちょうどその時、馬車がゆるやかに減速して停車した。

「椿様のお屋敷に到着致しました」

「ああ、ありがとう」

　外から扉を開けてくれた御者に礼を言って、雅章と雅代が馬車を降りる。

「では狼谷様、また改めて伺います。……兄さん、せっかくだから今日はこちらに泊まっていかないか？　兄妹でゆっくり積もる話でも……」

「お兄様、馬に蹴《け》られますわよ。千春お兄様、狼谷様、ご機嫌よう」

雅章を遮った雅代が、にこやかに手を振る。

「ありがとう、雅代さん、雅章くん。また……！」

動き出した馬車の窓から少し顔を出して、千春は屋敷の門の前で見送ってくれる彼らに手を振り返した。その姿が薄暗闇で見えなくなるまで手を振って、恭一郎の隣に戻る。

ふうと息をついた千春に、恭一郎が懐からなにかを取り出しつつ言った。

「……千春、これを」

「え……、っ、あ……！」

それは、さらわれた時に千春が落としてしまった、母の形見のロケットだった。

「ありがとうございます……！　よかった、あったんだ……」

「君が襲われた馬車の中に残っていたんだ。……これを見つけた時は怒りを堪えるのが大変だった」

苦笑した恭一郎が、千春に聞いてくる。

「大丈夫？　壊れたりしていない？」

「いえ、これは元々……、……っ」

壊れていて、と言いかけた千春は、驚いて言葉を呑み込んだ。――ロケットの蓋が、開きかけていたのだ。

「もしかして、落とした拍子に……？」

今までどうやっても開かなかったのにと思いつつ、そっと蓋を開ける。

――中には、一組の若い男女の写真があった。

大きなリボンで長い髪を結った女学生と、山高帽を手にした若い青年――、千春の両親だった。

「……夢を、見たんです。さっき、気を失っている時に」

まだ鮮明な記憶が甦って、千春は震える声で恭一郎に告げる。

「若い頃の両親の夢でした。多分、三十年くらい前の。父がこのロケットを母に贈って、結婚を申し込んで……、でもその直後に、子供が馬車に轢《ひ》かれかけて」

「……三十年前？」

千春の言葉に、恭一郎がハッとしたように目を見開く。

「待ってくれ。朧気《おぼろげ》だが、私もその頃、馬車に轢かれかけた記憶がある。まさか……」

呟く恭一郎に、やはりあの夢は過去に本当にあったことなのだと確信して、千春は頷いた。

「子供を助けたのはその子の父親で、狼谷恭介と名乗っていました。子供の名前は恭一郎だと。……僕の父は、その時に怪我をした恭一郎さんのお父さんを、力を使って助けたんです」

「……春雅さんが……」

恭一郎は以前、自分がいくら尋ねても春雅は恭一郎の父と出会った経緯を明かさなかったと言っていた。おそらく友人の忘れ形見に、自分が父親の命の恩人だなどと押しつけがましいことを言いたくなかったのだろう。

千春は写真の中で微笑む両親をじっと見つめた。

今まで自分は、両親が想い合っていたのに結ばれなかったことにばかり目を向けていた。

けれど、あの夢を見て、そしてこうして二人の写真を目にした今、自分が胸に刻むべきなのはそんな悲劇などではないのだと実感する。

父と母は、確かに幸せだった。

自分は、そんな幸せな二人の子供なのだ――。

「お母さん……、お父さん……」

笑顔の二人をそっと指先でなぞり、ぽろぽろと涙を零した千春の肩を、恭一郎がそっと抱き寄せる。

「改めて言うよ、千春。どうか私と結婚してほしい。私と人生を共にしてほしい」

「……恭一郎さん」

「君と共にいることが、私の幸せなんだ」

ロケットごと千春の手を包み込んだ恭一郎を、千春もまっすぐ見つめ返して頷いた。

「はい、喜んで。僕の幸せも、恭一郎さんと一緒にいることです……！」

「……千春」

嬉しそうに青い瞳を蕩けさせた恭一郎が、キスしても、と囁いてくる。

優しいその声に小さく頷いて、千春はそっと目を閉じたのだった。


夜の帳《とばり》に、甘やかな吐息が満ちる。

恭一郎のベッドに横たわった千春は、ちゅう、とやわらかく舌を吸われて、とろりと濡れた瞳で覆い被さる恋人を見上げた。

「ん、は……っ、恭一郎、さ……」

「ん……、やっとだ……。やっと、千春に触れられる……」

は、と熱い吐息を零しながら、恭一郎が待ち焦《こ》がれたように浴衣の中に指先を忍ばせてくる。熱を帯びた指先にそっと、けれど確かな欲を持って胸元を撫でられて、千春はたまらず目の前の広い肩にしがみついた。

帰りの馬車の中で幾度も千春にくちづけ、すっかりとろとろにした恭一郎は、屋敷に着くなり千春を抱き上げて自分の部屋に連れていこうとしたが、そうは問屋がおろさなかった。連絡を受けて心配していた屋敷の面々が、千春の帰りを今か今かと待ち受けていたのである。

『ご……っ、ごぶ……っ、ご無事でよか……っ、うわあああよかったあああ！』

『うんうん、本当によかった。ごめんな、千春様。せめて俺がついてってれば……。いや、別に腕に覚えはないから、なんの役にも立たないんだけどな』

号泣する翠をよしよしとなだめつつ言う一太の横で、細川女史がきゅっと眉を寄せて唸る。

『それでも、旦那様が不在の間、千春様をお守りするのが私たちの役目です。それを果たせなかったなど、狼谷家にお仕えする者としてあるまじきこと。旦那様、千春様、この度のこと、本当に申し訳ございませんでした』

深々と頭を下げる細川女史に慌てた千春だったが、彼女をなだめたのは夫の丸井だった。

『君だけの責任じゃないよ、礼子《れいこ》さん。僕なんて千春様がお出かけになるのを直接お見送りしたんだ。お供すべきだったのは僕だよ。……千春様、本当に申し訳ありません』

『あ……、あの、誰も悪くありませんから、丸井さんも細川さんも顔を上げて下さい。翠ちゃんも、お願いだから泣きやんで……！』

私が悪い、いや僕がと譲らない丸井夫妻と、安堵のあまり涙腺が崩壊してしまった翠、つられてぐすぐすと涙ぐみ始めた一太と、どんどん混乱していくその場に、さすがの恭一郎も千春を独り占めするのは断念せざるを得なかったらしい。

『仕方がないな。ここは我慢して皆に譲るとするよ。……後でね、千春』

そっと千春を地面に降ろし、苦笑しつつ一房髪を指先で掬《すく》って毛先にキスを落とした恭一郎だったが、その我慢は千春が夕食と入浴を終えるまでの間に使い果たされてしまったらしい。

お風呂から上がった千春は、廊下で待ちかまえていた恭一郎にすぐさま抱き上げられ、ここまで連れてこられてしまった。

「……ん、ふふ」

唇を啄まれている最中だというのに思い出して笑ってしまった千春に、恭一郎が不思議そうに聞いてくる。

「どうしたの、千春？」

「いえ、さっき廊下で待ってた恭一郎さん、なんだかご主人様を待つ忠犬みたいだったなって」

「おや、君まで私を犬扱い？」

咎めつつ、満更でもなさそうにくすくす笑って、恭一郎が千春の唇に軽く歯を立てる。

「忠犬はこんなことしないよ。私は狼だから君を食べてしまうけれど」

はむはむとわざと千春の唇を喰んだ恭一郎が、ふと気になったように問いかけてくる。

「……そういえば千春は犬派？」

まさか猫派じゃないよね、と確認する恭一郎に小さく噴き出して、千春は答えた。

「僕は……、狼派です」

「それはよかった」

満足そうに笑った恭一郎が、触れても、とそっと聞いてくる。こくりと頷いて、千春は恭一郎の優しい青い瞳を見つめて言った。

「あの……、恭一郎さん。今日はその、さ……、最後、まで……」

最初の夜以降、恭一郎は指ではしてくれても、彼自身を千春の中に挿れようとしてくれない。

優しい恋人が自分を気遣ってくれているのは察していたが、改めて結婚を誓った今日はちゃんと最後までしたかった。

「恭一郎さんが嫌じゃなければ、し……、してほしい、です」

自分から抱いてほしいとねだるのは恥ずかしかったけれど、どうしても恭一郎の全部が欲しい。

羞恥心を堪えて懸命に告げた千春に、恭一郎がすう、と目を細める。

月明かりに光る黒い瞳孔は丸く大きく開いていて、まるで獲物を捕らえる寸前の獣のようだった。

「……いいの？　そんなことを言われたら、本当に抱いてしまうよ？　私はずっと君のことが欲しくて欲しくて、たまらなかったんだから」

「……っ、い、いいです。僕も恭一郎さんのこと、欲しい……」

この人の獲物は自分なのだと、恭一郎も自分のことを欲しがってくれているのだと思うと、胸の奥がきゅうっと甘い鳴き声を上げる。

ドッドッと早鐘を打つ心臓が今にも爆発してしまいそうで、千春はぎゅっと恭一郎の浴衣にしがみついた。恭一郎がはあ、と熱い吐息を漏らして唸る。

「……可愛すぎて目眩がしそうだ」

「っ」

「優しくできなかったらごめんね」

謝りつつ、千春の目元にくちづけながら浴衣を脱がせる恭一郎だが、その手つきは十分優しい。まだ彼との夜に慣れていない自分を怖がらせないよう、そっと触れてくる手が嬉しくて、千春はお返しに恭一郎の浴衣を脱がせながら言った。

「恭一郎さんが優しくなかったことなんて、一度もないです。……大好き、恭一郎さん」

「こら、あまり男を煽《あお》るものじゃないよ」

そうたしなめつつも苦笑した恭一郎が、千春の唇を塞ぎにかかる。もう随分恭一郎の舌を受け入れるのがうまくなった千春は、心地よさに息を弾ませながら熱いくちづけに夢中で応えた。

「ん……、恭一郎さ……、んっ、そこ……っ」

けれど、舌先を甘く噛まれながら、ぷっちりと尖った胸の先をくりくりと指で転がされると、あっという間になにも考えられなくなってしまう。

じんじんと下肢の間が痺れるように熱くなって、まだ触れられてもいないそこが下着を押し上げ始めているのが恥ずかしくて、千春は必死に唇を引き結んだ。

「あっん……っ、んんっ、ん……！」

「駄目だよ、千春。教えただろう？　こういう時はちゃんと可愛い声を私に聞かせてって」

きゅう、と薄桃色の尖りを優しく引っ張って、初《うぶ》な体に快楽を教えた男が、千春の唇をぺろりと舐めながら囁く。

「ほら、意地悪しないでどこが気持ちいいか教えて、千春。それに、もっと触ってほしいところがあるはずだろう?」

「……っ」

　意地悪なのはくすくす笑う目の前の恋人だと思うのに、カリカリと指先で引っ掻かれて焦らされるととても我慢なんてできない。

　愛しい人とする気持ちいいことを知り始めたばかりの体が疼いてたまらず、千春は恭一郎の薄くて形のいい唇を懸命に舐めて訴えた。

「き……、気持ち、い……っ、ちく、び、気持ちいいから……っ、し、下も……っ、あっ、んんんっ、ここも、触って……っ」

　もうすっかり形を変えたそこを、恭一郎の逞しい腿におずおずと擦りつける。毎晩のように恭一郎の手で可愛がられている若茎は、じゅわりと蜜を漏らして下着にはしたない染みを作っていた。

　恥ずかしくてどうにかなってしまいそうなのに、恭一郎のくれる快楽を知っている体がもっともっとと疼いて堪えきれない。

　拙く腰を揺らす千春を見つめて、年上の恋人が笑みを深めて囁く。

「上手におねだりしてくれてありがとう、千春。……今日はいつもよりもっと気持ちいいことをしようか」

「え……」

　いつもよりとは、と戸惑う千春をよそに、下着を脱がせた恭一郎が足の間に陣取る。

　そのまま大きく足を開かされた千春は、なにもかも丸見えな格好にカアッと顔を赤らめた。

「や……、恭一郎、さ……」

「……ん、いい匂いだ。本当はもっと君の匂いが濃い方が好きだけれど……、そういうのはもう少し慣れてからね」

「な……っ、っ！」

　にこりと微笑みつつとんでもないことを言う恭一

郎に慌てかけた千春だったが、続いて恭一郎がしたことはもっととんでもなかった。

「ひっ、あ……っ、な、にっ、やっ、駄目……！」

ぺろりと滴り落ちる蜜を舐め上げた恭一郎は、あろうことかそのままちゅぷりと千春の花茎を咥え込んだのだ。

自分の性器が恭一郎の口に包まれる衝撃的な光景に目を瞠って狼狽えた千春だが、恭一郎は千春が動揺している間にもどんどん愛撫を濃密なものにしていく。熱い舌に搦《から》め捕《と》られたまま、じゅぷじゅぷと頭を上下に動かされて、千春はぎゅううっとシーツを握りしめた。

「あっあっあ……っ、や、や……っ、きょ、いちろ、さ……っ、あああ……っ！」

ぬるぬるの狭い、熱い、やわらかいものが、自分の一番脆弱《ぜいじゃく》な部分をぬっぷりと包み込んで締めつけ、優しく擦り立ててくる。あまりのことに頭の中は真っ白なのに、気持ちがよすぎて抗《あらが》うことができない。恭一郎の舌に熱芯をくすぐられる度、あっあっと堪えきれない声が零れて、びくびくと内腿が震えてしまう。

今にも弾けそうな快楽を必死に堪えて、千春はどうにかベッドをずり上がろうとした。

「そ、んな……っ、そんなこと、しないで……っ」

「こら、逃げたら駄目だよ。……ん」

「ひあ……っ、あああ……！」

しかし、低く笑った恭一郎がしっかりと千春の腰を摑んで引き戻し、より深く顔を埋めてくる。根元まで含まれたままれろれろと熱い舌で舐め回され、優しく蜜袋を揉みしだかれながら溢れる蜜をじゅうっと吸い上げられて、千春はもうなにがなんだか分からなくなってしまった。

「や、や……っ、気持ち、い……っ、や……っ、出る……っ、出ちゃう、から……っ」

「ん……、このまま出してごらん」

放してと訴えたかったのに、低い笑みを零した恭一郎は飲んであげる、と真逆のことを囁いてくる。

千春は懸命に頭を振り、沸騰しそうな衝動を堪えようとして――。

「駄目……っ、だ、め……っ、あっあっあ……！」

――堪えきれず、びくびくっと花茎を震わせて達してしまった。

「……ん」

千春を深く喰んだまま、恭一郎がこくりと喉を鳴らす。じゅうう、と音を立てて蜜を啜《すす》り上げられ、熱い口腔《こうこう》で絶頂にぴくぴく震える様をあますところなくしっかりと味わわれて、千春は恥ずかしさに消え入りそうな声で訴えた。

「……っ、や……、恭一郎、さ……」

吐精したものを飲まれるだけでも恥ずかしいし申し訳なくてたまらないのに、恭一郎は千春がぴゅるっと蜜を零す度に熱い舌で蜜口を舐めて、ひくつく孔《あな》を舌先でぬちゅぬちゅとねぶってくる。

まるでそこに挿入されているような執拗《しつよう》で甘すぎる愛撫にいつまでも絶頂の波が引かなくて、千春は荒く胸を喘がせながら長く続く快楽にとろとろと精を零し続けた。

「は……、あ、んん……」

「……千春」

くったりと力を失った千春から一度顔を上げた恭一郎が、熱欲に潤んだ瞳で千春を見つめて囁く。

「……こっちも、してもいい？」

「こっち……？　え……、あっ、駄目……！」

快楽に蕩けた瞳でぼうっと恭一郎を見つめ返した千春は、再び足の間に顔を寄せた彼の唇があらぬところに触れてびくっと身を震わせる。

慎ましやかに閉じた花弁にしっとりと恭《うやうや》しげにくちづける恋人に、千春はうろたえてしまった。

「や……、やめて下さい、恭一郎さん……！」

「どうして？　今日は千春のここをたくさん可愛がらせてくれるんだろう？」

「……っ、そういう意味じゃ……っ」

確かに全部してほしいと言ったけれど、性器のみならずそんなところまで舐められるなんてとんでもない。どうにか制止しようとする千春だが、恭一郎は構わずちゅう、と唇を押し当てて囁く。

「そういう意味だよ、千春。私の全部で、君の全部を愛させて……」

「あ……！　や……、恭一郎さん……」

く、と両の親指で優しく花びらを開いた恭一郎が、戸惑って震えるそこにふ、と笑みを落とす。愛おしげに目を細めた後、恭一郎は千春の後孔にぬるりと舌を這わせてきた。

「ひぅ……っ、あ、駄目……っ、あ……っ」

「ん……、大丈夫だよ、千春。君はどこもかしこも、とても可愛い」

なだめるように囁きながら、恭一郎が舌で優しくそこを撫でる。きゅっと緊張に竦《すく》む花ひだの一つ一つを優しく舐め溶かし、恭一郎は熱い舌を時間をかけてゆっくりと千春の中に潜り込ませてきた。

「あ……っ、あ、や……、や、だめ……」

そんなところを恭一郎に舐められるなんて駄目だと思うのに、ぬめる舌に入り口をくすぐられるとそれだけでじゅわりと快感が込み上げてきて、制止の声が溶けてしまう。嫌、駄目と言うくせに、その声は自分でも分かるくらい甘くて、もっともっととねだっているのと同じだった。

「は……、千春、もっとその声、聞かせて……」

恭一郎にも同じように聞こえているのだろう。熱い息をついた恭一郎が、強ばりがほどけてきた花襞に一層深くくちづけてくる。

大胆に奥に進んできた舌を、ぬちっ、ちゅっといやらしい蜜音を立ててゆっくり抜き差しされて、千春はぎゅうっとシーツを握りしめて身悶えた。

「あぁっ、そ、こ……っ、そこ、あ、んんん……！」

駄目なのか、もっとなのか、続く言葉が自分でも分からなくなりながら腰を揺らした千春に目を細めた恭一郎が、『そこ』をぬめる舌先で捕らえる。

確実に獲物を仕留める獣そのものの目をした恋人に優しく腰を押さえ込まれ、ぐりっと抉《えぐ》るように舌で押し潰されて、千春はあられもない声を放った。

「ふああああっ、あっあっあ……！」

再び張りつめた性器をゆったりとあやすように扱き上げながら、恭一郎が快感に膨れ上がった前立腺をねっとりと舐めねぶる。快楽の塊を熱い舌に蕩かされながら、くちゅくちゅと花茎を擦り立てられ、ひくつく花襞をちゅううっと吸われて、千春はもうびくびくと身を震わせることしかできなかった。

「あ……っ、やっ、恭一郎さ……っ、あ……っ」

「は……、っ、千春」

とろりとした蜜でぬめる隘路から舌を引き抜いた恭一郎が、身を起こして指をそこにあてがう。

千春の呼吸に合わせてゆっくり押し込まれた指は、香油を纏ってはいたものの、最初から二本揃えられていた。

「ん……！」

「すまない、千春。だがもう、君の中に早く入りたい……」

熱い吐息まじりに押し殺した声を零す恭一郎を見やって、千春は小さく息を呑む。薄明かりに見えた彼のそこは、今にも下着を破かんばかりに滾ってい た。布越しに溢れた先走りが、とろ、と千春の下腹に滴り落ちてくる。

「……っ」

ぽたりと滴が弾けた途端、ぴくっと肩を揺らした千春が逃げるように見えたのだろう。目を眇めた恭一郎が、千春の腿を掴む手の力をぐっと強くする。

「逃げないで、千春。今君に逃げられてしまったら、私は……」

獣のように目を光らせて唸る恭一郎を見上げて、千春は懸命にかすれる声を振り絞った。

「……逃げません。逃げたり、しないです。僕も早く、恭一郎さんが欲しい……」

「……千春」

驚いたように目を見開く恋人に微笑みかけて、千春は両腕を彼に向かって伸ばした。すぐに察した恭一郎が、千春に身を寄せてくれる。

千春はその肩にしがみつくと、ちゅ、と形のいい唇にくちづけておずおずとねだった。

「続き、して下さい。そこ、早く恭一郎さんが入れるようにして」

「……っ」

息を詰めた恭一郎が、ぐっと眉間《みけん》を寄せる。なにかを堪えるような苦しげな表情で、は……っと熱い息をついた恭一郎は、こつんと千春に額を合わせて呻いた。

「……かなわないな、君には」

力を抜いて、と吐息だけで囁いた恭一郎が、深くくちづけてくる。舌を搦め捕られながら、中に入ったままだった指をゆっくり抜き差しされて、千春はくぐもった喘ぎを溢れさせた。

「ん……っ、ん、んう……っ」

恭一郎の長い指がぬるぬると前後する度、舌での愛撫でやわらいだ花弁がますますふっくらとほころび、花開いていく。甘く舌を嚙まれながら、ぷっくり膨らんだ前立腺を優しく撫で擦られ、少しずつ指を開くようにしてゆっくりと隘路を押し広げられて、千春は蕩けきった目で恭一郎を見つめた。

「ん、ん……っ、きょ、いちろう、さん……、は、あ、ん、ん、気持ち、い……っ」

「……ここ？　もっとする？」

は、と荒く息を乱しながらもやわらかく微笑みかけてきた恭一郎が、千春の中をくちゅくちゅと甘やかすように搔き混ぜる。

「は、あ……っ、あんっ、あっあっ」

「……っ、千春……っ」

声を上擦らせながらも、じっと千春だけを見つめ、あくまでも千春の快感を優先してくれる恋人に、胸の奥がまたきゅうっと甘い鳴き声を上げる。

まるで獣が番にだけ捧げる求愛の鳴き声のような

それを、そっくりそのまま恭一郎に受け取ってほしくて、千春は広い肩にぎゅっとしがみついて懸命に頭を振った。

「んん……っ、ん……、も、全部……、ぜんぶ、気持ちい、から……っ」

恭一郎の指も唇も、舌も、声も、視線も、全部が気持ちいい。だから。

「恭一郎さんも……っ、僕の……、僕の全部で、気持ちよくな……っ、ん……！」

皆まで言い終わる前に、熱い、熱い、熱い唇が千春のそれを覆う。

噛みつくようなくちづけで千春の求愛を残さず奪い尽くして、恭一郎はもどかしげに下着を脱ぎながら告げた。

「……全部、もらうよ、千春」

「あ……、ん、んん……！」

千春の返事を待たずに身を起こした恭一郎が、千春の膝を大きく開かせて、剛直をそこに押し当てる。

蕩けきった花びらを熱い滾りでぐちゅぐちゅと散らした後、恭一郎はぐっと体重をかけて千春の中に入ってきた。

「は、あ……！　あ、あ、あ！」

「……っ、力を抜いて、千春。もっと奥まで、入らせて……」

硬い、熱い、大きなそれに思わず身を強ばらせた千春を抱きしめた恭一郎が、顔や耳元、首すじにいくつもキスを降らせながらねだってくる。

広い肩にぎゅっとしがみついて、千春は懸命に呼吸を繰り返し、愛しい雄を受け入れていった。

「は……、恭一郎さ……、んん……」

「っ、全部挿入《はい》ったよ、千春」

はあ、と大きく息をついた恭一郎が、千春の髪を鼻先で掻き分けるようにしながら、ありがとうと小さく囁きを落とす。くすぐったいそれに微笑みながら、千春は恭一郎の顔を両手で挟み込んで告げた。

「ん……、嬉しい、です。僕……、僕、恭一郎さんとこうするの、どんどん好きになる……」

「……私もだよ」

くすくすと笑った恭一郎が、動くよ、と優しく囁いて、千春の唇を啄みながらゆったりと腰を揺らし出す。

ぐちゅ、ぬちゅ、と熟れきった果実を潰すような淫音が恥ずかしくて、熱い雄で全部を擦られるのが気持ちがよくて、千春は恭一郎の逞しい体にしがみつきながら揺すられるままに甘く息を弾ませた。

「ふあっ、あっ、んんっ、あっ、あっ、奥……っ」

「ん……、ここ?」

「んっ、んん……っ、あんっ、あっあっあっ」

指では届かなかった奥のやわらかな場所を、恭一郎がぐりゅぐりゅとその切っ先で押し開く。熱い張《みなぎ》りでとろとろの蜜をなすりつけられると、まるで彼のものだという印をつけられているようで、嬉しくてたまらない。

疼く奥を優しくこじ開けられ、恋人だけのものにされる幸福にとろんと目を蕩けさせて、千春は夢中でちゅ、ちゅっと恭一郎にくちづけを繰り返した。

「ん、そこ……っ、そこ、されるの、幸せ……」

「……っ、千春」

「大好き、……だいすき、恭一郎さん」

全部くれて、全部奪ってくれて、嬉しくて、嬉しくて。

恭一郎の唇を甘く噛みながら、ぜんぶすき、と千春が蕩けきった吐息を零した、――その時だった。

「っ、く……!」

「ひ、あ……!?」

突如、恭一郎がぐっと険しい顔つきになったかと思うと、低い呻き声を上げる。と同時に、千春の中に埋《うず》められた雄茎がどくりと強く脈打ち、その形を変化させた。

ぐぐぐっと中を圧迫する感触に、千春は驚いて身を強ばらせる。

「な……っ、なに……?」

「……すまない、千春」

先ほどよりずっと深く千春の中に入り込んだ雄を二、三度、ぐ、ぐっと確かめるように押しつけて、恭一郎が告げる。

「君があんまり可愛いことを言うから、抑えがきかなかった。狼になってしまいそうだったのを堪えたんだが……、……ここだけ、本能に引きずられたようだ」

「……っ」

ここ、と言いつつ、くん、と千春の奥を突いた恭一郎に、千春は事態を悟って目を瞠った。

つまり、恭一郎の性器は今、獣のそれに——。

「おそらくその……、出し切るまで、抜けない」

「出し、切るって……」

そういえば、犬科の獣のそれは番《つが》った際に亀頭《きとう》球《きゅう》というものができるのだと思い出して、千春は目を瞬かせた。

確実に雌を孕《はら》ませるための瘤《こぶ》のようなもので、先ほど恭一郎が言った通り、射精した後も何十分も繋がったまま蜜を吐き出し続けるのだ。

茫然とする千春に、恭一郎が唸る。

「私もこうなるのは初めてで、はっきりしたことが言えないんだ。……すまない、子供を作るのはきちんと夫婦になって、君がいいと言ってくれてからと思っていたんだが……」

「………」

もしかして、最初の時に千春の中に出さなかったのも、そのためだったのだろうか。

千春はようやく驚きから抜け出すと、すまないと三度繰り返す恭一郎を見上げて言った。

「そんなに謝らないで下さい、恭一郎さん。僕、嬉しいです。だって恭一郎さんが僕のことを好きって思ってくれて、こうなったんだから」

「千春、……だが」

「言ったはずです。僕も恭一郎さんの全部が欲しいって」

眉を下げてもなお美しい恋人にちゅ、とくちづけて、千春は頬に朱を上らせて告げた。

「それに、あの……、赤ちゃんも、恭一郎さんとなら、欲しいです」

「……千春」

「それとも、恭一郎さんは欲しくないですか？」

首を傾げて聞いた千春に、恭一郎は少し困ったような苦笑を浮かべて呻いた。

「欲しいよ。叶うなら、今すぐだって欲しい……」

は、と熱く息を切らせた恭一郎が、情欲に潤んだ目で千春を見つめて言う。

「……千春、私の子供を産んでくれる？」

「はい。僕でよければ」

頷いた千春にありがとうと微笑んで、恭一郎が囁く。

「千春がいい。千春じゃなきゃ、駄目なんだ」

「僕もです……。僕も、恭一郎さんじゃなきゃ嫌です……、……ん」

囁き返した途端やわらかなくちづけが降ってきて、千春は恭一郎の首元にぎゅっとしがみついた。

互いの吐息を食べ合うみたいなキスを繰り返しながら、恭一郎がゆるやかに千春を突き上げてくる。

「ん……、千春、苦しかったら、言って」

「だいじょ、ぶ、あ……っ、あ、あ……っ」

太茎の根元にできた瘤にごりゅごりゅとやわらかな内壁を抉られると、高い声がとまらなくなる。

硬くて熱い塊で性器の裏側の膨らみを容赦なく押し潰されて、千春は目の前がチカチカするような快感にあっという間に呑み込まれてしまった。

「あっあ……っ、きょ、いちろ、さ……っ」

「よかった、気持ちよさそうだね。こっちももう、こんなにとろとろだ」

くす、と微笑んだ恭一郎が、二人の間でしとどに蜜を垂らす花茎をそっと手で包み込む。いい子いい子と撫でられ、嬉しげに身を震わせるそれに目を細めて、恭一郎ははあ、と艶めいた吐息を零した。

「君の中が悦《よ》すぎて、私も、もう……」

「は……っ、んん、ああ、んっ、奥……っ」

ぐぐ、と背を反らせた恭一郎が、は……、と目を眇めながら腰を密着させ、ぐりぐりと円を描くようにして最奥を掻き混ぜてくる。花茎を扱き立てられながら、自分ですら触れたことのないやわらかな部分に濃密なくちづけをたっぷりと施されて、千春はのけぞるようにして恋人のくれる快楽に溺《おぼ》れた。

「ああ、あ……っ、いっぱい……っ、そこ、ああ、恭一郎さんで、いっぱい、なってる……っ」

「は……、んん、そうだよ、千春。千春のここは、私だけのものだよ」

まるでしゃぶりつくようにきゅうきゅうと収縮する隘路をじっくりと味わった恭一郎が、うっとりと目を細めて千春を見つめてくる。

強靭な雄刀の形に押し広げられたそこが、彼の唯一無二の蜜鞘にされていることが少し怖くて、でもそれ以上に嬉しくて、千春は夢中で恭一郎に手を伸ばした。

「恭一郎、さ……っ、もっと……っ、もっと、恭一郎さんのに、して……っ」

「千春……！」

すぐに千春を掻き抱いた恭一郎が、千春の唇を奪って腰を送り込んでくる。

ぐちゅんっ、ぐじゅっと先ほどよりずっといやらしい音を立てながら逞しいもので容赦なく蜜路を擦り立てられ、張りつめきった花芯を大きな手でぐちゃぐちゃにされて、千春は目も眩むような快感に必死に頭を振った。

「い、く……っ、や……っ、恭一郎さ……っ、や、やっ、いっちゃ……！」

「っ、ああ、千春、一緒に……！」

千春の言いたいことをちゃんと汲み取ってくれた恋人が、千春を深く抱き込んで一層強く、優しく奥にくちづけてくる。

獣の形をした恋しい、愛おしい熱をぎゅっと抱きしめて、千春は夢中で恭一郎と一緒の快楽を追いかけた。

「あっ、いく……っ、きょ、いちろう、さ……っ、あっあっあああ！」

「……っ、千春……！」

びゅるっと千春が白蜜を放ったと同時に、恭一郎がぶるりと力強く身を震わせて埒《らち》を明ける。どぷっと中に放たれた灼熱の雄蜜に、千春はきゅううっと爪先を丸めて感じ入った。

「は……、あ、ああ……、ん、んんん……」

「ん……、千春……」

ちゅう、ちゅ、と熱い吐息を零しながら千春にくちづけて、恭一郎がまたどぷりと熱蜜を放つ。びゅう、びゅ、と絶え間なく熱情を溢れさせながら、恭一郎はゆったりと腰を回して、千春の奥へ、奥へと精液を送り込んできた。

「あ……、ん、んう、あ、んん……っ」

ぬるぬるになったそこがぴったりと自身に吸いついてくることに嬉しそうに目を細めて、獣がじっくりと時間をかけて番を孕ませていく。

とぷとぷと溢れる愛蜜で最奥を満たされながら、深く、優しくくちづけられて、千春はとろんと瞳を蕩けさせて囁いた。

「ん、ん……、だいすき、恭一郎さん……」

「……ああ、私もだよ。愛している、千春」

幾つもの睦言《むつごと》と甘い吐息が絡み合い、その色を濃くしていく。

幸せに満ちた夜はまだ、始まったばかりだった。


いくつも並べた薬の包みに、そっと両手を翳す。ふう、と呼吸を整えてから静かに目を閉じて、千春は小さく呟いた。

「……よく効きますように」

千春の手のひらからあたたかな光が溢れ、キラキラと輝く光の粒子が薬へと降り注ぐ。

ふわりと溶けるように消えた光を見届け、これでよしと微笑む千春に、真正面のカウンターに座っていた恭一郎がそっと問いかけてきた。

「本当に大丈夫かい、千春。無理そうなら今からでも断って……」

「大丈夫ですよ、恭一郎さん」

心配性な恋人に微笑んで、千春は完成した薬を一つずつ紙袋に入れていく。大きく『薬』の字が印刷された紙袋の口を丁寧に折り畳んで、千春は恭一郎に言った。

「これくらいの調合なら体調を崩すようなことはないですし、それに僕の薬が恭一郎さんの部下の皆さんのお役に立てるなんて嬉しいです。先生にも、これからよろしくお願いしますと伝えて下さい」

「……分かったよ。でも、少しでも体調に異変があったらすぐに中断するようにね」

「はい、分かりました」

まだ少し心配そうな恭一郎に頷いて、千春は薬を恭一郎に手渡した。

恭一郎から、軍医が千春の薬を仕入れたいと言っていると話があったのは、つい先日のことだ。医務局で働かないかという誘いもあったがそちらは断り、定期的に傷薬などを納品することについては喜んで引き受けさせてもらった。

頼まれた薬はこれで全部だったよね、と注文書を確認する千春に、恭一郎が言う。

「それにしても、少し意外だったな。千春のことだから、医務局で働く話も引き受けてしまうんじゃないかと思っていたんだが」

恭一郎は、千春がなにもかも背負い込んでしまうのではないかと危惧していたらしい。どう説得したものか考えあぐねていたと言う恭一郎に、千春は笑って言った。

「僕はお医者さんじゃありませんから。それに、僕にはこの店があるので」

軍医の誘いを断り、やはり母が残した店を続けたいと言った千春に、恭一郎は思いきった決断をしてくれた。

郊外にあった狼谷家の屋敷を、この港町の近くに移したのだ。

新しい屋敷から千春の店までは、歩いて十五分ほどの距離だ。おかげで千春は以前と変わらず毎日店を開けることができるようになった。

「恭一郎さんのおかげで、常連さんにも前と同じように薬を出すことができて、本当に感謝しています。ありがとうございます、恭一郎さん」

「……私はただ、君と一緒の広い寝室が欲しかっただけだよ。それにここなら、冬に大雪が降っても闇鍋よりはましなものを作れそうだしね」

茶目っ気たっぷりに微笑む恭一郎に、千春は小さく噴き出した。

黄龍会の一件で港の警備を強化することになったそうで、商店街の近くには新しく警備拠点となる会館も建てられた。恭一郎は、裏では国家を守るため諜報活動に従事しているが、表向きは港湾警備の責任者の地位にある。普段はその会館で指揮を執っているため、行きも帰りも馬車で千春を送り迎えしてくれていた。

最初は歩いて行ける距離を立派な馬車で送り迎えされることに慣れなかった千春だが、少しでも一緒に過ごしたいと言ってくれる恭一郎の気持ちが嬉しくて、毎日甘えさせてもらっている。なにより、他でもない恭一郎と、朝は行ってらっしゃい、夕方はお帰り、お疲れ様と一番に言い合えるのが嬉しくてならなかった。

結婚を誓い合った二人だが、式はもう少し先の予定で、神前で限られた身内だけで行うことになっている。だが、商店街の人たちには一足先に、恭一郎と一緒になることを報告していた。

最初は千春が狼谷家の当主と結婚すると聞いて驚いていた皆も、今では二人のことを祝福してくれて、恭一郎に気軽に挨拶したり話しかけたりしている。

あの『田中さん』が狼谷家当主だったと知った時の林さんの驚きようを思い出し、くすくす笑ってしまった千春に、恭一郎が目を細めて言う。

「ここの方たちは皆、千春の味方だからね。ここ以上に千春にとって安全な場所はないし、それに可愛い奥さんが一番安心できる場所に巣を作るのは夫の務めだ」

「巣って……、恭一郎さん、本当に狼みたい」

あの大きなお屋敷が巣なのだとしたら、随分立派な巣だ。

ますます笑ってしまった千春に、恭一郎も笑みを深めて言う。

「知らなかった？　私は狼なんだよ。千春の前ではただの獣で、……ただの男だ」

「……恭一郎さん」

「肩書きも地位も関係ない。私は一人の男として、君を愛しているよ」

囁いた恭一郎が、カウンター越しにそっと千春に手を重ねてくる。

深い青の優しい瞳に引き寄せられるように、千春は身を乗り出して恭一郎に唇を重ねた。

「ん……、僕も、その……」

好き、以上の言葉を紡ぐのが少し恥ずかしくて言い淀んで、けれどもうすぐ正式に結婚するんだしと勇気を振り絞る。

「あ……、愛、して……」

千春の言いたい言葉を悟った恭一郎が、嬉しそうに瞳を輝かせた、――その時だった。

「千春ちゃん、いるかい!?」

チリンチリンと勢いよく扉の鈴を鳴らしながら、林さんが店に入ってくる。

「っ!?」

慌てて身を離した千春と、一瞬だけムッとしたような表情を浮かべた恭一郎を見て、林さんがあらまあと口に手を当てた。

「なんだかお邪魔だったみたいだねえ」

「……いいえ」

にこ、と微笑んだ恭一郎が、千春の手をぎゅっと握って言う。

「千春とはまたあとで、ゆっくり話せますから」

「……そう思うなら、その手を離してあげたらどうだい」

千春ちゃんが真っ赤じゃないか、と呆《あき》れたように言う林さんに、千春は慌てて恭一郎の手を振り解いて聞いた。

「あ、あの、今日はどうしたんですか？」

いつもの薬はついこの間渡したばかりだし、なにか怪我でもしたのだろうか。

心配になった千春だったが、林さんは目をキラキラさせて一通の封筒を差し出す。

「そうそう、これが届いてね！　ありがとうね、千春ちゃん。是非出席させてもらうよ」

「出席？」

なんの話だろうと面食らいながらも、林さんから受け取った封筒の中のカードを見て、千春は目を瞠った。

——それは、自分と恭一郎との結婚式への招待状だったのだ。

「どうして……。式に来るのは、恭一郎さんの身内の方と、雅章くんたちだけのはずじゃ……」

限られた身内だけと聞いていたのにと驚く千春に、恭一郎が微笑む。

「でも、商店街の皆さんも千春の身内だろう？　だから全員に招待状を送らせてもらったよ」

こんなに早く千春の耳に届くとは思わなかったけれどと苦笑を浮かべて、恭一郎は穏やかに続けた。

「千春をもらい受けるんだ。ちゃんと、君の家族に挨拶しないとね」

「家族……」

茫然と呟いた千春に、林さんがにこにこと笑いながら頷く。

「当然だよ。あたしらは皆、千春ちゃんの家族だからね」

「……っ」

込み上げてくる熱いものを必死に堪えて、千春は店の一角を振り返った。

穏やかな笑みを湛える母の写真の隣にはもう一つ、写真が増えている。

それは、雅章から譲ってもらった春雅、――千春の父の写真だった。

揃いのロケットと共に並んだ二人の笑顔を見つめて、千春はじんと熱くなった胸をシャツの上からそっと押さえる。

自分の欲しかったものは、焦がれていたものは、最初からずっと近くにあったのだ――。

「……これからは、私も千春の家族だ」

カウンター越しに手を伸ばした恭一郎が、もう一度千春の手を取る。

そっと指先にくちづけを落として、恭一郎は甘い声を紡いだ。

「愛しているよ、千春」

「っ、僕も……っ」

小さく息を呑んで、千春は今度こそ躊躇いなく告げる。

「僕も、愛しています」

笑みを咲かせた千春に、恭一郎が優しく微笑む。

おやまあと苦笑する林さんに照れ笑いを浮かべて、千春は重なった大きなあたたかな手をぎゅっと握り返した。

海のように深い、青い瞳に浮かぶ確かな愛を、しっかりと受けとめて。

後書き

こんにちは、櫛野ゆいです。この度はお手に取って下さり、ありがとうございます。

溺愛獣人大正風浪漫第二弾、いかがでしたでしょうか。本作は『白虎と政略結婚』と同一世界観ですが、別カップルのお話となっております。作中に出てくる高彪さんが前作の攻めですが、こちらも溺愛も溺愛なカップルなので、未読でしたら是非よろしくお願いいたします。

さて、このシリーズは『望まない結婚から生まれる恋』をテーマにしていますが、もう一つのテーマは『理想の旦那様』です。そのため前作に引き続き今回も、結婚したい男一位になりそうな攻めにしてみました。恭一郎さんは高彪さんより少し年上なので、その分より落ち着きがあって紳士的かな。基本は鷹揚で優しく、包容力のある恭一郎さんですが、嫉妬深い一面もあるので、千春は今後なにかと大変かもしれません。頑張ってね、千春。

受けの千春は、境遇やお仕事も相まってとてもしっかりした子だなと思いながら書いていました。恋をして自分の弱さに気づいた彼ですが、弱さを知ったからこそより強くなれたんじゃないかな。彼は恭一郎さんが甘やかそうとすればするほどしっかりしなきゃと思いそうなので、少しずつ恭一郎さんに甘えることも覚えていってくれたらいいなと思います。

今回は脇役の中に前作と少し繋がりのある人たちもいるので、そこもお楽しみいただけていたら嬉しいです。屋敷の面々も楽しく書いたのですが、特に細川女史は萌えしかないなと思いながら書いていました。途中から印象がガラッと変わる雅章くんも、本心を書くのがとても楽しかったです。猫派の雅代ちゃんとは気が合いそうなので、お友達になりたいです。

さて、お礼を。挿し絵をご担当下さった高城リョウ先生、この度はありがとうございました。狼のもっふもふ感が本当に素敵で、口絵で千春の腕がもふもふに埋もれているのを見て、そうそうこれこれとニコニコしてしまいました。大人の色気溢れる恭一郎さんと可愛らしくも美人さんな千春は眼福で、目の保養です。本当にありがとうございました。

担当様も、今作もお骨折りいただきありがとうございました。毎回私が作品で出したい雰囲気を的確に読みとって下さり、足りないピースをご提示下さるので、エスパーかなと思っています。今後もよろしくお願い致します。

最後までお読み下さった方も、ありがとうございました。一時でも楽しんでいただけたら幸いです。よろしければ是非ご感想もお聞かせ下さい。

それではまた、お目にかかれますように。

櫛野ゆい　拝

◆初出一覧◆
銀狼と許嫁　／書き下ろし

ビーボーイノベルズをお買い上げいただきありがとうございます。
この本を読んでのご意見・ご感想をお待ちしております。

〒162-0825 東京都新宿区神楽坂6-46
ローベル神楽坂ビル4F
株式会社リブレ内 編集部

アンケート受付中
リブレ公式サイト　https://libre-inc.co.jp
TOPページの「アンケート」からお入りください。

BBN
B●BOY NOVELS

銀狼と許嫁

2023年2月20日　第1刷発行

著　者――櫛野ゆい

発行者――太田歳子

発行所――株式会社リブレ

〒162-0825
東京都新宿区神楽坂6-46ローベル神楽坂ビル
営業　電話03(3235)7405　FAX 03(3235)0342
編集　電話03(3235)0317

印刷所――株式会社光邦

Printed in Japan
ISBN978-4-7997-5772-7